무라카미 하루키村上春樹
초 단편의 메타픽션성

장편의 제네시스를 찾아서

하라 젠原善 지음 | 최순애崔順愛 옮김

제이앤씨
Publishing Corporation

무라카미 하루키 村上春樹
초 단편의 메타픽션성
장편의 제네시스를 찾아서

초판인쇄 2021년 3월 15일
초판발행 2021년 3월 29일

지 은 이 하라 젠原善
옮 긴 이 최순애崔順愛
발 행 인 윤석현 ┃ 발행처 제이앤씨 ┃ 등록번호 제7-220호
우편주소 (01370) 서울시 도봉구 우이천로 353
대표전화 (02) 992-3253 ┃ 전송 (02) 991-1285
전자우편 jncbook@daum.net
책임편집 김민경

ISBN 979-11-5917-176-5   03830   정가 16,000원

들어가며

2009년 "1Q84"가 유래 없는 붐을 일으키며 무라카미 하루키 작품에 관한 연구서, 안내서, 해설서와 같은 각종 출판물이 쏟아져 나와 이미 세상에 넘쳐나고 있다고 해도 결코 과언이 아니다. 처음부터 작정하고 〈하루키〉 이름 석 자만 내걸면 팔린다는 식의 막무가내 식으로 나온 책, 〈하루키〉에 빌붙은 음반팔이나 전공투 체험을 자랑삼아 하고 싶은 말 만 실컷 지껄이는 이미 유통기한이 지난 뻔한 책도 허다하다.

그 수많은 책 중에는 매우 흥미롭고 지적 호기심을 채워주는 것도 물론 있다. 이처럼 산더미같이 쌓일 정도로 하루키 책이 나오는 배경에는 유행 따라 하루키의 "해변의 카프카", "1Q84"를 사서 읽어 보기는 하지만, 대체 무슨 내용인지 쉽게 알 수 없어 누군가가 내비게이션 역할을 해주기를 바라는 독자가 많지 않을까? 하고 그 속사정을 추측해 본다. 하루키의 작품 세계는 매우 흥미롭지만 갑자기 장편 세계로 들어서면 길을 잃어버릴 위험성이 높고 장벽에 부딪히기 때문에 하루키 관련 서적이 산더미처럼 나오는 이유이기도 하고 대답이기도 하다. 게다가 무라카미 하루키 해설서는 장편만을 대상으로 한 것이 대부분이고 어느 책이나 약간씩 난해한 전문서가 많기도 할 뿐만 아니라 자신도 잘 모르는 작품에 대해 뭔가 한마디 거들려고 하다가 오히려 더 꼬여 버리는 책도 더러 있다. 미로에서 나가려고 손에 거머쥔 가이드북이 무슨 말을 하고 있는지 알 수 없다면 그건 아무짝에도 쓸모없는 책이 되고 만다.

가끔 단편을 다룬 하루키 책이 있다 하더라도 흔히 단행본의 대표작만 읽고 만다. 또한 방대한 양의 하루키 작품 중에 비평의 대상은 한정되어 있으며 단편을 상세히 다룬 책은 물론이며 특히 본서가 취급하고 있는 〈초 단편〉 작품은 지금까지 언급된 경우가 극히 드물다. 그런 가운데 무라카미 하루키의 모든 작품을 시야에 넣고 완벽에 가깝게 정리한 책은 "무라카미 하루키 작품연구사전"(가나에서방鼎書房)을 들 수 있다. 본서도 〈초 단편〉을 모두 다룬 것은 아니지만 〈초 단편〉에 특화되어 있다는 그 자체만으로 독자적인 호소력과 의미는 충분하다고 하겠다. 물론 드물다고 다 좋은 건 아니다. 하지만 무라카미 하루키는 웅대한 장편소설을 간행하는 한편 〈무라카미 아사히당朝日堂〉이라고 하는 경묘한 필치의 에세이를 연이어 내놓는 등 인터넷을 통한 독자와의 소통을 통해 모아 담은 시리즈가 6권이나 된다. 그리고 무라카미 하루키는 "마타타비아비타타마"またたび浴びたタマ(2000.8) "무

라카미 가루타"(2007.3)와 같은 앞에서 읽어도 뒤에서 읽어도 같은 말장난에 가까운 책까지 내는 유희성도 보이고 있다. 이러한 무라카미 하루키의 위트는 또 다른 매력임에 틀림없다. 하루키의 이러한 매력은 대표적인 장편 작품을 논한다고 해서 보이는 것은 결코 아니다. 그런 의미에서 하루키의 위트를 유일하게 클로즈업한 중차대한 작업을 이 책에서 시작하려고 한다. 언뜻 보기에 말장난에 지나지 않는 초 단편이지만 대 장편 작가 무라카미 하루키의 진지한 테마를 읽어낼 수 있다.

"1Q84" 붐이 한창 일고 있을 때 세상을 떠난 작가 이노우에 히사시井上ひさし가 평소에 즐겨 쓰던 "어려운 테마는 알기 쉽게, 재미있는 것은 진지하게"라는 아포리즘을 하루키에서 찾아내고자 한다. 때로는 유쾌하고 때로는 우울한 하루키의 양면성을 동시에 분석하고자 하는 본연의 자세에 충실하고자 한다.

이렇게 하는 것이야말로 무라카미 하루키 문학의 매력을 돋보이게 하는 그 자체라고 감히 말할 수 있으며, 이 책의 매력 또한 바로 무라카미 하루키 문학의 매력 그 자체임을 자부한다. 따라서 무라카미 하루키의 초 단편에서만 맛볼 수 있는 테마를 즐기면서 경묘한 필치의 유쾌함과는 약간 다른 그야말로 문학적으로 흥미 진지한 작품임을 소개하며 지금까지 하루키와 인연이 없던 일반 독자에게도 아주 짧은 〈초 단편〉이지만, 매우 현대적인 테마를 읽어 낼 수 있다는 점과 동시에 '문학은 재미있다'는 것을 호소하고 싶은 심정으로 썼다. 최근 들어 무라카미 하루키 혼자서 외롭게 문학세계를 이끌며 고군분투하고 있는 것도 사실이다. 실추된 《문학》의 부활에 이 책이 미약하나마 공헌할 수 있기를 바라면서 머리말을 대신하고자 한다.

하라 젠

목차

9

시작하며

커티삭 자신을 위한 광고
혹은 이 책을 위한 광고

초출 '코끼리 공장의 해피앤드' (CBS소니-출판, 1983 · 12 · 5)

문고 '코끼리 공장의 해피앤드' (신쵸문고, 1986 · 12 · 10)

커티삭 자신을 위한 광고

개요

'커티삭', '커티삭'하고 옹알거리며 흥얼거리다 보면 어느 순간부터 '커티삭'이 '커티삭'이 아닌 듯한 기분이 들 때가 있다.

이미 녹색병에 든 영국산 위스키 '커티삭'이 아닌 실체를 잃은 마치 꿈속의 꼬리 같은 모양의 '커티삭', '커티삭'하고 그냥 소리의 여운에 지나지 않는 그 잠꼬대 같은 소리에 얼음을 넣어 마시면 맛있다고요.

〈우리〉라는 일인칭 인칭대명사가 무라카미 하루키의 작품에 자주 나오는 것을 다들 알고 있을까? 우리라고 하는 것은 이 책의 필자인 나와 독자인 당신도, 거기에 걸맞게 〈우리〉라는 이름으로 묶어 일종의 공범 관계를 맺어 무라카미 하루키의 초 단편 몇 작품을 읽어보고자 한다.

〈초 단편〉이라는 명칭이 왠지 무미건조하지만, 단편집 "밤의 거미원숭이"에서 〈무라카미 아사히당 초 단편소설〉이라는 네이밍(naming)을 무라카미 하루키가 직접 붙인 점이 흥미롭다. 단편소설보다 짧은 장르를 요즘 들어 쇼트(short)라고 보통 부르지만, 대표적인 예로 호시신이치星新一의 작풍을 떠올리면 알 수 있듯이, SF나 익살을 중요시하는 인상이 강하다. 1920년대 초기에 짧은 소설이 유행했을 때는 20줄 소설 또는 10장 소설이라는 등 다양한 호칭이 회자되었지만 결과적으로 가와바타 야스나리 川端康成가 이름 붙인 〈손바닥 소설〉이라는 호칭이 시민권을 얻은 형태로 장편, 중편, 단편에 이어 손바닥 장자를 붙인 장편(掌篇)이 일반적으로 사용되게 되었다. 그러한 손때 묻은 호칭을 의식적으로 거부하는 것은 작가로써 당연할 지도 모른다. 예를 들면 〈엽편(葉篇)소설〉이라 불렀던 시마오 토시오島尾敏雄와 같은 작가도 있고, 하루키 자신이 번역한 〈서든 픽션〉("Sudden Fiction 초 단편소설 70" 주간분슌문고, 1994.1) 같은 로버트 샤파도 등이 말한 외래어 표기도 가능하지만, 그때 당시 번역에 사용한 〈초 단편〉이라는 이름을 고집한 것도 의외로 신선하게 느껴진다.

그 이후 하루키 자신이 이것은 〈초 단편〉 저것은 〈단편〉이라는 형태로 분류하고 있지는 않고 있다. "밤의 거미원숭이"에 수록된 작품 중에서 작풍이나 분위기가 비슷한 것을 정리한 단편보다 짧고 터치(touch) 또한 단편소설과는 꽤 다른 작품집 '캥거루 날씨'를 비롯해서 이 책의 권말 리스트에 다루고 있는 네 권에 수록된 것과 비슷한 종류의 작품을 마음 내키는 대로 골라 〈초 단편〉이라 부르고자 한다. 실은 이런 분류방법과 상관없이 〈단편〉, 〈초 단편〉 혹은 〈소설〉, 〈에세이〉가 마냥 재미있었으면 한다.

그 재미를 함께 맛보고자 본서를 내는 것이 원래 취지이며, 이 책의 가치를 굳이 말 한다면 지금까지 주목하지 않았던 〈초 단편〉에 빛을 비춰보고자 한 첫 시도인 만큼 일단 느슨하나마 〈초 단편〉을 규정해 보았다.

하루키의 장편이나 저명한 단편이라면 작품 소개도 필요 없지만, 상대가 보기 드문 초 단편이리 그렇게 할 수도 없다. 이 책에서 초 단편 하나하나를 각 장별로 작품을 깊이 있게 읽어야 하지만, 우선 작품 내용을 소개하는 차원에서 각 장에 작품의 개요를 넣었으며, 내친김에 서지 정보도 눈에 거슬리지 않게 조그

14

맞게 넣기로 했다.

　장편을 짧게 요약하는 것도 물론 성가신 작업이지만 어쩌면 개요 길이 보다 짧을지도 모를 초 단편의 내용을 적확하게 정리하는 것도 쉽지만은 않은 일이다. 첫 장을 장식하는 '커티삭 자신을 위한 광고'에 대해서도 사실, 소설로 보기에 어려운 산문시 같은 기묘한 작품이다. 설마 소네트(sonnet) 형식을 본뜬 것은 아니겠지만 전체 14행의 본문을 마음대로 채우고 구독점을 보완하고 글자를 약간 첨삭한 것이 개요다. 다시 말해 거의 그대로 인용한 것 같지만 이것이 전문?! 이냐? 고 할 정도로 유달리 짧은 초 단편군이 꽤나 있다. 그 중에서 특히 재미있거나 아주 깊이 있는 작품만을 골라 보았다.

　그런데 왜 우리들은 하필이면 '커티삭 자신을 위한 광고'라는 기묘한 작품을 이 책의 제1장으로 했을까? 그 첫 번째 이유는 무라카미 하루키의 초 단편소설은 약간 좀 이상하다는 인상을 풍기며 이목을 끌고 싶어서이고, 다른 하나는 앞서 말한 네 권 중에서도 특히 아끼는 '코끼리 공장의 해피엔드'의 머리글을 장식하고 있는 것에 큰 의미를 부여하고 있으며, 본서에서도 큰 역할을 해줬으면 하는 바람을 담아 제1장으로 했다. 뿐만 아니라, 사실 '커티삭 자신을 위한 광고'는 큰 의미가 숨겨져 있으며 실로 깊이 있는 작품으로 읽힌다. 이 작품을 읽는 것만으로도 아주 큰 의미가 있지만,

그 이전에 그것과는 별도로 어떤 지식을 가지고 있다는 것을 알수 있다. 즉, 이 작품뿐만이 아니라 다른 작품과 비교해서 읽었을 때 어디를 어떻게 재미있게 읽어야 할 지 눈여겨봐 두는 것도 의미가 있다. '커티삭 자신을 위한 광고'라는 제목이 무엇을 뜻하고 있는지를 문제 삼을 때 그것을 아는 독자는 결코 많지 않다고 본다. '커티삭 자신을 위한 광고' 제목은 1959년 11월 미국의 파토남 사에서 출간된 노먼 메일러의 "Advertisements for My self"라는 작품 제목에서 따온 것이다. 이 작품이 번역될 당시 일부가 생략된 형태로 1962년 11월 야마니시 에이치山西英一가 "나 자신을 위한 광고" 상하 두 권을 신쵸사에서 간행하였으며 완역판은 "노먼 메일러 전집 5"(신쵸샤, 1969.9)에 수록되어 있다. 이 작품은 5부로 구성되어 있으며, 번역 전집판의 권말에 첨부된 장르별 목차에 따르면 픽션, 에세이와 논문, 저널리즘, 인터뷰, 시, 희곡, 전기 순으로 다양하게 나눠져 있다. 이는 어느 장르에도 들어가지 않는 신기한 단문을 여러 개 수록한 무라카미 하루키 "코끼리 공장의 해피 엔드", 〈무라카미 아사히당 초 단편소설〉, 밤의 거미원숭이" 같은 초 단편집과 그 구성 방법이 동일하다.

그리고 노먼 메일러의 "나 자신을 위한 광고"가 다양한 장르 중에서 가장 이색적인 것은 '색다른 스타일의 전기'라고 하며, '나 자신을 위한 첫 번째 광고'에서 시작해서 '퇴장에 앞서, 나 자

16

신을 위한 마지막 광고'로 끝을 맺는 '색다른 스타일의 전기'라는 장르 한 권이 완성된다. 하지만 종결부에 '긴 소설의 프롤로그'라고 하는 부제를 붙여 '픽션' 장르로 분류해 '퇴장에 앞서 나 자신을 위한 마지막 광고'의 장과 나란히 내세워 한 권의 작품을 완성시키고 있다. 그런 의미에서 하루키의 '커티삭 자신을 위한 광고'는 파격적인 〈색다른 스타일〉이 만들어지고 있으며, 아무리 생각해도 〈전기〉는 아니고 장대한 노먼 메일러 작품에 비해 극단적으로 〈초 단편〉인 점에서 대조적이기까지 하다. 따라서 '커티삭 자신을 위한 광고' 내용은 어쩌면 깊게 읽으면 읽을수록 굉장히 묵직한 뭔가가 숨겨져 있을지도 모르지만, 어쩌면 전혀 무관한 노먼 메일러 작품 이름만 빌린 것인지도 모른다. 그러나 그 이름만 빌릴 뿐 내용은 달리하는 것 자체가 바로 이 '커티삭 자신을 위한 광고'에서 다루고자 하는 것이다.

여기서 '커티삭 자신을 위한 광고'만 읽고도 맛볼 수 있는 깊은 의미에 대해 이야기해 보자.

'커티삭 자신을 위한 광고'는 말과 그것이 지시하는 사물과의 관계를 추구하고 있다. 조금 어려운 말로 표현하면 시니피앙(지시표상)과 시니피에(지시대상)의 관계이다.

가령 나카지마 아츠시中島敦의 '문자화(文字禍)'(1942 · 2)는 '산월기(山月記)'처럼 '고담(古譚)'이라 일컫는 작품 중의 하나로 거기

17

에 〈한 글자를 한참 동안 보고 있으면 어느새 그 문자는 해체되어 의미 없는 한 획 두 획 선의 교차 만 보인다. 단순한 선의 모임이 어떻게 소리와 의미를 가질 수 있는지 도무지 알 수 없다.〉고 하듯 우리도 그런 위화감을 느낄 때가 많다. 특히 컴퓨터로 글을 쓰는 습관에 젖어 막상 손으로 글을 쓰다 보면 이게 맞나 틀리나 하며 당황하는 일이 종종 일어난다.

그것은 물건 그 자체(시니피에·지시대상)와 그것을 나타내는 말(시니피앙·지시표상) 사이에 필연성이 아닌 "언어의 자의성"을 둘러싼 문제라 하겠다. 〈커티삭, 커티삭 몇 번이고 입안에서 반복하고 있으면 어느 순간부터 커티삭이 아닌 것 같은 기분이 든다〉가 작품 전반에서 다루어지고 있으며 〈녹색병에 들어 있는 영국산 위스키〉의 실체로서의 시니피에(지시대상)인 위스키를 가리키는 시니피앙(지시표상)인 〈커티삭〉이라는 말이 힘을 잃고, 〈실체를 잃은 마치 꿈의 꼬리 같은 모양의 원래 커티삭이라고 하는 그냥 말의 여운〉만이 후반부에 와있다.

그런데 그것을 왜 광고라 하는 것일까? 광고와 상품의 관계는 시니피앙, 시니피에의 관계라 할 수 있다. 하지만 여기서 말하는 〈그냥 말의 여운〉은 광고와 실체는 별개로 볼 수 있다. 예를 들어 〈상큼한 매실주〉라는 카피가 ** 상표의 매실주라는 실체를 드러내지 않은 공허한 말에 불과하듯 〈그저 단순한 말의 여운에 얼음을 넣어 마시면 맛있다고요〉 하는 작품의 마지막 표현은 단순한 빈정거림이 아닌 오히려 얼음을 넣어 맛있게 마시는 것은 〈말의 여운〉인 시니피앙 〈커티삭〉이 아니라 반대로 시니피에인 매실주나 위스키가 아닐까 하고 생각하기 쉽다. 하지만, ** 상표의 매실주의 실체는 상큼하지 않지만 카피로 인해 〈상큼〉한 맛을 자아내는 상황은, 실체의 위스키(시니피에)를 마실 수 없는 상황에서 〈그냥 말의 여운〉인 시니피앙을 마실 수밖에 없는 〈커티삭〉만이 자립된 존재를 증명하며 정확히 대응하고 있다. 녹색병에 든 영국산 위스키라는 시니피에 보다 커티삭이라는 시니피앙 말 자체의 울림만 남는다는 역설은 역시 일종의 아이러니이면서 타이틀 〈자신을 위한 광고〉로 딱 들어맞는다. 즉, 상품(매실주)을 가리키는 광고 〈상큼한〉의 표현만으로도 그 광고의 실체가 "이것은 매실주다"라고 광고하는 것처럼 〈녹색 병에 들어있는 영국산 위스키〉인 〈커티삭〉을 있는 그대로 〈커티삭〉이라고 반복하는 것만으로 그냥 광고가 아니라 〈자신을 위한 광고〉가 된다고 하겠다.

이 작품의 마지막 표현이 주는 효과는 아이러니뿐만이 아니라, 실체보다 그것을 둘러싼 말이나 표현으로 〈맛있〉게 느껴지기도 하고 〈재미있〉을 수도 있다는 것이다. 그렇다면 무라카미 하루키의 작품 자체보다 본서의 해석이 더 흥미롭다고는 결코 말할 수 없지만, 적어도 문학 작품 그 자체만의 재미와는 별개로, 텍스트를 깊게 읽으면 읽을수록 재미있다는 것을 전하고 싶다. 바로 이 책 이야말로 그런 류의 책이라고 회자되기를 바라마지않는다. 이것으로 이 책의 〈자신을 위한 광고〉를 선언하고 머리말을 대신하고자 한다.

01

직유를 다용하는 하루키 문학

세 가지의 독일 환상
혹은 직유와 같은 하루키 문학에 대하여

초출 '블루 타스' 집지 *(1984 · 4 · 15)*

수록 "반딧불 · 헛간 태우기 그 외 단편" *(신쵸샤, 1984 · 7 · 5)*

문고 "반딧불 · 헛간 태우기 그 외 단편" *(신쵸샤, 1987 · 9 · 25)*

재수록 "무라카미 하루키 전 작품 ③" *(고단샤, 1990 · 9 · 20)*

세 가지의 독일 환상

개요

1). 겨울의 박물관은 포르노그래피

섹스를 생각하면 언제나 겨울의 박물관이 떠오른다. 나는 거기서 일하고 있으며, 외로운 성행위를 상상하며 개관 준비를 하고 있다. 박물관 주인이 보내온 편지에 적힌 지시대로 준비를 마치고 옷매무새를 고친다. 섹스가 밀물처럼 밀려와 문을 두드린다. 나는 누구를 이해하려고도 하지 않는다.

2). 헤르만 게링 요새 1983

우연히 만난 동독 청년의 열성적인 안내로 요새를 둘러본 나는 〈몇 달 전에 전쟁이 막 끝난〉 듯한 느낌이 들었지만, 안내를 더 해주겠다는 청년의 권유를 거절했다. 1945년 봄에 게링이 무엇을 생각하고 있었는지 따위는 〈결국 아무도 모른다.〉

3). 헤어 W의 공중정원

〈공중정원〉은 동서 베를린을 가로막고 있는 벽과 얼마 떨어지지 않은 곳에 지상위로 15cm 정도의 높이로 정원을 띄워 올린 헤어 W에게 "어째서 이 보다 더 안전한 곳으로 정원을 옮기지 않아요?"라고 묻자 헤어 W는 "여름날의 베를린만의 아름다움이 있어서 여기가 딱 좋아"라고 대답한다.

무라카미 하루키는 여기 이 세 가지 이야기를 하나의 스토리로 엮어내는 일본 전통의 언어유희인 라쿠고落語의 산다이바나시三題噺 형식과 유사하게 이야기를 이끌어가는 발상이 엿보인다. 여기서 1. 겨울의 박물관은 포르노그래피, 2. 헤르만 게링 요새 1983, 3. 헤어 W 의 공중정원 세 가지 이야기는 상호 관련성을 갖고 있으면서 이차원 세계(parallel worlds패럴렐 월드)를 구성하고 있다. 이러한 불가사의한 구성의 충돌 또한 무라카미 하루키다운 구성이지만, 이에 대해서는 다음 기회에 다루기로 하고, 이 세 가지 이야기가 각각의 독립된 소재이면서 인과관계로 엮어져 전개되고 있다하더라도 무라카미 하루키 문학이 라쿠고의 산다이바나시와 일맥상통한다고는 할 수 없다. 〈표면에서 벌어진 일을 단순한 인과로 연결시키는 알기 쉬운 스토리〉가 갖고 있는 〈굴레〉를 지적한 이와미야 케이코岩宮惠子("사춘기를 둘러싼 모험 심리 요법과 무라카미 하루키의 세계" 일본 평론사, 2004.5)는 무라카미 하루키의 문학을 〈인과에 지배된 이야기의 족쇄를 푸는 것〉이라며 심리 요법과 겹쳐서 보고 있지만, 공교롭게도 무라카미 하루키는 인과관계를 끊고 있다. 여기 세 가지의 초 단편은 오로지 연상에 의해 연결되어 있다고 하겠다.

무라카미 하루키가 '〈자작을 언급하다〉 단편소설에 대한 시도' "무라카미 하루키 전 작품 1979~1989 ③"에서 "브루투스BRUTUS"의 스태프와 만나 2주 정도 지내고 나서 다시 2주 정도 나만 남아 〈독일에 관련된 에세이와 짧은 소설을 쓰면서〉 〈독일에 심취한 환상을 핵심으로 한 소품 세 개를 썼다〉며 작품의 성립과정을 밝히고 있다. 세 이야기는 그냥 〈독일에 심취한 환상〉에 공통점이 있는 것에 불과하다. 세 이야기 중, 이야기 2에서 〈그녀는 내가 도쿄에서 알고 지낸 한 여성을 연상하는 것은 딱히 얼굴이 닮은 것도 아니고 비슷한 것도 아닌데 그 둘은 어딘지 모르게 막연히 이어져 있다. 아마도 헤르만 게링 요새의 잔상이 미궁의 어둠 속에서 그녀들과 스쳐 지나가고 있는 것〉도 독일 웨이트리스의 〈그녀〉와 〈도쿄에서 알고 지낸 한 여성〉과 〈연결〉되는 것처럼 그 연결은 〈그냥〉 〈스쳐 지나가는〉 정도로 〈어쩌면 비슷할〉지도 모른다.

　　이 단편의 경우 세 이야기를 아주 조용히 이어주는 연결고리는 '세 가지의 독일 환상' 제목에서만 보일 뿐이며, 〈독일〉이라는 말에서 떠올린, 혹은 독일 여행을 회상하면서 생각해 낸 작가의 〈환상〉이라는 것에 공통점이 있을 뿐이다. 제목을 지우고 보면 작품 어디에도 〈독일〉이라는 말은 찾아볼 수 없기에 이야기 1은 〈공중정원〉처럼 공중분해 된다.

　　즉, 세 개의 소품 연결방식을 보면 이야기1 작품세계와 〈독일〉과의 결합 방식이 〈막연히 이어지고〉 있다는 것을 알 수 있다. 무라카미 하루키 자신은 앞선 자작 해설에 이어 〈독일에 대한 기억과 생각을 하고 있을 때 이런 이야기를 갑자기 하면 첫 번째의 박물관 이야기는 도대체 어디가 독일과 관련 있느냐고 물어오면 곤란하다〉며 일찌감치 비판을 회피하고 있다.

하지만, 작품 안에는 왜 〈독일에 심취 되었〉는지 알 수 없지만, 그 결속의 은밀함이 비판받을 일은 결코 아니다. 오히려 하루키 문학에 있어 어떤 것과 어떤 것이 〈은밀히 연결되어 있는〉 형태 즉, 연결될 수 없는 것끼리 서로 연결되어 버린 의외성을 이야기하는 것에 오히려 주목해야 한다.

• 상징적 작품구조

여기서 세 가지 환상 중 첫 번째인 '겨울의 박물관은 포르노그래피'에 대해 생각해 보자. 작품은 다음과 같이 상당히 쇼킹하고 리얼한 언어로 시작되고 있다.

섹스, 성행위, 성교, 교합, 기타 뭐든지 좋지만 그런 말, 행위, 현상을 통해 내가 상상하는 것은 항상 겨울의 박물관이다.

물론 섹스에서 겨울의 박물관에 이르기까지는 짧지 않은 거리가 있다. 몇 번이나 지하철을 갈아타고, 빌딩 지하를 빠져나가, 어디선가 계절을 보내는 등의 번거로움도 있다. 그러나 그런 번거로움은 처음 몇 번 만이고, 그 의식의 회로의 코스를 한번 익히면 누구라도 눈 깜짝할 사이에 겨울의 박물관에 도달할 수 있다. 거짓말이 아니라 정말 그렇다.

좀 낯 뜨거운 어휘가 갑자기 나열되어 움찔하지만, 실로 이 부분은 무라카미 하루키 문학의 본질과 관련된 매우 흥미롭고 주목할 만한 부분이다. 하지만 여기서 그것을 분석하는 것은 나중으로 미루고 직유표현의 상징적 의미를 짚어보고자 한다.

〈섹스〉라는 어휘에서 〈겨울의 박물관〉을 상상하는 그 자체를 왜 그렇게 상상해? 하며 의문을 가진다면 앞서 〈독일〉이라는 국가 명에서 어떠한 이야기를 상상해도 자유로운 것처럼 〈상상〉인 이상 너무나 자유로운 〈거짓〉도 〈진실〉도 아니, 계속되는 패러그래프에 〈섹스가 거리의 화젯거리가 되고, 교접의 신음 소리가 어둠을 채울 때, 나는 언제나 겨울의 박물관 현관 앞에 서 있다〉는 〈상상〉 속의 〈겨울의 박물관〉이, 어느덧 박물관 현관 앞에 실제로 서 있는 듯한 실체의 〈겨울의 박물관〉으로 바뀌고 만다. 이 상황에서 〈정말 박물관 앞이야?〉하며 의심하지 않을 수 없다. 거기에 연속되는 두 개의 패러그래프는 〈겨울의 박물관〉의 내부를 구체적으로 묘사하고, 시간에 맞춰 일사불란하게 움직이는 나의 구체적인 일까지 소개되면서 〈나는 ― 내가 착각하고 있는 게 아니라면 ― 이 박물관에서 일하고 있다〉라는 전혀 뜬금없는 언어로 마무리되고 있다.

　이 부분이 하나도 이상할 게 없는 것이 작가가 〈독일에 대해 기억나는 것을 생각해보다가 문득 이런 이야기가 나왔다〉고 밝힌 것처럼 〈나〉 또한 〈섹스〉라는 말에서 〈겨울의 박물관〉을 상상하고 있을 뿐이다. 실제로는 박물관에서 일하고 있지 않지만 일하고 있는 것처럼 착각하도록 상상력을 높이는 기능으로 〈내가 착각하고 있는 게 아니라면〉하는 언어가 끼어들기를 하면서까지 〈이 박물관에서 일하고 있는〉 자신을 상상하고 있다.

　계속해서 작품은 〈은밀한 성행위가 이루어지는 예감으로 …… 박물관 공기를 지배하고〉 〈섹스가 밀물처럼 박물관의 문을 두들기기〉까지 〈성행위〉의 은밀한 움직임을 비유적인 표현으로 서서히 보여준다. 구체적 표현으로 〈이 박물관에서 일하고 있다〉라는 〈싱싱〉을 통해 개관 준비를 위한 몇 가지 일과, 박물관 오너(owner)에게서 온 편지에 적힌 지시에 따라 작업을 해 나가는 모습이 머릿속에 그려진다. 따라서 세면대의 비눗물을 보충하는 〈그 정도의 작업은 재차 일일이 순서를 생각하거나 생각하지 않아도,

몸이 알아서 움직이며 해결해 준다〉는 지극히 당연한 일상적인 일과이듯이 〈섹스〉에 앞서 커튼을 닫거나 옷을 벗거나 벗기는 등의 당연히 자동으로 〈몸이 알아서 움직이며 해결〉하는 성행위를 상징하는 것과 겹쳐 읽을 수 있다.

냉장고나 칫솔이 〈박물관 안에 있다면 그런 것조차 박물관 전시물로 보인다〉는 문장에서 짐작 가듯이, 예를 들어 두 사람이 함께하는 식사의 모든 시츄에이션이 〈마치 눈사태처럼 요동치며 엉키는〉 성행위를 연상하게 하는 상황 설명 또한 흥미롭다. 또, 개관 전에 살펴보는 편지 정리도, 사무적인 편지이거나 방문자로부터 받은 〈감상이나 불평, 위로나 제안을 쓴 편지〉를 읽고 있지만, 이것들도 섹스 상대방이 들려주는 〈감상이나 불평, 위로와 제안〉에 응하며, 때로는 무미한 틀 안에서의 일상적인 성행위 그 자체를 박물관의 일상에 비추어 아주 리얼하게 묘사하고 있다고 하겠다. 그렇게 읽었다면 다음 묘사도 아무런 위화감이나 놀라움은 사라지고 재미있어진다.

① 36번 항아리   ② A · 52 대좌
③ 전구   ④ 발기

이것은 박물관 주인의 지시인 〈① 36번 항아리를 포장해서

창고에 보관한다. ② 그 대신 A·52의 조각상 대좌(조각상은 없음)에 스페이스 Q21을 전시한다. ③ 스페이스 76의 전구를 새것으로 교환한다. ④ 다음 달 휴관 일을 입구에 명시할 것〉이 네 가지 내용이 조목조목 쓰여져 있는 것을 보고 그것을 충실히 실행한 후에 손가락 끝으로 하나하나 점호하듯 확인하는 장면 역시 과히 상징적이라 하겠다. ④의 〈휴관일〉 공고를 확인하고 나서 마지막으로 〈④ 발기〉 직전에 〈거울 앞에서 머리를 빗고, 넥타이를 고쳐 매고, 페니스가 제대로 발기하고 있는 것을 확인〉하는 엉뚱한 이 단어가 단지 웃음을 자아내기 위한 것처럼 보일지 모르지만, 아무튼 이러한 뜬금없는 효과는 무라카미 하루키 작품의 큰 매력 중의 하나다. 〈겨울의 박물관에서 일〉하고 있는 〈환상〉과 〈상상〉을 섹스와 비유했을 때 〈페니스가 제대로 발기하고 있는 것을 확인하는 것은〉 가장 중요한 확인 사항이기 때문에 모든 확인이 끝난 마지막 항목에 와야만 했던 것이다.

이런 관점에서 보면 '1/겨울 박물관 포르노그래피'에서 겨울의 박물관을 섹스로 비유한 것은 구조적으로 절묘하다고 할 만큼 교묘한 작품이라 하겠다. 〈나는 섹스를 생각하면 항상 겨울의 박물관에 있고, 우리는 모두 거기에 고아처럼 웅크리고 앉아 온기를 구하고 있는 것……〉처럼 연결되는 작품 속의 모든 내용은 〈섹스를 상상〉하는 〈나〉 자체를 표현한 것이며, 〈온기를 구하

는〉겨울의 박물관의 쓸쓸함은 섹스 후의 허무함까지 내포한, 상
징이며, 비유라 하겠다.

• 직유를 다용하는 하루키

무라카미 하루키는 실로 탁월한 직유 표현을 자주 사용하고
있으며 특이한 문체가 많은 것을 큰 특징으로 들 수 있다. 이와 관
련한 논문으로 예를 들어 요시카와 야스히사芳川泰久 '잃어버린 명부
(冥府) 혹은 무라카미 하루키의 〈비유〉 장소'(유리이카 1989.6) 논문이
있으며, "AERA MOOK 무라카미 하루키 읽기", '직유 라이브러리'
(조부대학 경영정보학부 하라세미나 편)를 들 수 있다. '세 가지의 독일 환
상'에서도 다음과 같은 직유표현들을 볼 수 있다.

① 〈그것들(전시물) 하나하나는 어떤 것과도 이어져 있지 않다. 마치
굶주림과 추위에 단단히 목덜미가 잡혀 목을 가누지 못하는 고
아들처럼 그들은 진열장 안에 웅크리고 앉아 눈을 꼭 감고 있
다〉
② 〈고요한 아침 햇살과 은밀한 성행위 예감이, 여느 때와 다름없
이 녹아내린 아몬드처럼 박물관의 공기를 지배하고 있다〉
'겨울의 박물관은 포르노그래피'

③ 〈그것은(헤르만 게링 요새) 마치 불길한 흰개미 탑처럼 해질녘 어슴 푸레한 어둠 속에 우뚝 솟아 있었다〉

④ 〈1945년 봄 러시아군이 계절의 막바지 폭풍우 같은 모습으로 베를린 거리로 돌입했을 때, 헤르만 게링 요새는 가만히 침묵을 지키고 있었다〉

⑤ 〈그녀는 마치, 거대한 페니스를 찬양하듯 맥주잔을 끌어안고 우리 테이블로 가져왔다〉

⑥ 〈 "유감이지만" 하고 나는 입을 열었다. 미지근한 손이 내 몸속에 있는 신경다발을 움켜쥐고 있는 듯하다. 대체 어떻게 하면 좋을지 난 잘 모르겠다〉

⑦ 〈그가 사랑하던 아름다운 하인켈 117폭격기 편대는 마치 전쟁 그 자체의 사체처럼, 우크라이나 황야에 수백 개의 하얀 뼈를 드러내 놓고 있었다〉

'헤르만 게링 요새 1983'

⑧ 〈흰색 가든 체어는 전당포에서 흘러 들어온 물건 같았다〉

'헤어 W의 공중 정원'

마지막 ⑧이나 ⑥은 비유인지 양태인지 판별하기 어렵고, ①번과 ④번의 후반은 의인법으로 봐야 하지만, 소품 세 개를 합친 작은 작품 속에 이렇게 많은 직유 표현이 새겨져 있다는 것은 과히 놀랍다.

그런데 예를 들어 비유라면 〈……나는 눈을 돌려, 의사들이 그녀의 가슴살을 찢어, 그 안에 고무장갑을 낀 손가락을 집어넣어 뼈의 위치를 바꾸는 상상을 했다. 그것은 있을 수 없는 비현실적이라고 생각했다. 마치 뭔가에 비유되는 것 같이 느껴졌다〉'장님 버드나무와 잠자는 여자'를 읽으면 〈비현실적〉으로 받아들여질지도 모른다. 확실히 "그녀의 뺨은 사과처럼 빨갛다"라고 할 경우 눈앞에 있는 "그녀의 뺨"이 현실이고, "사과"는, 지금 여기에 없지만 있는 것처럼 비유되는 의미에서 비현실적인 것이라고 말할 수 있다. 비유를 결코 무용한 레토릭(rhetoric)으로 경시할 수 없는 일상생활을 보다 효과적으로 전달하고 새로운 창조적 세계를 만들어 가기 위한 인식과 발견의 수단으로 다시 평가되고 있듯이 비유가 인지과학 분야에서도 창조적 인지기능으로 주목받고 있다는 점에서 그 효용가치를 재고해 볼만 하다.

그리고 무라카미 하루키는 그 비유 중에서도 특히 직유사용이 뛰어난 작가라 하겠다. 처녀작인 "바람의 노래를 들어라"에서 〈나〉는 새끼손가락이 없는 여자한테 〈너는 확실히 뭔가 좀 달라〉하며 〈나〉의 대화가 경묘하게 계속 이어져가는 것은 거기에 탁월한 비유가 섞여 있기 때문이다. 이번에는 불문과 여학생이 〈왜 넌 언제나 물어볼 때까지 아무 말도 안 해?〉라며 물으면,

말 수가 적은 〈나〉가 한 번 말문이 터지면 경묘한 말솜씨와 탁월한 비유를 연발하는 게 재미있다. 이러한 것은 기본적으로 무라카미 하루키의 모든 작품에서 공통으로 나타나는 현상이다. 다음으로는 "태엽 감는 새"(1994.4~1995.8)에서 〈나〉 토오루가 가사하라 메이한테 말을 거는 〈용기〉와 〈호기심〉의 관계에서도 볼 수 있다.

호기심과 용기는 함께 행동하는 것처럼 보여. 때로는 호기심이 용기를 찾아내서 힘을 실어 주기도 해. 호기심이란 대부분의 경우 금방 사라져 버리고 말지. 용기가 훨씬 긴 길을 가야만 하지. 호기심은 신용할 수 없는 허풍쟁이 친구나 마찬가지야. 너를 부추길 만큼 부추기고는 적당한 시기가 되면 사라지고 마는 경우도 있지.

중학교 생활지도에서 교사가 이런 정도의 훈화를 학생한테 한다면 잠자코 듣고 효과가 확실하게 나오는 비유가 될 것이다. 이 정도의 표현들은 무라카미 하루키의 작품 속에서 얼마든지 주워들을 수 있다.

● 직유를 비유하는 직유

　　여기서 잠깐 이야기를 되돌리면 이 '세 가지 독일 환상'이야
기의 1/겨울의 박물관은 포르노그래피는 〈독일〉이란 단어의 환
상(연상)에 의한 세 가지 독일 이야기 중 하나이지만, 〈섹스〉라는
단어가 〈겨울의 박물관〉 전편을 연상케 하는 하나의 비유로서
성립되는 작품이다. 그러나 이 작품이 품고 있는 재미는 좀 더
깊은 곳에 있다. 즉, 〈섹스〉라고 하는 단어에서 〈겨울의 박물관〉
을 연상했다는 결과만이 그려져 있는 것이 아니라, 연상해 나가
는 하나의 직유 메커니즘이 숨겨져 있다.

　　원래부터 직유라는 것은 어느 것(A)을 나타내고자 할 때 그
것과 닮은 다른 것(B)로 표현하는 언어 수단의 일종이지만, B가 A
와, 확실히 닮았다는 것은, 그야말로 무용의 반복에 가까워지는
것이고, 직유가 〈유사성보다 오히려 의외성의 효과를 발휘하고
있다는〉(사토 노부오 "레트릭 감각" 고단샤 학술문고) 것은 이미 알려져
있다.

　　여기서 더 구체적이면서 대표적인 예를 살펴보면 가와바타
야스나리 "설국"의 히로인 고마코의 입술이, 〈고마코의 입술은
아름다운 거머리처럼 매끄러웠다〉로 거머리에 비유된 것은 너
무나도 유명한 이야기다. 즉, 여성의 매력적인 어느 부위가, 누

35

구나 다 싫어하는 〈거머리〉라고 하는 작은 생명체에 비유된 것은 예상 밖이다. 하지만 찬찬히 입술을 잘 살펴보면 이상한 형태를 하고 있어 그 매력을 다른 무엇으로 비유하기가 어렵다는데 있다. 빨간 립스틱을 바르고 입술을 오므리고 이쪽으로 다가올 때 체리에 비유할 수는 있지만, 콧노래를 부르며 입을 벌렸다 다물었다 하는 고마코의 입술은 비유대상을 찾기가 쉽지 않다. 이 외에도 가와바타가 젊었을 때 쓴 작품 중에 "푸른 바다 검은 바다"(1925.8)에서 역시 여성의 입술을 달리아 꽃잎이나 새 날개에 비유한 것도 꽤나 의외였지만, 고마코의 입술을 거머리로 비유한 의외성에는 미치지 못했다. 그러나 주름 하나 없이 매끈하고 촉촉함을 머금은 채 늘어났다 오므렸다를 반복할 뿐만이 아니라 흡착력까지 지닌 본연의 모습을 떠올리며 입술과 거머리 양쪽의 공통점을 생각해 보면, 연관성이 없을 것 같은 둘은 의외로 결코 뗄 수 없는 그야말로 거머리와 같은 흡착력을 가진 연관성을 보여주고 만다. 달리아 꽃잎이나 새 날개는 그 모양자체로 유사성이 성립되겠지만, 거머리의 경우에는 그러한 시각적인 것과 남자 주인공 시마무라의 입술이 닿있을 때의 촉긱직인 느낌까지도 내포하고 있다. 게다가 그 흡착력은 〈그 아름답고 청아한 빛을 띤 입술을, 조그맣게 오므리자 거기에 비춰진 빛이 반짝반짝 빛을 발하고, 노래를 흥얼거리는 입술을 약간 크게 벌렸다 오므렸다. 하는 모습은 마치 그녀의 육체적 매력 그 자체였다〉는 표현은, 그녀의 특정 신체부위까지 매력적이라는 것을 드러내고 있다.

그만큼 탁월한 직유가 지닌 표현의 강열함이 얼마나 큰 것인가를 확인할 수 있다. 여기서 다시 '세 가지의 독일 환상' 중에 '1/겨울의 박물관은 포르노그래피'로 돌아가 보자.

실은 '1/겨울의 박물관은 포르노그래피'는 〈독일〉이라는 단어에서 이야기를 환상 하듯이 혹은 〈섹스〉 단어에서 〈겨울의 박물관〉을 떠올리는 연상 방식일 뿐만 아니라 이와 관련된 비유의 대표인 직유의 의외성에 생명을 불어넣는 메커니즘까지 작품화하고 있다고 하겠다. 여기서 다시 인용해보면.

― 겨울의 박물관 ―

섹스, 성행위, 성교, 교합, 기타 뭐든지 좋지만 그런 말, 행위, 현상을 통해 내가 상상하는 것은 항상 겨울의 박물관이다.

물론 섹스에서 겨울의 박물관에 이르기까지는 적지 않은 거리가 있다. 몇 번이나 지하철을 갈아타고, 빌딩 지하를 빠져나가고, 어디선가 계절을 보내는 등의 번거로움도 있다. 그러나 그런 번거로움은 처음 몇 번 만이고, 그 의식의 회로의 코스를 한번 익히면 누구라도 눈 깜짝할 사이에 겨울의 박물관에 도달할 수 있다. 거짓말이 아니라 정말 그렇다.

여기에서 〈섹스〉라고 하는 A를 〈겨울의 박물관〉 B로 비유하고 있지만, 이것은 말하자면, 'A라고 하면 B라고 한다'는 수수께끼와 같은 것이다. 이 경우 '그 마음은'에 해당하는 C의 내용에 대해서, 공통의 풍부한 역사와 바리에이션을 지닌 〈겨울〉이라는 살풍경이 성행위 후의 허무감과 통하고 있다는 것을 설명하려고 해도, 역시 의외성이 있는 직유이기에 확신에 찬 설명은 어렵지만, 그런 의외성이, 여기서는 〈약간의 거리〉나 〈번거로움〉의 형태로 비유되고 있다는 것에 주목해 봐야하는 일명 직유의 중층성이 내재되어 있다.

그리고 위에서 〈입술〉과 〈거머리〉가 한꺼번에 연상되었다면 그 연상은 〈그 의식의 회로의 코스를 한번 익히면 누구라도 눈 깜짝할 사이에〉 〈도달할 수 있다〉로 비유되는 것이다. 비유의 본질은 그 의외성과 그것을 통과한 후의 설득력이 더욱더 새로운 비유로 설명된다고 하는, 바야흐로 비유에 능한 무라카미 하루키 저인 언설 그 자체라 하겠다.

• 직유 하는 하루키 문학

그렇다면 이러한 직유의 의외성은 〈뛰어난 지성이라는 것은 대립하는 두 개의 개념을 동시에 끌어안고, 그 기능을 충분히 발휘해 나갈 수 있는 것이다〉("바람의 노래를 들어라")라고 설명하듯이 뛰어난 지성에 의한 세상에 통용되는 인지의 신선함을 일컫는 것이라 하겠다. 하루키의 ≪A는 B와 같이 C다≫라고 하는 직유의 탁월함을 분석하는 것은, C적인 상황인 A를 하루키가 어떤 재치로 서로 어긋난 표현을 하면서 작품 세계를 짜낼까? 또는 A가 지닌 C의 속성을 설명하기 위해 호출한 우리들에게 진부하고 평범하게 보이는 B가 하루키 눈에 들어오면 어떤 모습으로 변할까? 양쪽에서 하루키 세계의 본질에 박차를 가하다 보면 A와B를 연결시키는 하루키만의 독자적인 지성과 세계인지 방법의 특수성을 알게 된다.

첨언하자면 더 중요한 것은 하루키 작품세계에는 직유 표현이 속출한다는 것을 직유를 다용하는 하루키에서 보았듯이 표층적인 차원의 문제만이 아니라는 것이다. 무라카미 하루키의 세계는 예를 들어 〈그리고 나서 우리들은 아사히신문의 일요판 위에서 서로 껴안았다〉("바람의 노래를 들어라")라고 하는 것처럼 첫 섹스의 장면을 콧대 높은 아사히신문 일요판이라고 하는 뜻밖의 조합이 낳는 재미로 가득 차 있으며, 더 나아가 옛 여자친구(불문과의 여자)가 캠퍼스에서 목을 매달아 죽었다는 다분히 감정적일 수밖에 없는 상황에서, 그 사이에 피운 담배 개피 개수를 세는 지극히 이성적이기 짝이 없는 서술방식은 두 개의 다른 세계를 충돌시킴으로 생기는 미묘한 위화감과 알력 그리고 빗나감 그것이 빚어내는 매력에 의해 유지되고 있다. 그것은 바로 표층표현 수준에서 직유가 가져다주는 효과와는 역설적이다.

그런 직유의 의외성으로 이어지는 A와 B의 거리두기와 엇갈림은 무라카미 하루키의 문학 곳곳에서 찾아볼 수 있다. 〈섹스, 성행위, 성교, 교합, 그 밖의 뭐든지 좋지만 그런 말, 행위, 현상에서 내가 상상하는 것은 언제나 겨울의 박물관이다〉에서 A라고 듣고 B를 〈상상하는〉 혹은 연상하는 것은 A와 B사이에 어떤 관계가 있기 때문이지만, 그것은 어떤 〈약간의〉 〈연쇄〉('존 업다이크를 읽기 위한 최선의 장소')에 불과하고, 〈어딘가 통하고 있구나. 라는 생각은〉 해도 〈어디서 연결되어 있는지는 나는 모른〉('1963/1982년의 이파네마의 여인') 채, 예를 들어 〈'이파네마의 여인을 들을 때마다 나는 고등학교 복도를 떠올린다〉라는 것은, 그것이 관련성이 있다고 보기 어렵기 때문에 의외성이나 엇갈림을 직감하게 되는 것이다. 이싱과 같이 무라카미 하루키 문학을 무엇과 비유하려 한다면 그것은 바로 직유와 같다고 비유해야 한다. 즉, 직유와 같은 하루키 문학인 것이다.

따라서 하루키의 탁월한 비유의 풍부함을 언급하는 것은

그것을 흉내 내고 재치 있는 대화를 하기 위한 매뉴얼이 되기도 할 뿐만이 아니라, 하루키의 세계인식 방법이나, 지성의 존재가치를 알아가고 무라카미 하루키 문학의 정수를 이해하는 발판이 된다고 하겠다.

한밤중의 기적에 대하여,
혹은 이야기의 효용에 대하여
이야기의 비유의 효용에 대하여

초출 '태양' (1995 · 2)

첫수록 "밤의 거미원숭이" (헤본샤, 1995 · 6 · 10)

문고 "밤의 거미원숭이" (신쵸문고, 1998 · 3 · 1)

"무라카미 하루키 전 작품 1990~2000 ①" (고단샤, 2002 · 11 · 20)

한밤중의 기적에 대하여,
혹은 이야기의 효용에 대하여

개요

소녀가 소년한테 묻는다. "너 나를 얼마나 좋아해?" 소년은 한참을 생각한 뒤 조용한 목소리로 "한밤중의 기적(汽笛) 소리만큼"이라고 대답한다. 소녀는 잠자코 다음 이야기를 기다린다. 거기에는 틀림없이 무슨 이야기가 있는 것 같다. "어느 날, 밤중에 문득 잠을 깨"하며 그는 이야기를 시작한다. "나는 완전한 외톨이고, 주위에는 아무도 없어. 그리고 난 갑자기 내가 아는 모두로부터, 나는 내가 알고 있는 모든 장소로부터 믿을 수 없을 정도로 멀리 떨어져 있고 고립되어 있다고 느낀다. 나 자신이 이 넓은 세상에서 그 누구로부터도 사랑받지 못하고, 아무도 말을 걸어주지 않고, 아무도 기억해 주지 않는 존재가 되어 버렸음을 알게 됐지." "그것은 마치 두꺼운 강철 상자에 갇힌 채 깊은 바다 속에 가라앉은 듯한 느낌이야. 그냥 내버려두면 상자 안의 공기가 없어져 정말로 죽어 버릴 거야. 이건 비유가 아니야. 사실이라고. 이건 한밤중에 홀로 잠을 깬다는 의미야. 근데 그때 저 멀리서 기적소리가 들려와. 나는 어둠 속에서 귀를 기울여. 그리고 나면 나의 심장은 통증을 멈춰. 시계 바늘도 움직이기 시작해. 강철 상자는 바다 위로 향해 천천히 떠올라. 그건 모두 그 작은 들릴 듯 말 듯한 아주 작은 기적소리 때문이지. 나는 그 기적 소리만큼 널 사랑해" 거기서 소년의 짧은 이야기는 끝난다. 이번에는 소녀가 자신의 이야기를 하기 시작한다.

본문 자체는 원고지 세 장 정도의 말 그대로 〈초 단편〉의 아주 짧은 작품이지만, 작품에 비해 스무 세 글자라는 아주 긴 제목이 붙어 있어 묘한 위화감마저 준다. 그것은 앞장의 '세 가지의 독일 환상'에서 봤듯이 전혀 다른 두 개를 충돌시키는 직유의 매력과도 같으며 너무나 하루키다운 것이라 하겠다. 내용이 짧은 것에 비해 타이틀을 길게 해 두개가 충돌하는 와중에 또, 〈혹은〉이라는 형태로 두 개가 연결되며 다시 충돌하고 있다. 그런 의미에서 이 초 단편은 가장 무라카미 하루키답다고 할 수 있고, 본서의 각 장의 제목도 이를 따른 것이라는 것을 이미 알고 있겠지만, 또 다른 의미에서 이 작품이 가장 무라카미 하루키다운 작품이라고 할 수 있다.

그런데 작품은 당돌하게 〈"너 나를 얼마나 좋아해?"〉 하고 〈소녀〉가 〈소년〉에게 묻는 것에서 시작된다. 이 이야기의 히로인이 주인공을 향해 던지는 물음은, 무라카미 하루키 팬이라면 꼭 한 번은 들어 본적이 있는 프레이즈 일 것이다. 그렇다. "노르웨이의 숲"의 히로인 고바야시 미도리가 주인공 와타나베에게 자주 던진 말이며, 미도리를 향해 와타나베가 대답한 수많은 대답은 〈…만큼 좋아해〉라고 하는 일종의 직유를 사용한, 경묘한 고백 어록을 만들고 있다. (영화 "노르웨이의 숲"을 만족할 수 없었던 이유 중의 하나가, 이러한 대사가 모조리 생략됐다는 것이다.)

예를 들어, 〈"얼마만큼 나를 좋아해?"라고 미도리가 물었다.〉 그때 〈나〉 와타나베는 〈"이 세상 정글의 호랑이가 전부 녹아 버터가 되어 버릴 정도로 좋아한다"〉고 대답한다. 이것은 물론 '지비쿠로 삼보'에서 야자수 위로 도망친 삼보를 잡으려고 쫓아온 호랑이가 야자수 둘레를 빙빙 돌다 녹초가 되다시피 〈녹아서 버터가 되었다〉는 이야기에 근거하고 있는 것으로, 그 당돌한 의외성은 독자 그리고 미도리의 마음에 커다란 감동을 안겨준다. 그러나 조금만 생각해 보면 야자수 둘레를 계속 맴도는 것이 너를 끝까지 생각한다는 뜻이라면 그럴 만도 하다고 납득하게 된다. 또, "너를 생각하면 몸도 마음도 녹을 것 같은"데 부끄러워서 말은 못해도, 농담 삼아 "버터가 되어 버릴 것 같다"라는 말은 말할 수 있을 것 같다며 수긍한다. 〈"얼마만큼 좋아?"〉가 아니더라도, 미도리가 다시 〈"내 헤어스타일 멋있어?"〉라고 물으면 〈"딱 좋아"〉라고 대답한 〈나〉에게 〈"얼마만큼 좋아?"〉라고 다시 묻는다. 그러자 〈나〉는 〈"이 세상 숲에 있는 나무가 전부 쓰러질 정도로 멋있어"〉라고 대답한다. 더 나아가 다음과 같은 예도 있다.

'널 좋아해. 미도리'

'얼마만큼 좋아?'

'봄날 곰만큼 좋아'

'봄날 곰?' 하며 미도리가 다시 얼굴을 들었다.

'그게 뭐야? 봄날의 곰?'

'들판을 너 혼자 걷고 있을 때 맞은 편에서 벨벳 같은 털가죽을 쓰고 눈빛이 귀여운 새끼 곰이 걸어와. 그리고 너에게 이렇게 말하는 거야. "아가씨, 오늘 나와 함께 뒹굴기 놀이 한 번 안 하실래요?"라고. 그러면 너와 아기 곰은 서로 껴안고 클로버로 덮인 언덕 경사를 뒹굴뒹굴 뒹굴며 하루 종일 놀아. 너무 근사하지?

'와우. 너무 멋져'

'그 정도로 너를 좋아해'("노르웨이의 숲")

더 이상 해설할 필요도 없겠지만, 이와 같은 직유를 사용한 애정표현의 한 예로 이 〈한밤중의 기적만큼〉이라는 대답도 포함된다. 작품에는 〈거기에는 틀림없이 어떤 이야기가 있는 게 분명하다〉 계속해서, 〈소년〉의 〈한밤중의 기적〉을 둘러싼 〈이야기〉는 전개된다.

매우 〈짧은 이야기〉이지만, 초 단편이라고 하는 작품 전체의 길이에 비해 상대적으로는 긴 〈이야기〉다. 그리고 그것을 다 듣고 나서, 〈거기서 소년의 짧은 이야기는 끝난다. 이번에는 소녀가 자기 이야기를 하기 시작한다〉에서 작품은 끝맺고 있다. 그리고는 반드시 "그 이상 나도 너를 좋아해"라고 〈소녀〉의 고백이 이어질 것이다. 그러한 애정의 교감과 교환을 재촉하는 것이

〈소년의 짧은 이야기〉이고 그것은 분명히, 타이틀이 품고 있는 〈이야기의 효용〉이라고 할 수 있으며, 그런 의미에서 본 작품은 〈이야기의 효용에 대해서〉 쓴 작은 〈이야기〉임에 틀림없다.

그 〈이야기〉에 딱 들어맞는 것으로 〈한밤중의 기적에 대해서〉이고, 〈그리고 나는 그 기적만큼 너를 사랑한다〉로 끝맺고 있는 〈이야기〉를 놓고 볼 때 그 〈기적만큼〉은 어느 정도를 말하는 것일까?

〈한밤중에 혼자 문득 눈을 뜬 채〉 〈나는 완전한 외톨이고, 주위에는 아무도 없어. 그리고 난 갑자기 내가 아는 모두로부터, 나는 내가 알고 있는 모든 장소로부터 믿을 수 없을 정도로 멀리 떨어져 있고 고립되어 있다고 느낀다. 나 자신이 이 넓은 세상에서 그 누구로부터도 사랑받지 못하고, 아무도 말을 걸어주지 않고, 아무도 기억해 주지 않는 존재가 되어 버렸음을 알게 됐지〉라며 〈그대로 내버려두면〉 〈정말로 죽어 버릴거야〉라는 절대적인 고독이다. 이것은 "태엽 감는 새"의 가사하라 메이가 주인공인 오카다 준에게 보낸 편지내용과 흡사하다.

태엽 감는 새 씨, 솔직히 솔직하게 말하자면 저는 수시로 너무 무서워져요. 한밤중에 잠에서 깨어나 혼자서, 모두가 있는 어느 곳에서나 500Km 이상 멀리 떨어진 깜깜한 곳, 어디를 둘러봐도 한치 앞

도 분간 못할 곳에서 매우 큰 소리를 외칠 정도로 무서워요. 태엽 감
는 새 씨는 혹시 그런 적 없나요? 그럴 때 저는 자신이 뭔가와 연결되
어 있다는 생각이 들어요. 그리고 연결되어 있을 것들의 이름을 머릿
속에 열심히 늘어놓아요. 그 안에는 물론 태엽 감는 새 씨도 들어있
어요. "저 골목도, 저 우물도, 감나무도, 잘 새기고 있지요,"

여기서도 〈자신이 어딘가에 연결되어 있는〉 것이 확인되고
있는 것처럼 그러한 고독 속에서, 자신과 세상 뭔가와 희미하게나
마 연결되어 있다고 생각하게 해 주는 〈들릴 듯 말 듯한 정도의
〈한밤중의 기적〉과 같은, 너야말로 고독한 나를 세상과 연결시켜
주는 유일한 존재다〉라고 하는 의미를 '한밤중의 기적에 대해서,
혹은 이야기의 효용에 대해서' 소년은 이야기 하고 있다. 그것은
바로 와타나베가 미도리에게 대답한 것처럼 직유적인 애정 표현
이었을 때 〈한밤중의 기적〉의 〈이야기〉는 〈이야기의 효용에 대
해서〉 서술한 것과 동시에, 〈그것은 비유라고 할 수 없는 사실이
라고요〉하고 있는 것으로 보아 ≪비유의 효용에 대해서≫ 쓴 〈이
야기〉이기도 하다고 할 수 있다. "나는 … 와/과 같이 너를 사랑하
고 있다"고 하는 직유 부분이 여기서는 너무 길어진 결과, 하나의
〈이야기〉가 되고 만 것이다. 생각해 보면 무라카미 하루키의 문학
은(혹은 모든 문학이 그렇다고 말할 수 있는지도 모르지만), 와타나베가 나

오코를/미도리를, 그리고 하지메가 시마모토 씨를 오카다 도루가 쿠미코를, 〈나〉 〈K〉가 쿠미코를, 덴고가 아오마메를 다시 말하자면 내가 그녀를 〈얼마나〉 〈좋아〉하는지를 확인해 가는 이야기라 하겠다. 그런 의미에서 이 '한밤중의 기적에 대해서, 혹은 이야기의 효용에 대해서'는 무라카미 하루키 문학의 기원과 같은 작품이라 하겠다.

4월의 어느 맑은 아침에 100퍼센트의 여자를 만나는 것에 대하여

반실가상^{反実仮想}의 문학에 대하여

반실가상^{反実仮想}의 문학에 대하여

초출 '토레폴' (1981 · 4 · 10)

수록 "캥거루 날씨" (헤본샤, 1983 · 9 · 9)

문고 "캥거루 날씨" (고단샤문고, 1986 · 10 · 15)

"무라카미 하루키 전 작품 ⑤" (고단샤, 1991 · 1 · 21)

4월의 어느 맑은 아침에 100퍼센트의
여자를 만나는 것에 대하여

개요

4월 어느 맑게 갠 아침, 하라주쿠 뒷골목에서 나는 100퍼센트의 여자와 스쳐 지났다. 그다지 예쁜 여자는 아니다. 막 잠에서 깨어나 까치집이 그대로 붙어 있고, 나이도 서른에 가깝다. 그런데 50m나 떨어진 곳에서부터 나는 분명히 알고 있었다. 그녀는 나에게 있어서 100퍼센트의 여자다. 딱 삼십 분 만이라도 좋으니 나는 그녀와 이야기를 나누고 싶다. 막상 부딪히면 대체 어떤 말을 어떻게 그녀에게 걸어야 좋을지 생각할 새도 없이, 꽃가게 앞에서 나는 그녀와 스쳐 지난다. 물론 지금은, 그때 내가 그녀에게 어떤 말을 걸어야 했는지, 확실히 알고 있다. 너무 긴 대사라 아주 능청스럽게 할 수 없었을 게 뻔하지만 어쨌든 그 대사는 '옛날 옛적'에서 시작해 '슬픈 이야기라고 생각하지 않습니까?'로 끝난다. 옛날 옛적에 어느 한 곳에 소년과 소녀가 있었다. 100퍼센트 사이가 좋은 두 연인이, 실험적으로 헤어져 있는 사이에 서로가 100퍼센트의 상대라는 것을 잊어버렸거든요. 슬픈 이야기라고 생각하지 않아요?(우리도 먼 옛날에 그런 100퍼센트의 연인이었던 거죠.) 나는 그녀에게 그런 식으로 말을 걸어 봐야 했다.

51

• 반실가상反実仮想에 대하여

　이 작품은 긴 제목으로 눈길은 끌지만 첫 발표가 유명한 곳이 아니었으며 수록된 '캥거루 날씨'도 무라카미 하루키의 작품 중에서도 그다지 알려지지 않아 어떤 의미에서 조용히 파묻혀 버렸을 것 같은 작품이다. 하지만 실은 그 "캥거루 날씨"가 대만에서 중국어로 번역 되면서 이 작품을 대표작으로 "우연히 만난 100퍼센트의 그녀"(원명주역,1986.7)라는 제목으로 간행되었고, 대만에서는 그 후 〈우연히 만난 100퍼센트〉라는 말이 〈무라카미 소설의 대명사가 되었다〉(후지이 쇼조 "무라카미 하루키에게 있어 중국")고 할 정도로 아는 사람은 다 아는 알려진 작품이다. 또, 야마카와 나오토가 1983년에 제작한 단편 영화 "100퍼센트의 여자"가 2001년에는 "100퍼센트의 여자 · 빵집 습격"으로 DVD(세류출판, 2001.11)가 간행되기도 한 원작이라는 것으로 상당히 많은 사람에게 알려진 작품이다.

　영화와 비교하는 것은 나중으로 돌리고 먼저 원작이 얼마나 재미있는가를 확인해 보자.

　'내'가 우연히 만난 여자는 〈100퍼센드의 여자〉라고 하고 있지만, 과연 확실히 〈100퍼센트의 여자를 만난다는 것은 누구도 할 수 없〉을 뿐 아니라 〈그녀의 코가 어떤 모양인지 따위는 나는 전혀 생각나지 않는다〉〈아니, 코가 있었는지 없었는지조차 잘 생각나지 않는다〉는 것은, 과장이 지나치다. 그러나 문제는 독자에게 이런 타입의 여성이야 말로 〈100퍼센트의 여자〉라고 하는, 이를테면 〈내 타입〉을 제시하지 않을 뿐만 아니라 묘사 또한 일절 없다. 여기서 문제는 독자가 아니라 당사자인 그 여자에게 자신이 원하는 타입을 〈100퍼센트〉 기대한다는 것으로 계획되어 있다. 그것은 즉, '한밤중의 기적에 대해서, 혹은 이야기의 효용에 대해'가 그랬던 것처럼 여기서 〈너는 나를 얼마나 좋아해?〉라고 상대가 묻고 있는 것이 아니 듯이, 수동적으로 그 물음에 대답하는 것이 아니라 능동적·주체적·적극적인 자신이 상대를 얼마나 좋아하는가를 호소하고 있는 것이다.

이미 전장에서 본 것처럼, 그 물음에 답하거나 그것을 호소하는데, 유효한 힘을 발휘하는 것이 "직유"였다. "나는 …만큼 네가 좋다." 혹은 내가 너를 좋아하는 마음을 비유해 보면 …다. 그리고 〈100퍼센트의 여자〉라는 말도 또 내가 너를 좋아한다는 것은 너는 나에게 있어서 〈100퍼센트의 여자〉라고 할 만한 정도의 의미에서, 이미 훌륭한 직유의 하나라 하겠다. 그러나 상대가 〈100퍼센트〉인 것, 즉 완벽하다는 것을 정확히는 자신이 그렇게 생각하고 있다는 것을 당사자인 상대에게 전하기란 여간 어려운 것이 아니다.

상대방도 그렇게 동의해 줄지 모르는 어려움이 물론 있다.

본문에 있는 대로 상대로부터 〈나에게 있어 당신은 100퍼센트의 남자가 아니야〉라고 하면 짝사랑으로 끝날 가능성이 높다. 여기서 고백이 잘 먹힐지 어떨지 모르지만, 우선 고백을 통해 상대에게 자신이 생각하고 있는 것을 전할 필요가 있다. 하지만 공교롭게도 그것은 실로 어렵다는 것을 이 작품에서 제시하고 있다고 하겠다.

우리라면 어떻게 말을 걸 수 있을까? 우리는 붉은 실로 새끼손가락과 새끼손가락이 연결되어 있어. 라는 상투적인 문구를 찾는 정도가 고작이다. 대개는 아무 말도 못하거나 진작에 할 말은 못하고 귀중한 기회나 놓치고 회한만 남는다. 그리고 몇 번이나 되돌아보고, 그 때 이랬더라면 저랬더라면 좋았을 걸 하며 고민한다. 사랑의 실체는 대부분이 그렇다. 그리고 왠지 이러한 경우를 들은 기억이 있는 것은, 옛날(인지, 얼마전인지 모르지만) 고교시절의 고전 시간에 배운 반실가상이라고 하는 것 그 자체이기 때문이다. ≪그때 …였다면, 지금은 …였는데(그렇게 못했으니까, 지금은 그렇지 않다)≫라는 것이다. 예를 들어 그것은, 아라이 유미의 '바다를 보고 있던 오후'라고 하는 노래에 의하면 다음과 같다.

그때 눈앞에서 실컷 울었더라면
지금쯤 둘이 여기서 바다를 바라보고 있었을 거야

54

창문에 볼을 대고 갈매기를 쫓아가던

그런 네가 지금도 보여

테이블 너머로

〈그때 눈앞에서 실컷 울었더라면〉 좋았을 것을 그렇지 못해서 지금 그녀는 홀로 〈바다를 바라보며 오후〉를 보내고 있다. 아니, 그때 그랬더라면 〈지금쯤 둘이 여기서 바다를 바라보고 있었을 거야〉라고 생각하는 것은 마치 테이블 위에 놓인 소다수 잔에 화물선이 보이는 것을 거부하듯 〈그런 너〉에 대한 환상은 〈테이블 너머〉 눈앞에서 일어나듯 강렬하게 느끼고 있는 것이다. 본론으로 돌아와서 보면 그 〈반실가상〉의 생각을 강하게 뒷받침하는 것은 마지막에서 〈나는 그녀에게 그런 식으로 말을 꺼내 봤어야 했다〉라고 하는 부분이다. 그렇게 못해서 두 사람은 그냥 스쳐 지나가고 말았던 것이다. 그런데 앞장에서 무라카미 하루키의 문학은 거의다가 남자주인공이 여주인공을 얼마나 좋아했는지를 확인하는 이야기라고 마무리 지었다. 왜 주인공이 그것을 묻는가 하면, 그 여주인공이 여기 없기 때문이다. "노르웨이의 숲"에서 와타나베는 나오코를 얼마나 사랑했는지, 혹은 미도리를 그토록 사랑했는데 그것을 지금에서야 깨우치게 되었고 그때는 전혀 눈치 채지 못해 전할 수 없었다. 라는 회한 속에서 서술되고 있다. 좀 더 정확히 말하자면, 내가 그녀를 사랑했던 것은 …만큼이지만, 그것을 충분히 전하지 못해, 그녀는 지금 여기에 없는 것이라고 후회하면서 그때 전했더라면 하는 자신의 생각을 확인하려고 생각을 서술하고 있다. 즉, ≪반실가상≫적인 후회 속에서 과거가 회상되는 이야기인 것이다. 연가·만가는 그 전형이라 할 수 있으며, 모든 문학이 그렇다고 해도 과언이 아니듯이, 특히 무라카미 하루키의 문학은, 그 대부분이 실은 그러한 것으로 쓰여 있다.

• "1Q84"의 기원

무라카미 하루키의 문학이 〈반실가상〉적인 사랑을 회상하는 점이 특징이라면 바로 그 반실가상의 전형을 묘사한 '4월의 어느 맑은 아침에 100퍼센트의 여자를 만날 것에 대하여'는 무라카미 하루키 문학의 원형이라고 할 수 있지만 우선은 그(무라카미 하루키의 문학은 반실가상이라는) 가정 부분의 확인을 통해, 무라카미 하루키의 작품의 상당수가 이 '4월의 어느 맑은 아침에 100퍼센트의 여자를 만날 것에 대하여'가 그 원형이라고 한다면, 사회 현상을 일으킨 작품도 당연히 그 원형을 이 초 단편에서 찾을 수 있다고 믿고 "1Q84"에 눈을 돌려 보자.

2009년에 공전의 히트를 일으킨 "1Q84"는 2010년 4월에 대망의 속편 book3이 간행된 신쵸샤의 4월 "신간 안내"에 〈"1Q84"의 세계에 만약 사랑이야기가 있다면 그것은 완벽한 사랑일지도 모른다. 일본을 비롯해 세계에서 공전의 히트를 일으킨 이야기 대망의 book3 간행!〉이라고 광고하고 있다. 〈완벽한 사랑!〉 그것은 곧 〈100퍼센트의 사랑〉과도 바꿀 수 있다. 고단샤는 "노르웨이의 숲"을 내놓았을 때 띠지에 〈100퍼센트의 연애 소설〉을 칭송한 〈100퍼센트〉라는 말을 무라카미의 대명사로 붙였는데, 신쵸샤도 똑 같이 〈완벽한 사랑〉을 칭송한 점은 흥미롭다. 또 〈만약 사랑이 있다면〉이라는 가정법도 ≪만일 …이었다면≫이라고 하는 반실가상과 통한다는 것이 더욱 흥미롭다. 되돌아보면 "1Q84"의 book1의 띠지에는 〈이랬을 지도 모를〉 과거가 그 어두운 거울에 떠오르는 것은 〈그렇지 않았을지도 모를〉 현실의 모습이라고 쓰여 있다. 이 카피는 약간 굴절된 표현이지만, 그러한 과거에 대해서, 이랬더라면 하는 가정 하에서 그렇게 되길 바라는 공상을 그리는 반실이상을 끼워 맞춘 것이라 하겠다. 혹은 book3의 전개에 따르면 그 가상현실을 다시 한 번 반전시키려는 세계라고 해도 좋을지 모른다.

〈시간이라면 충분히 있다. 그 곳에 있는 것은 잃어버린 시간을 회복하기 위한 시간이다.〉(book3)라는 표현에 연유해서 작중에 프루스트의 "잃어버린 시간을 찾아서"를 필연적으로 불러들인 "1Q84"도 초등학교 4학년 때 〈맑게 갠 12월 초 오후〉 〈방과 후 청소가 끝난 뒤 교실에서〉 아오마메에게 손을 잡힌 텐고가 그때 소녀의 손을 다시 꽉 잡아 쥐었던 세계는 지금과 같은 상황은 아니겠지만 가와나 텐고와 아오마메 마사미의 그럴싸한 반실가상 세계가 그려져 있다. "1Q84"에 그대로 '4월의 어느 맑게 갠 아침에 100퍼센트의 여자를 만날 것에 대해서'와 겹치는 문장이 발견되기도 한다.

> 그 후 꽤 오랫동안, 텐고는 자신의 행동을 뉘우치게 된다. 보다 정확하게 말하면, 행동의 결여를 뉘우치게 된다. <u>그 소녀를 향해 했어야 할 말을 이제는 몇 개씩 떠올릴 수 있게 되었다.</u> 그녀에게 이야기하고 싶은 것, 말하지 않으면 안 되는 것이, 텐고 안에는 분명히 있었던 것이다. 나중에 다시 생각해 보면, 그녀를 어디선가 불러 세워 이야기하는 것은, 그다지 어려운 일이 아니었다. 어떤 계기를 찾아, 아주 작은 용기를 낼 수 있으면 좋았을 것이다. 그러나 텐고는 그럴 수가 없었다. 그리고 기회는 영원히 오지 않았다.
>
> (book2 밑줄 인용자)

그리고 다시 "1Q84" 중에는 〈만일 과감하게 말을 걸었다면 내 인생은 지금과는 달랐을지도 모른다〉라는 말이나, 독자인 〈우리〉를 끌어들여 작품 안에서 몇 번이나 〈'만약을 우리 머리에 떠올리게 한다. '만약 다마루'가 이야기를 좀 짧게 끝냈더라면, '만약 아오마메'가 코코아를 만들지 않았더라면, 그녀는 미끄럼틀 위에서 하늘을 올려다보고 있는 텐고의 모습을 볼 수 있었을 것이다. 곧장 방을 뛰쳐나와 이십 년 만에 재회는 이루어졌을 것이다〉라고 하는 '만약'이라고 하는 언설이나, 그로 인한 가상된 전개가 넘치고 있다.

이처럼 "1Q84"의 원형이 '4월의 어느 맑은 아침에 100퍼센트의 여자를 만나는 것에 대하여'에 있다고 보는 나로서는 "1Q84"의 〈제네시스(기원)〉를 논한 스즈무라 카즈나리鈴村和成("무라카미 하루키 전기 "1Q84"의 제네시스" 사이류사,2009.8)가 '4월의 어느 맑은 아침에 100퍼센트의 여자를 만나는 것에 대하여를 언급하는 바람에 선취권을 놓친 것은 실망스럽다. 스즈무라의 말은 다음 같다.

무라카미는 1983년 "캥거루 날씨"에 수록한 '4월의 어느 맑은 아침에 100퍼센트의 여자를 만나는 것에 대하여'라는 아주 긴 제목의 아주 짧은 단편소설에서 이런 종류의 "돌발사랑"과 그 후의 전말, 우연의 해후를 둘러싼 이야기를 쓰고 있다.

연애시 일어나는 우연의 요소를 테마로 한 것으로, "옛날 옛적에"로 시작하여, "슬픈 이야기라고 생각하지 않습니까"(전 I 5, 28)로 마무리하는 끝부분 등은 아오마메와 텐고의 "비련"의 "기원"(제네시스)이

이 단편에 있다고 하겠다.

　슬픈 이야기다. "1Q84"의 덴고와 아오마메의 운명적인 사랑과 라스트의 이십 년 후의 비극적인 엇갈림처럼 마지막의 〈운명적인 사랑〉과 〈이십 년 후의 비극적인 엇갈림〉은, 거의 겹치지만 "1Q84"와 겹치는 것은 어디까지나 〈내〉가 마음에 그린 ≪가상≫의 세계이지, '4월의 어느 맑은 아침에 100퍼센트의 여자를 만나는 것에 대하여'라는 초 단편의 세계 그 자체는 아니라는 것이다. 그것을 〈돌발 사랑과 그 후의 전말, 우연의 해후〉를 그린(모두 현실에서 일어난)이야기로 보고 있는 스즈무라는 '4월의 어느 맑은 아침에 100퍼센트의 여자를 만나는 것에 대하여' 반실가상성은 전혀 보지 않고, 〈아오마메와 덴고의 "비련"의 "기원"(제네시스)〉은(정확히는 가상 속에) 적용시키더라도 작품 그 자체 내에서 반실가상 이야기의 기원은 찾아 볼 수가 없다.

• 하루키 문학의 기원

　무라카미 하루키의 초 단편의 매력을 안내하고자 쓴 이 책은 "1Q84"에서 후카에리를 심독할 여유는 없지만, 자세히 살펴보면 작품의 여기저기가 여러 작품과 연결되고 겹쳐져 있다. 이런 관점에서 "1Q84"는 모종의 하루키 문학의 집대성적 성격을 띠고 있다. 그렇다면 "1Q84"의 기원이자 원형이라 할 수 있는 이 '4월의 어느 맑은 아침에 100퍼센트의 여자를 만나는 것에 대하여'는 말 그대로 무라카미 하루키 문학의 기원이라고 쉽게 납득이 가겠지만 이쯤에서 한 가지 구체적인 예를 들어 보자. 반실가상성의 중복을 보기위해서 작품 전체의 줄거리를 소개하게 되면 번잡해지고, 초 단편 소개가 아닌 장편 안내가 되어 버릴 수 있으므로 '4월의 어느 맑은 아침에 100퍼센트의 여자를 만나는 것에 대하여'가 그대로 끼워져 있는 것처럼 보이는 부분을 인용해 보자.

"해변의 카프카"에서 고무라 도서관에 눌러 앉은 다무라 카프카 소년은, 도서관의 사서 〈오시마 씨〉로부터 다음과 같은 이야기를 듣는다.

소년은 18살이 되어 도쿄에 있는 대학에 갔다. 성적이 좋았으며 전문적인 공부도 하고 싶었다. 도시에도 나가고 싶었다. 그녀는 지역 음악대학에 입학해 피아노를 전공하게 되었다. 이곳은 보수적인 땅이고 그녀가 자란 것은 보수적인 집안이었지. 그녀는 외동딸이고, 그런 딸이 도쿄로 나가는 것을 부모는 원치 않았어. 그렇게 해서 두 사람은 태어나서 처음으로 떨어지게 되었지. 그야말로 신이 칼로 두 조각으로 자른 것처럼요.

물론 두 사람은 매일 같이 편지를 썼다. '한번 이렇게 떨어져 보는 것도 소중한 일일지 모른다'며 그는 편지를 썼다. '떨어져보면 우리가 정말 얼마나 서로를 소중하게 생각하고 서로를 필요로 하는지 그것을 생각해 볼 수 있으니까' 하지만 그녀는 그렇게 생각하지 않았다. 두 사람의 관계는 일부러 확인할 필요도 없을 만큼 진실하다는 것을 그녀는 알고 있었기 때문이다. 그것은 백만분의 일에 해당하는 운명적인 만남이었고, 애당초 분리 불가능한 것이었다. 그녀는 그것을 알고 있었다. 그러나 그는 알 리 없었다. 혹은 알고 있어도, 그대로 그냥 받아들일 수 없었다. 그래서 일부러 그는 도쿄로 나갔다. 시련을 이겨내 두 사람의 관계를 더욱 가다듬고 싶다고 생각했을 것이다. 남자는 왕왕 그런 생각을 한다.

이상은 〈사에키 씨〉와 소꿉친구가 지금의 연인이 된 이야기이며 〈오시마 씨〉는 〈동화 같은 러브 스토리〉라고 한다. "해변의 카프카"의 독자에게 있어 이 시퀀스를 읽으면서 플라톤의 "향연"의 아리스토파네스의 설에 나오는 〈신이 칼로 두 조각으로 자른 것처럼〉 두 사람의 이야기에 신경이 쏠리면서 무라카미 하루키 문학의 계보와 연결시키기가 어려울지 모른다. 그러나 이것은 딱 그대로 '4월의 어느 맑은 아침에 100퍼센트의 여자를 만나는 것에 대하여'의 〈내〉가 그린 〈가상〉의 소년과 소녀의 이야기가 중복된다. 〈백만분의 일이라는 운명적인 결합〉으로 연결된 두 사람이 〈떨어져 보면 우리가 정말로 얼마나 서로를 소중히 생각하고, 서로를 필요로 하고 있는지, 그것을 확인해 볼 수 있다고 하는) 남자의 제안으로, 그렇게 할 필요가 없었던 이별을 경험한다. 그리고 물론 이 이야기에서 사에키 씨와 두 사람도 '4월의 어느 맑은 아침에 100퍼센트의 여자를 만나는 것에 대하여'에 나오는 소년, 소녀와 마찬가지로 서로 엇갈린 채, "해변의 카프카" 소년은 불운한 죽음을 맞이한 채 끝나버린다. 이 이야기를 인용까지는 아니지만 바탕으로 삶고 있는 것임에는 틀림없다. "해변의 카프카"는 '4월의 어느 맑은 아침에 100퍼센트의 여자를 만나는 것에 대하여'의 영향도 있겠지만, 이렇게 '4월의 어느 맑은 아침에 100퍼센트의 여자를 만나는 것에 대하여'를 기원으로 "해변의 카프카"는 성립되었으며 "1Q84"도 맥락을 같이 한다고 하겠다. '4월의 어느 맑은 아침에 100퍼센트의 여자를 만나는 것에 대하여'는 역시 무라카미 하루키 문학의 계보에 있어 기원이며 원형에 해당하는 작품이라 과히 말 할 수 있다.

• 영화와 비교하기

지금까지 미뤄왔던 야마카와 나오토山川直人의 영화 "100퍼센트의 여자"는 지금까지 살펴본 '4월의 어느 맑은 아침에 100퍼센트의 여자를 만나는 것에 대하여'를 얼마나 근사하게 영화화 했는지에 대해서는 마지막에 살펴보기로 하자.

문학 작품을 원작으로 한 문예 영화는, 그 성립의 방법부터 문학보다 열등한 자리에 있는 것처럼 생각하기 십상이지만, 가와바타 야스나리가 자주 말했던 것처럼, 어떤 영화든 원작에 충실할 필요는 없다. 여기서도 원작 '4월의 어느 맑은 아침에 100퍼센트의 여자를 만나는 것에 대하여'를 야마카와 나오토가 얼마나 충실하게 영상화 했는지 여부를 묻는 것은 아니다. 두 작품은 제목부터 다르며 다른 장르의 작품으로 이미 자립한 영화로 평가받아야 한다. 그리고 야마가와 작품은 11분짜리 초 단편이지만, 1984년의 피어 필름 페스티벌에 입선한 것을 비롯해 에든버러 국제 영화제, 런던 국제 영화제, 거튼버그 국제 영화제, 시드니 국제 영화제 등등에 초대된 작품이며, '빌리지 보이스지' 86 베스트텐에서 제4위를 차지한 상당히 평이 괜찮은 영화다.

요컨대 영화작품 자체도 완성도 높은 작품이지만, 묻혀 있던 것을 다시 보급시켜 준 세류출판사의 DVD제작도 상당한 쾌거라 하겠다. 덤으로 소책자의 해설서에는 〈100퍼센트의 여자〉는 단편집 "캥거루 날씨"에 수록된 씁쓰레한 맛이 나는 러브 스토리다. 라고 하며 영화에서도 야마카와는 원작만이 가진 진미를 살려 내레이션을 다용화 했다. 실제로 하라주쿠를 촬영하고, 스틸 구성과 실사를 능란하게 조합해 '만약 그 때 … 그랬더라면'이라는 서로

64

평행된 이야기를 서정적으로 엮어 낸다. 특히 "100퍼센트의 여자"가 많은 관객들로부터 사랑 받는 영화로 반열에 오른 것은 모두가 '만약 그 때 ⋯ 그랬더라면'이 마음 속 뿌리 깊게 자리 잡고 있는 게 틀림없다〉 원작의 본질을 〈만약 그때 ⋯ 였더라면'이라고 하는〉 반실가상의 부분을 정확히 꿰고 짚고 있다는 점에서 꽤 높은 레벨의 평가를 받았다고 하겠다. 앞서 서술한 것처럼 원작과 영화의 장르 구분을 엄격하게 했을 뿐만 아니라 영화 자체를 높이 평가하면서 원작과 비교를 시도해 보면, 〈내레이션을 다용〉해 〈원작의 진미를 살린〉 작품이면서, 타이틀이 다른 것을 비롯해 그 밖에 원작과 여러 가지 차이점을 들어내고 있어 흥미롭다. 〈4월의 어느 맑은 아침〉을 〈11월의 어느 맑은 아침〉으로 변경한 것은 실제 촬영 시기에 맞춘 부득이한 변수이지만, 가을이라는 계절이 갖는 어쩐지 쓸쓸하고 외롭고 서글픈 내용이 매치를 이루고 있다. 〈1981년 4월의 어느 맑은 아침에〉를 〈1983년 11월 어느 캥거루 날씨의 맑은 아침에〉로 바꾼 것도 영화 성립 년도에 맞춘 제목이라는 것에 수긍이 가며 〈캥거루 날씨〉라고 하는 수식이 첨가된 것 또한 원작을 살리려고 한 인사치레이겠지만 재치마저 느껴진다.

또한 영화와 원작을 비교한 가제마루 요시히코風丸良彦("영화화된 무라카미 작품 ②'4월의 어느 맑은 아침에 100퍼센트의 여자를 만나는 것에 대하여 ' "무라카미 하루키 단편 다시읽기" 미스즈 책방, 2007.4) 〈'내'가 '누군가'에게 들려주는 '100퍼센트의 여자'와 길에서 지나치는 에피소드를 영화에서는 동네 카페에서 '내'가 친구에게 들려주는 듯한 최소한의 영상적인 설정으로 한정된 탓에 관객에게 이미지를 고정시켜야 하는 영상 제작의 불가항력은 어쩔 수 없다. 그것은 그렇다 치더라도 그 장면이 싸구려 제작이고 일상적이고 범용한 광경의 묘사에 지나지 않지만, '내'가 말하는 비일상적인 이야기 사이에는 원작에는 없는 서정적 초월성이 만들어진다. 바로 그런 점이 이 영화의 볼거리입니다〉라고 말하고 있는 것도 참고할 만하다.

이와 같이 〈나는 대체 어떤 식으로 그녀에게 말을 걸면 좋을까〉라는 어프로치 방법의 하나인 선택사항으로 원작에서는 〈실례합니다. 이 근처에 24시간 영업하는 세탁소가 있습니까?〉이지만, 바꿔서 〈저 ~ 이 부근에 그녀…〉하며 얄팍한 헌팅 언어로 데포르메(déformer)하는 것도 관객에게 던지는 하나의 서비스라 하겠다.

이상과 같이 야마가와 작품은 원작에 충실하면서 여러 가지 유효한 각색을 도입한 사랑스러운 작품이다. 그런 점을 충분히 인정하면서도 원작과의 차이로 인해 원망스러운 곳이 몇 군데 있다.

예를 들어, 원작에는 〈그녀는 동쪽에서 서쪽으로, 나는 서쪽에서 동쪽으로 걸어가고 있었다. 매우 상쾌한 4월의 아침이다〉

나와 그녀와의 거리는 이제 15m로 가까워졌다〉〈꽃 가게 앞에서 나와 그녀는 스쳐 지나간다〉〈몇 걸음 걷고 나서 되돌아봤을 때, 그녀의 모습은 이미 인파 속으로 사라졌다〉라고 하는 형태로, 두 사람 간의 거리가 멀어지는 모습을 영화에서는 모두 삭제하고 있다. 이것은 찬스를 놓치지 않고 〈스쳐 지나가는〉 순간까지 어떻게 말을 걸 것인가 하는 번민과 연결되는 부분이라 영화에서도 살렸더라면 하는 아쉬움이 있다. 이와 연동해서 〈스쳐 지나는〉 장소인 〈꽃가게 앞〉에 대한 다음과 같은 묘사가 낮은 예산으로 확보한 촬영지에 맞추기 위해 완전히 삭제된 것도 안타깝다.

꽃가게 앞에서 나는 그녀와 스쳐 지나간다. 따스한 작은 공기 덩어리가 내 피부에 와 닿는다. 아스팔트길 위에는 물이 뿌려져 있고 주변에는 장미 향기가 난다. 난 그녀에게 말도 못 건다. 그녀는 흰 스웨터를 입고 아직 우표를 안 붙인 흰 봉투를 오른손에 들고 있다. 그녀는 누구에게 편지를 쓴 모양이다. 그녀는 몹시 졸린 듯한 눈을 하고 있는 것으로 보아 밤새도록 그것을 썼는지도 모른다. 그리고 그 사각 봉투 안에는 그녀에 대한 모든 비밀이 담겨있는지도 모른다.

여기서 그려져 있는 〈그녀〉에 대한 묘사가 〈나〉의 반실가상 속에서 〈우체국에서 속달을 보내는 것도 할 수 있게 되었다〉 〈소녀는 속달용 우표를 사기 위해〉라는 이 두 곳을 살리기 위한 형태로 〈나〉의 《사실》을 벗어나지 않고 있는 그대로를 상상한 《가상》 방식을 내비치는 흥미로운 장면이다. 〈만약 그 때…그랬더라면〉이란 생각을 그리려 했다면 영화화 할 때도 꼭 그렇게 해야 하는 곳이다. 가상 부분에서 〈4월의 어느 맑은 아침〉을 〈11월의 비오는 수요일〉로 바꾼 것은 큰 각색이고, 이는 정반대로 《사실》이 아닌 《가상》이 되어 버리지만, 그렇게 굳이 했을 때 어떤 의미를 찾아낼지도 모른다(하지만, 잘 모르겠다).

이러한 〈사각봉투〉를 할애한 각색에서 보면, 아무래도 야마카와 감독에게는 세류출판사의 라이터처럼 작품을 반실가상으로 볼 생각은 없었던 것 같다. 그것이 결정적으로 보이는 것은 야마카와 영화가 전체적으로 잘 된 것이지만 라스트를 〈슬픈 이야기라고 생각하지 않습니까?〉로 마치고 있는 것과 앞에서 말한 〈나는 그녀에게 그런 식으로 말을 꺼내 봤어야 했다〉라고 하는 작중에서 가장 중요하게 여기는 말을 삭제해 버리고 만 것에 있다. 그렇다고 해서 결코 야마카와 작품을 부정적으로 재단하는 것도, 감독 야마카와 나오토를 엄히 비판하는 것도 아니다.

단지, 만약 촬영시에 야마카와 감독이 원작에 깔려 있는 반실가상을 알았더라면, 분명 지금 우리는 원작과 같이 야마카와 영화를 누구보다 깊이 사랑할 수 있고, 무라카미 하루키 뿐만이 아니라 야마카와 나오토 팬이 됐을지도 모르는데 참 유감스럽다.

• 다시 현실이 아닌 가상에 대해서 반실가상

　　그런데 앞에서 서술한 가제마루 요시히코風丸良彦는 원작을 〈천천히 읽으면 약 11분〉 정도 걸리는 시간을 영화가 충실히 지켜 〈원작을 낭독할 때 시간 감각을 그대로 재현한〉 것을 평가하며 〈결과적으로는 소설의 독서 시간과 영화 감상 시간을 비교할 수 있는 좋은 재료를 제공해〉 준 것은 반가운 일이다. 그러나 지금까지 봐왔던 것처럼 원작과 다른 영화는 원작에 충실한 낭독에 영상을 덧씌워가는 것이 아닌 이상 거의 의미가 없었다. 중요한 것은 소설과 영화에 있어 시간차는 곧 리얼하게 진행하되 되돌릴 수 없는 시간성이 영화에 있다는 것을 전혀 자각하지 못했다는 비판을 가제마루에서 야마카와로 되돌리면, 원작의 말미에 〈나는 그녀에게 그런 식으로 말을 꺼내 봤어야 했다〉라는 중요한 말을 잘라버린 것은 결정적인 실수였으며 확실히 그 영화가 갖고 있는 시간의 문제와 관계한다. 소설을 쓰면서 글쓰기를 중단하고 잠깐 되돌아보면 이 이야기는 이른바 작중에 만들어 낸 〈한밤중의 기적〉에 필적하는 〈이야기〉라 할 수 있는 긴 비유이며, 실제로 두 사람이 직접 대화를 나눈 것은 아니고, 모두 〈내〉가 생각해 낸 반실가상의 이야기라는 것을 다시 알게 된다. 따라서 원작이야 말로 오히려 마지막 대사 없이도 충분했을 것이다. 그에 비해 앞부분을 되돌려보려면 영상을 되돌려 재검토해 볼 수밖에 없는 시간예술성이 강한 영화라는 특성을 살려 영상에 ≪반실가상≫의 이야기를 분명히 싣고 관객에게 보여주기 위해 〈나는 그녀에게 그런 식으로 말을 꺼내 봤어야 했다〉라는 당위성이 강한 대사였던 것을 재차 밝혀 둔다.

이런 이유로, 유감스럽게도 야마카와 감독은 그러한 원작의 반실가상성을 알지 못했다. 이것과 비교해서 논한 가자마루 요시히코도 〈나도 그 때 어떻게 해야 할 지 고심하며〉 〈이야기를 창작합니다〉 〈삽입된 에피소드가 픽션이면 "옛날 옛적"에서 시작되고 표현되고 있습니다〉라며 역시 엉뚱한 답변을 하는 것으로 보아 이야기를 창작으로만 보고 숨겨진 반실가상성에는 눈치 채지 못 하고 있다. 앞에서 본 스즈무라 카즈나리 역시도 그 곳을 간과하고 있다. 즉, 영화와는 달리 마지막에 대사를 할애할 수 있는 소설이라는 관점에서 무라카미 하루키는 친절하게 〈나는 그녀에게 그런 식으로 말을 꺼내 봤어야 했다〉라며 반복을 통해 중요성을 노출하고 있음에도 불구하고, 이 초 단편의 중요성이 간과되어 왔던 것이다.

02

이야기 혹은 거짓말의 힘을 둘러싸고

거울 속의 저녁놀
혹은 이야기의 효용에 대하여

초출 *"코키리 공장의 행복"(CBS 소니출판, 1983·12)*

문고 *"코키리 공장의 행복"(신쵸문고, 1986·12)*

거울 속의 저녁놀

개요

나는 아이들이 잠든 것을 확인하고 〈말할 줄 아는 개〉가 산책을 나가자고 해 집을 나섰다. 이 개와 같이 살기 전에는 아내와 살았지만, 작년에 열린 동네 바자회에서 말 할 줄 아는 개와 바꿨다. 아무래도 좀 건방진 개 인 것 같아 내년 봄 바자회에서 다른 걸로 교환하려는 나의 마음을 알아챈 〈말할 줄 아는 개〉는 〈거울 속의 저녁놀〉 이야기를 들려주는 대신에 바자회에 내놓지 않겠다는 약속을 받아낸다. 이 드넓은 숲속 어딘가에 거울 같은 연못이 있는데, 밤낮을 가리지 않고 늘 저녁놀이 비친다고 한다. 그 묘한 아름다운 저녁놀을 본 개는 영원히 그 안에서 방황한다는 이야기다.

나는 아까 그 이야기가 개가 멋대로 꾸며낸 이야기라는 것을 뻔히 알고도 바자회에 내놓지 않기로 약속했다. 아무튼 달이 지독히도 아름다운 밤이었다.

하루키의 초 단편에는 제목이 긴 작품이 많은데 이 작품이야 말로 '거울 속의 저녁놀 혹은 이야기의 효용에 대하여'라는 긴 제목이 어울릴 것 같다. 〈이야기의 효용에 대하여〉는 물론 '한밤중의 기적에 대하여 혹은 이야기의 효용에 대하여'라는 제목의 일부에서 따온 것이지만, 이 단편이야 말로 〈이야기의 효용에 대하여〉를 테마로 설정한 작품이라 하겠다.

〈말할 줄 아는 개〉가 들려준 〈거울 속의 저녁놀 이야기를 좀 더 자세히 들려주지 않을래?〉하며 〈내〉가 재촉하자 〈내년 봄 바자회에 저를 내놓지 않겠다고 약속해 주신다면요〉하고 조건을 내걸고 시작되는 이야기다.

이야기를 다 듣고 나서 〈내〉가 '기분이 아주 상쾌'하게 느낀 것처럼 이야기를 들은 사람은 유쾌하고 행복감을 느낄 것이다. 거기에는 진위 따위는 상관없다. 〈아까 한 이야기는 전부 네가 멋대로 꾸며낸 거지?〉라고 묻자 알아챈 〈나〉에게 〈그래도 재미난 얘기였죠?〉라고 개가 되묻고 있듯이 이야기가 재미있느냐? 그렇지 않느냐? 가 문제인 것이다. 그리고는 〈잊어버리시면 안 돼요. 내년 봄 바자회 얘기 말이에요. 주인어르신이 틀림없이 약속하셨으니까요〉 〈알고 있어〉하고 대화를 나누고 있듯이 재미있다는 〈이야기의 효용〉으로 개는 바자회에 내놓이는 것을 면하게 된다.

〈이야기의 효용에 대하여〉를 제목으로 붙인 이유를 윗글로 변명하고자 한다.

누군가가 누구에게 이야기를 들려주는 것으로 어떤 이익을 얻게 된다. 알기 쉬운 예로 "아라비안나이트"의 세헤라자데가 매일 밤 이야기를 계속해 목숨을 건진 것처럼 이야기의 효용은 있다. 그렇다면, 이야기를 들려주는 주체가 〈말할 줄 아는 개〉가 아니어도 괜찮았으며, 이야기 내용도 〈거울 속의 저녁놀〉이 아니어도 괜찮았을지도 모른다. 그것은 확실하지 않지만 천분의 일의 예 정도로 해 두자. 하지만 〈오두막에는 그 것 말고 다른 책은 없었다〉며 〈1963년도 판 조선(造船)연감〉과 같은 따분한 책을 읽는 설정은 정말 재미있는 이야기책의 등장을 재촉하게 한다. 그렇기에 개든 고양이든 〈말할 줄 알〉면 되는 것이다. 〈말할 줄 아는 개는 어쨌든 귀한 존재다〉 말을 할 줄 아는 개가 들려주는 재미있는 이야기에 빠져 바자회에 내놓이지 않게 되었다는 것이 이 작품의 주요 테마의 하나다. 결국 〈말할 줄 아는 개〉의 등장이 필연적이라면 〈거울 속의 저녁놀〉의 이야기는 과연 필연적인 것일까?

어쨌든 이 작품의 제목은 〈거울 속의 저녁놀〉이다. 〈이 드넓은 숲 어딘가에 수정으로 된 작고 동그란 연못이 있대요. 그 수면은 마치 거울처럼 매끈매끈하고요. 그리고 거기에 늘 저녁놀이 비친다는 거예요〉라고 한다. 그렇다면 〈수정으로 된〉 연못이 있을 리 없는 것은 물론이고 작품 제목도 ≪연못 속의 저녁놀≫이라고 하는 게 나았을 것을 〈거울 속의 저녁놀〉이라고 하고 있다. 여기서 왜? 〈거울〉인가? 라고 의구심을 발동시켜 보면 ≪거울≫에는 유사 현실을 만들어 내는 장치가 있기 때문이라는 것을 알게 된다. '거울'에 대해서는 다음 장에서 밝히고 있듯이 일본 고전 문학의 전통을 돌이켜 봐도 '대경大鏡(鑑)', '금경今鏡(鑑)', '수경水鏡(鑑)', '증경增鏡(鑑)'으로 분류될 정도로 〈거울〉은 3차원적 현실이라 할 수 있는 유사현실의 세계를 만들어 내는 ≪소설≫ 그 자체로 보고 있다.

'거울 속의 저녁놀'은 하루키가 쓴 소설이면서 그 소설 안에 등장하는 〈말할 줄 아는 개〉가 이야기하는 소설이기도 하다. 거기에 등장하는 연못은 소설과 같은 거울과 같아 결국 연못이야기는 삼중으로 겹쳐진 작품구조를 하고 있다. 그 구조를 눈여겨보자.

작품의 가장 바깥쪽에 있는 현실적으로는 〈말할 줄 아는 개〉는 없다고 하는 의미에서 비현실적이다. 현실부분이라 할 수 있는 일정부분의 이야기(테두리 소설이라는 용어를 쓰자면 테두리 부분)안에서 개가 들려준 이야기가 〈전부 꾸며낸〉 것이며 테두리 안의 그림만이라도 〈너는 실제로 그 …거울속의 저녁놀이란 걸 본 적이 있어?〉라는 〈나〉의 물음에 〈본 적은 없어요. 단지 부모님에게서 들은 이야기일 뿐이예요. 부모님은 또 그 부모님에게서 들었고요. 이야기죠. 말했잖아요, 옛날부터 전해 내려오는 전설이라고〉 대답하고 있듯이

〈옛날부터 전해 내려오는 전설〉은 진위를 넘어선 영역이다. 이야기의 서두에서부터 개 이야기에 솔깃하듯이 이야기 속에 등장하는 거울을 〈한번 본 사람은 모두 거기에 들어가고 싶어〉한다고 한다. 〈이미 들어간 사람은 영원히 그 안에서 방황한다〉는 흡인력이 강한 이야기다.

책 읽기에 빠진 바스치안이 이야기 속으로 들어가 그 책의 주인공 아토레유로 살아가는 "끝없는 이야기"나 M 엔디의 "네버앤딩 스토리" 영화도 같은 구조로 유명하다. '거울 속의 저녁놀'도 이야기 속에 이야기가 삽입된 이중의 구조 형식이라 하겠다.

이런 이중구조는 이야기가 끝난 뒤에도 독자가 상상력을 펼치면 펼칠수록 이야기는 끝없이 이어간다는 네버앤딩 테마처럼 〈영원히 그〉 〈세계를 방황하〉는 패턴은 '거울 속의 저녁놀'에도 똑 같이 적용된다고 하겠다. 그래서 테두리의 가장 바깥쪽에 있는 독자도 "끝없는 이야기"나 '거울 속 저녁놀'에 빨려 들어가 〈영원히〉 이야기를 듣고 보고 전하며 살아가게 된다. 결국 테두리 안이든 이야기 속의 그림이든 같은 패턴이라고 하겠다. 〈말할 줄 아는 개〉가 〈거울 속의 저녁놀〉 이야기를 하는 것도 이러한 필연성에 의한 것이라 하겠다.

더 나아가 이야기 안에 있는 이야기는 〈어미개가 강아지들을 겁주려고 할 때 흔히 하는 얘기〉라는 것은 역시 〈이야기의 효용)이 갖는 매력으로서 흥미롭다. 그러나 실제로 우리들이 읽는 〈이야기의 효용〉 문학의 효용이란 저녁때가 되면 어린이를 빨리 집으로 돌아가게 하는 그런 실용적인 것만이 아니다. 훨씬 추상적이거나 애매하거나 오히려 반대로 고도의 감정이입에 의한 한탄과 눈물로 범벅이 될지도 모른다. 여기서 개를 바자회에 내다 팔지 않았다는 것은 어떤 의미에서 별 가치 없는 〈효용〉의 풍자나 비유의 뜻으로 해석할 수 있다. 우리가 독서의 효용에 대해 현실적으로 별의미를 두지 않기도 하는 넌센스이기도 하지만, 항상 뭔가 확실히 일어나고 있고 그것은 〈영원히〉 지속 되고 있다는 것을 알게 된다.

거울

혹은 허구의 리얼리티에 대하여

초출 '도레풀' (1983 · 2)

수록 "캉가루 날씨" (헤본샤, 1983 · 9)

문고 "캉가루 날씨" (고단샤문고, 1986 · 10)

"무라카미 하루키 작품 1979~1989 ⑤ 단편집Ⅱ" (고단샤, 1991 · 1)

"마법의 물" (무라카미류편, 가도카와호러문고, 1993 · 4)

"처음 만나는 문학 무라카미 하루키" (분게슌주, 2006 · 12)

"장님 버드나무와 잠자는 여자" (신쵸샤, 2009 · 11)

거울

개요

조금 전부터 모두의 체험담을 듣고 보니, 이 이야기는 두 가지 유형으로 나뉜다. 귀신이 보이는 타입과 예지하는 타입이다. 난 둘 다 겪어본 적이 없다. 하지만 나도 딱 한번 오금 저리게 무서웠던 적이 있다. 고등학교를 나와 방황하던 시기에 중학교 야간 경비를 선 적이 있다. 10월초 바람이 몹시 부는 밤이었다. 9시 순찰 때는 아무 일도 없었지만 새벽 3시에는 너무 스산한 기분이 들어 일어나기 싫었다. 학교 건물 안은 별 이상이 없었지만 경비실로 돌아오는 도중 어둠 속에 뭔가를 본 듯한 느낌이 들었다. 손전등을 비추자 거기에는 누구도 아닌 바로 내가 있었다. 거울에 비친 나를 힐끔 쳐다보고 담배 한 대를 피우는 동안 갑자기 묘한 기분이 들었다. 어찌된 영문인지 거울 속에 비친 것은 내가 아니었다. 그 때 내가 알게 된 것은 단 하나, 상대가 마음속으로 나를 미워한다는 것이었다. 그러는 사이에 녀석의 손이 움직이더니 나를 지배하려 든다. 나는 거울을 향해 목도를 힘껏 휘둘렀다. 거울 깨지는 소리가 났다. 다음 날 아침 그곳에 가보니 거울은 없었다. 결국 나는 유령 따위는 안 본 것이다. 내가 본 것은 바로 나 자신이었다. 나는 그날 밤 겪은 공포를 잊지 못할 뿐만 아니라 사람에게 자기 자신 이상 무서운 것이 이 세상에 있을까? 라고 생각했다. 여러분은 이 집에 거울이 한 장도 없다는 것을 눈치 챘는가? 거울을 보지 않고 수염을 깎을 수 있게 되기까지는 꽤 시간이 걸린다고. 진짜야.

• 선택지를 보고 난 후의 읽기 상대화

    이 작품은 본 책에서 다루는 작품 중에서도 예외라 할 정도로 수많은 선행 논문이 있다. 대부분의 초 단편 작품을 연구나 평론 대상으로 취급하지 않은 반면에 이 작품은 현재 고교국어 교과서에 단골로 채택되는 기회가 많아, 국어교육 분야의 교재 연구 차원에서 쓰여진 논문이 많기 때문이다. 예를 들면 "신국어2"(죠가쿠도서, 1995.4) "국어(현대문편)"(도쿄서적, 1998.4) "국어종합"(다이슈간서점, 2003.4) "신편국어종합개정판"(다이슈간서점, 2007.4) 등이 있다. 그리고 그 교과서 회사에서 교원을 네비게이트하기 위해 간행되고 있는 지도서에 작품 읽는 방법이나 수업에 필요한 지침 등을 제시하면 그것을 그대로 받아들이는 형태의 실천 보고나 새로운 읽기 등의 제안이 전개되고 있다.

    그렇다면, 파묻혀 있던 초 단편의 발굴이라고 할까, 눈에 띄지 않는 초 단편에 처음으로 조명을 비추고자 시도한 이 책에서 일부러 다룰 것도 없지 않을까 하는 생각도 들지만, 그렇지 않다. 지도서나 교재 연구를 위한 논문 그리고 국어 수업에서 막 다루어도 괜찮은 것인지 의구심이 들기 때문이다. 이건 좀 아니다 싶다. 틀에 박힌 읽기가 제시되는 등의 이런 방법은 문학 시간이 재미없는 수업시간이 되는 이유 중의 하나로 개선을 위해 이의를 제기하고 싶다. 그래서 이 지면을 문학 교실이라고 가정하고 몇 가지 질문을 하고자 한다.

'〈내〉가 체험담을 이야기하는 이 방에 거울이 왜 없는 걸까?'

과연 어떤 대답이 나올까? 실제로 대학수업에서 이 질문을 던지면 학생들은 당혹감을 감추지 못한다. 두렵기 때문이라는 뻔한 반응이다. 그럼 무엇이 두려운지 막상 써 보라고 하면 대체로 비슷비슷한 대답을 적는다. 그래서 좀 더 구체적으로 다음 선택사항 중에서 골라보라고 하면 꽤 흥미로운 결과가 나온다.

1. 원래 거짓 현실을 만들어 내는 물건이라 거울은 혐오 대상이라서.
2. 거울을 안 보고도 면도를 잘해서 거울 자체가 필요 없어서.
3. 거울을 이용해 싫은 체험을 하는 등 거울 자체가 공포·혐오의 대상이라서.
4. 이계(異界)로 통하는 통로인 거울 속에서 괴물이 다시 출현하는 건 아닌지 항상 두려워서.
5. 거울을 보면 또 다른 〈나 이외의 나〉가 출현하는 것이 두려워서.
6. 나 자신에 대한 두려움을 알고 있어 자신의 얼굴을 보는 것이 싫

어서.

7. 거울에 대한 공포를 들려준 뒤에 청중들이 두려움을 안 느끼게 하기 위해서.

8. 화자가 이야기의 주인공으로 마지막을 장식하는 이상 청중이 두려워할 연출을 하고 싶어서.

9. 오늘 아침 청중 〈여러분〉을 맞이하기 위해 청소할 때 거울을 깨뜨려 버려서.

10. 기존의 나가 있는 한 〈나 이외의 나〉가 다시 원래대로 돌아오는 것이 두려워서.

청중의 대답은 과연 어땠을까?

수강자가 150명이 넘는 교실에서 기술식으로 쓴 대부분의 대답이 거의 같은 내용이었으며, 선택사항으로 보면 3·4·5 혹은 6에 가깝다. 다음은 객관식으로 10항 중에서 먼저 선택하게 하고 난 후에 서술식 답안과 맞춰보게 하면 막연했던 대답이 보다 분명해지며 인식이 바뀌게 된다. 더욱 흥미로운 것은 그 단계에서 선택사항을 정하고 그것으로 만족하는 사람이 있는 반면에, 다른 타입의 사람도 있다. 본 소설에서 괴이한 현상을 경험한 것처럼 〈크게 나누면 두 가지로 분류할 수 있〉는 다른 유형의 타입은 선택사항을 정하게 한 다음 자신이 대답한 것과는 동떨어진

다른 선택사항을 새겨 읽게 한 후 애초에 자신의 머리로는 생각하지 못한 사항을 접하면서 앞서 기술한 것처럼 먼저 선택한 것과는 전혀 다른 문항을 접하면서 막연했던 대답이 보다 분명해지며 대답을 수정한다는 것이다. 수능시험 등이 대표적이라 하겠지만, 일각에서는 오지 선택형의 객관식 문제를 연필을 굴리거나 머리를 안 써도 되는 저급한 시험문제 방식이라며 부당하게 깎아내리는 경향이 높지만, 앞의 예를 봐도 그 비판이 맞지만은 않다는 것을 알 수 있다. 원래 연필을 굴려 나온 번호에 따라 어떤 답을 낼 수는 있지만, 정확한 정답은 낼 수 없다. 그리고 객관식 문제에 비해 두뇌의 우수 정도를 측정하는 데 적당하다고 하는 주관식 문제에서도 오답은 나온다. 객관식 문제에서는 다른 선택사항을 시야에 넣고 오답을 피할 수 있는 점에서 오히려 자기를 대상화하고 자신의 생각을 상대화 하는 훈련을 하기에는 객관식 문제가 유효하다고 하겠다.

앞서 제기한 문제로 돌아오면 구체적으로는 7과 같은 선택사항을 시야에 넣었을 때, 뭐든지 자신의 기분뿐만이 아니라 〈모두〉라는 청중에 대한 배려까지 염두에 둬야하는 문제라는 것을 알고 나서 정답을 찾게 된다. 혹은 할 수 있었어야 한다.(할 수 있었죠?) 즉, 정답은 물론 8이다. 8과 같이 연출을 궁리할 때 작품은 훨씬 재미있어 지기 때문이다. 왜? 그런지 구체적으로 알아

84

보자.

• 이야기 형태로서의 100가지 이야기

　　청중을 앞에 두고 마지막에 호스트인 〈나〉가 공포 체험담을 시작하면서 이야기가 이어지는 이 작품의 구성은 말할 것도 없이 괴담을 이야기할 때마다 촛불을 하나씩 꺼 나가다가 마지막 남은 한 개가 꺼지자마자 바로 괴물이 나타난다는 ≪100가지 이야기≫ 형식을 밟고 있다. '100가지 이야기'라는 타이틀은 모리오가이森鷗外의 작품이 유명하지만, 최근에는 쿄코쿠 나츠히코京極夏彦의 '항설백물어(巷説百物語)' 시리즈물, 데츠카 오사무手塚治虫, 스기우라 히나코杉浦日向子의 만화, 시라이시 가요코白石加代子의 일인연극 시리즈 등도 잘 알려져 있다. 오래된 것으로는 '제국백물어(諸国百物語)'와 같은 형식의 괴담 앤솔로지의 대명사로서 불리고 있는 일명 〈괴담집〉으로 통한다. 원래는 여러 사람 앞에서 이야기를 들려주는 형태로 마지막에 요괴나 유령이 나타나 괴이 현상이 출현된다. 그런 의미에서 '거울'에 출현한 요괴는 흔히 말하는 유령이 아니 듯이 자기 자신보다 무서운 것은 없다는 형태로 〈나〉의 체험담을 들은 모든 청중의 내면에 결국은 유령과 같이 무서운 것이 출현한 듯한 동조적 형태의 100가지 이야기가 실현되고 있다고 하겠다. 그런 의미에서 하루키가 교묘하게 갈고 닦은 작품이라 하겠다. 하지만 〈나가 나의 내면을 허구화 하면서까지 이야기하고 있다고 여겨지는 점〉은 〈하루키의 작품계열에서 조금 이질적〉이라든지 〈또 다른 한 명의 추악한 자신의 지배를 받으며 병형하는 것에 대한 공포〉〈등골이 오싹 할 것 같은 테마〉로 읽는다면 이 작품은 재미뿐만이 아니라 문학을 읽는 재미마저 잊어버리고 만다. 왜냐하면 그와 같이 무서운 이야기로 읽혀지는 것은 어디까지나 〈나〉의 체험담이지 작품 '거울' 자체는 아니라는 것이다. 지도서의 해설자들이 읽고 있듯이 작품속의 〈청중〉이 무서운 이야기를 듣도록 강요하는 이른바 〈100가지 이야기〉의 괴담이야기로 작품이 설정되고, 마지막에 이야기한 체험담은 그 이후 요괴가 출현하는 것에 대한 주변의 예감・기대・불안 속에 기대에 상응하는 〈나〉가 창작 연출한 허구로 읽어야 한다. 결국 8번 선택지와 같이 〈주인이 맨 마지막 이야기에 등장해 청중을 두려움에 떨게 하는 연출은〉 방에서 거울을 치워 〈학교괴담〉 이야기로 편승해서 〈같은 일이 일어나지는 않을까 해서〉〈지금까지 누구에게도 이야기 한 적이 없다〉는 이야기를 굳이 여기서 하는 형태로 끌고 가 요괴가 재현되는 예감을 주면서 망가진 문소리를 효과음으로 넣어 100가지 이야기가 현실에 재현되는 듯한 교묘한 읽기를 〈나〉는 종용하고 있다. 그러한 청자를 떨게 하는 속임수 구조는 허구를 이야기하는 묘한 읽을거리로 거듭난 허구 작품 '거울'인 것이다. 그래서 재미있다.

• 문학교육과 도덕교육을 위한 읽기

　고등학교 교육현장에서 교사가 문학교육 지도서에 따라 가르친다면 학생들에게 하루키 문학도 다른 모든 문학도 즐거움을 전할 수 없다. 국어교육에서 문학의 위치가 문제시되고 있는 지금, 문학의 즐거움을 학생에게 전하기 위해 가장 괜찮은 교재라 할 수 있는 작품의 매력을 깎아내리는 읽기를, 교육현장에서 리드해야 할 교과서나 연구서가 제공되는 것은 그야말로 문학을 벼랑 끝으로 내모는 것이나 다름없다.

　이 책 독자 중에 선택지 유도번호에서 8번을 부정한다면 지도서 집필자처럼 사고의 유연성을 의심해볼 필요가 있다. 분명히 국어교육의 콘텍스트에 아쿠타가와 류노스케芥川龍之介 '라쇼몽'에서 많은 망설임 끝에 결국은 도적이 되어버린 하인의 에고이즘으로, 나카지마 아츠시中島敦 '산월기(山月記)'에서 처자보다 자신의 시 짓기를 걱정하는 주인공 리초의 〈겁쟁이 자존심〉을 내세우는 에고이즘으로, 나츠메소세끼의夏目漱石 '마음'에서 〈선생〉의 삼촌과 〈선생〉 사이에 무슨 일이 일어나면 선인이 악인으로 변해가는 모습으로 읽히기도 하고 모리오가이의 '무희'는 주인공의 아이를 임신한 여인을 미치게 해버리고 책임을 친구에게 전가하며 억울해 하는 오타토요타로의 방자함으로 읽는 등의 경험을 질릴 정도로 해온 우리들은 〈나 자신 이상으로 무서운 것이 이 세상에 있을까?〉라는 〈나〉의 마지막 물음에 묵직한 울림이 있다. 분명히 나 자신은 두렵다. 극한 상황에서 하인처럼 되는 것만이 아니라 〈선생〉이 되어 친구를 배반할 지도 모르고, 절대로 오타토요타로 같이 안 된다고 잘라 말할 수도 없다. 생각해 보면 자기 자신보다 두려운 것은 이 세상에 없을 지도 모른다. 〈모두〉가 그렇다고 생각하고 있을 것이고 우리도 이 작품을 읽고 그런 감회에 빠질지라도 그 자체는 나쁘지 않다. 어차피 나 자신은 분명히 두려운 존재이니까. 이와 같은 맥락에서 에도가와 란뽀江戶川乱步를 떠올려보자.

1925년 '어느 공포'("악인지원(惡人志願)")에서 몇 가지 무서움을 나열한 후 란뽀는 다음과 같이 말하고 있다.

마지막으로 뭐든 두려워하는 것은 아마도 인간이 아닐까? 결국 우리들이 자기 자신의 내면을 들여다봤을 때 느끼는 깊고 깊은 공포가 아닐까? 나는 이 세상에서 가장 두려운 것은 나 자신밖에 없을 것 같다. 그 비근한 예로 독자 여러분 자신의 얼굴을 거울에 비추고 가만히 들여다보세요. 여러분은 거기에 있는 자신의 그림자에서 어떤 깊은 공포를 느끼지 않나요?

자기 자신의 두려움뿐만이 아니라 〈거울〉을 보는 공포까지 언급하는 점에서 이것은 선택지6에 해당한다고 하겠다.

　　란뽀는 1956년 '싫어하는 것'("속환영성(続幻影城)")에 다음과 같은 감회를 반복하고 있다.

'싫다' 와 '무섭다' 는 공통점이 있다. 나는 40살 무렵까지 거미가 한 없이 무서웠다. 뱀은 그 정도는 아니었다. 거미의 생김새가 싫어서 무서운 거다. 지금은 무섭지도 싫지도 않다. 잘 생각해보면 제일 무서운 것은 나 자신이다. 그래서 난 거울이 무섭다. 특히 내 얼굴을 백배로 비추는 오목거울이 더 무섭다. 왜? 무섭냐? 하면 나라고 하는 실체를 모르기 때문이다. 타인이나 동물이 무서운 것은 간접적이다. 도망칠 수 있다. 나 자신으로부터 도망칠 수 없는 것이 무섭다.

　　'거울 지옥'을 쓴 작가의 말이라서 더욱 흥미롭다. 이 말은 란뽀에게 만 들어맞는 것이 아니라 보편적인 것으로 들리기에 우리는 하루키 작품을 통해서도 '거울' 속의 나 자신의 무서움을 읽어보고 싶어진다. 하지만 그것은 어디까지나 〈나〉의 체험담이지, 그것을 읽고 감회하고 이해하는 주제와 그 체험담을 〈그림〉을 감싸는 〈테두리〉 같은 느낌으로 작품 '거울'을 읽고 느끼는 감회 그리고 이해하는 주제는(예를 들어 '거울 속의 저녁노을'처럼 이

야기속의 이야기형태의 구조가 갖는 동심원적인 같은 테마가 아닌 것도 아니지만 기본적으로는 전혀 다르다)

작품속의 〈청중〉이 똑 같은 읽기를 하고 자기 자신의 두려움을 작품의 주제로 읽어버리면 그만큼 독자가 전경화하지 않는 인물인 〈청중〉이라는 작중 인물에 감정이입해 버린 결과라 하겠다.

그것은 작품세계에 동조하도록 하는 힘을 하루키의 경우는 '거울'에서 증명하고 있다고 하겠다.

작품의 전체상이 안 보인다고 하면 그것은 역시 작품을 충분히 읽었다고 할 수 없다. '거울'은 오히려 그런 독자에게 작품세계에 동조하도록 하는 구조 그 자체까지 고려한 고도의 작품화를 겨냥하고 있다고 하겠다.

• 사칭하는 화자

원래 선택지 3~7까지는 〈나〉가 유령을 안 보았어도 현관 벽에 없었던 거울이 나타나고 다음날 아침 돌연히 사라져버렸다는 초현상을 실제로 체험한 것을 전제로 한 해석이다. 유령이나 요괴라는 것이 인간이나 고양이 같은 동물 즉, 유기물로만 둔갑하는 것 이 아니라 무기물인 기름종이우산(唐傘), 벽, 면포와 같은 것으로도 둔갑한다면 거울도 둔갑의 대상이기에 괴이한 현상이 일어나도 하나도 이상 할 게 없다. 그것을 하룻밤 사이 잠깐 본 〈나〉의 경험은 〈유령〉 쪽인지 〈예지〉 쪽인지 두 타입 중에 어느 쪽에 속하는지 알 수 없으며 결코 〈산문적〉이라 할 수 없는 특이한 경험을 테마로 한 백 가지 이야기 괴담으로 충분하다. 하지만 〈나〉는 그렇지 않다. 무엇보다도 거기에 초점화해 괴담을 푸는 것은, 당연히 그런 일은 현실에서 있을 수 없기에 실로 근대 소설의 리얼리즘을 현저하게 해치는 일이기 때문이다.

그렇다면 거울 따위는 없었던 장소에 홀연히 거울이 나타나는 이상한 일이 아무렇지도 않게 일어난다고 한다면 3, 4, 5 중 어느 것을 선택하더라도 거울을 숨기려 해도 거울이 나타나는 이상은 자기 집에 거울을 떼어내 버릴 이유가 없어진다.

이상에서 살펴본 두 가지 만 봐도 8이 정답인 것은 명확해진다. 우리들이 익히 경험한 백 가지 이야기형식이 아니더라도 수학여행에서 밤에 들은 괴담이야기가 결코 자기가 경험한 것을 그대로 이야기하는 게 아니라는 것을 상기해 볼 필요가 있다.

고전 중에 백가지 이야기의 경우 백 번째 이야기 마지막에 괴이한 일이 정말로 일어나지 않는 것은 와타나베 마사히코渡邊正彦가 '8 무라카미 하루키의 분신 소설군'("근대문학의 분신상" 가도가와선서 1999·2)에서 〈침착한 타케다 노부유키가 어둠 속에서 죽인

괴물은 거인이었지만, 막상 불을 켜고 보니 그 자리에 있던 사무라이의 가랑이였다는 뻔한 결말이 그 후에도 계속된다〉는 이야기를 소개하는 것만으로도 이미 알 수 있다.

여기서 좀더 '거울'의 교묘한 이야기 구조를 살펴보자. 원래 '거울'속의 이야기에 해당하는 〈나〉의 체험담 부분도 작가 두 사람 중에 외연은 A가 쓰고, 내연은 F가 쓰는 분업이 아닌 이상 소설이란 허구를 만들어낸 작가 하루키가 쓴 것임에 틀림이 없다면 그야말로 허구 그 자체임이 분명하다고 하면 그만이다. 더 나아가 '거울'의 반전을 반복 전개하는 그 자체가 원래의 답을 암시하고 있을 것이다.

유령이 안 보인다고 하면서 유령 이야기인 백가지 이야기가 시작되고 있고 유령이 안 보인다고 하면서 백가지 이야기대로 유령이 나오고 유령이 나왔다고 생각하면 그것은 실제로 거울에 비친 상이라고 한다. 그 상은 〈나〉 자신이라고 여겼지만 실은 〈나 이외의 나〉였다고 전개하면서, 거울에 비친 상을 보고 겁을 먹었지만 애당초 그 자리에 거울은 있지도 않았다. 그러나 거울에 대한 두려움은 남아있다.

이처럼 반복 등장하는 반전은, 반전된 유사현실을 만든 소설과 닮은 꼴 관계의 〈거울〉이 되고 있음을 정확히 상징하고 있다고 하겠다.

92

거울이 없는 방에 〈나〉가 거울이며, 나 자신보다 무서운 것은 없다고 한다. 공포는 어디까지나 듣는 사람한테서 일어나는 것으로 백 가지 이야기를 통해 소개되는 것은 유령이 아니라 결국 듣는 상대의 내부에 침전된 공포의 존재가 출현한다는 의미에서 백 가지 이야기가 실현되고 있다고 하겠다. 이것이야 말로 〈나〉가 창작한 연출 경험담이라 하겠다.

앞서도 나왔지만 이 작품에 〈나〉 이외의 작중인물을 전경화하지 않는 것이 특이한 특징이라고 했듯이 이 형식은 듣는 쪽을 들어내지 않고 혼자서 이야기하는 형식의 "호밀밭의 파수꾼"과 비슷하다고 하겠다. 설문에 나와 있는 거울의 유무는 작중에 다른 작중 인물이 확인될 3인칭 객관묘사가 안 될 뿐만 아니라 독자도 확인할 길이 없다. 〈그런데 너희들은 이 집에 거울이 한 개도 없다는 것을 알아챘어?〉라는 물음이 그를 반영하고 있다. 이 집에 거울이 없는 것을 〈나〉가 이야기하고 있다는 것도 작품 구조에서 주의해야할 부분이다. 8번이 답인 이유가 더욱 명확해진다.

소설은 〈진짜 이야기〉라고 단정 짓고 있다. 이 세상에 이야기는 진짜 이야기와 가짜 이야기가 있다. 〈나〉의 이야기 안에 들어있는(백 가지 이야기의 99번째 이야기) 엘리베이터 안의 여자 유령 이야기에서 〈여자는 없었다〉라는 〈나〉의 주장에 의해 〈그들은 유

93

령을 보고 있지만 나는 전혀 보이지 않는 것〉으로 설정되어 있어 실제로 여성은 엘리베이터를 〈안 탔다〉 〈안 보였다〉는 〈나〉의 주장이지만, 실제여성이 유령이 되어버리는 상식을 넘어선 가능성도 생각하게 된다. 99번째 이야기에서 4명이 엘리베이터를 타는 것에서 시작된 이야기기는 무에서 유를 만들어내는 것처럼 쓴다는 것은 속이는 것이라 할 수 있다. 있는 것을 없는 것으로 없는 것을 있는 것으로 자유 자재롭다.

이러한 문학 소설의 허구가 지닌 매력적인 힘을 작품 '거울'을 통해서 우리에게 호소하고 있다.

03

등장인물의 월경 혹은 허구의
수용 · 창출을 둘러싸고

밤의 거미원숭이
혹은 현실을 침식하는 에크리튀르에 대하여

초출 '태양' (1993 · 4)

수록 "밤의 거미원숭이" (헤본샤, 1995 · 6 · 10)

문고 "밤의 거미원숭이" (신쵸문고, 1986 · 10 · 15)

"무라카미 하루키 전 작품 1990~2001" (고단샤, 2002 · 11 · 20)

밤의 거미원숭이

개요

새벽 2시에 내가 책상에 앉아 글을 쓰고 있을 때 창문을 억지로 비집으며 거미 원숭이가 들어왔다. "이봐, 넌 누구야?" 라고 내가 묻자. "이봐, 넌 누구야?" 라고 따라한다. '흉내 내지마' 하고 내가 말하면'흉내 내지마' 하고 거미원숭이가 말했다. 흉내 내기 왕 대장 거미원숭이에게 붙잡히면 한도 끝도 없다. 쫓아내려고 아무렇게나 말을 내 뱉어도 거미원숭이는 정확히 반복한다. '그만해' 라고 하면 '그만해' 라고 따라한다. 글씨체가 다르다고 '틀렸어 지금은 가타카나로 말했다고' 하면 '틀렸어 지금은 가타카나로 말했다고' 하며 거미원숭이는 대답했다. 무슨 말을 해도 거미원숭이한테는 더 이상 안 통한다고 포기하고 나는 일을 계속하기로 했다. 하지만 내가 워드프로세서 키를 누르자 거미원숭이는 말없이 복사키를 눌렀다. 탁. 내가 다시 워드프로세서 키를 누르자 거미원숭이는 말없이 복사키를 눌렀다. 탁. 그만해.

이 책에서 대상으로 하는 작품을 〈초 단편〉으로서 묶어, 부제를 〈혹은 무라카미 아사히당의 16의 초 단편을 우리는 어떻게 읽을 것인가〉라고 한 것도 '그래, 무라카미 씨에게 물어보자'라고 세상 사람들이 무라카미 하루키에게 일단 물어보는 282개의 대 질문에 과연 무라카미는 대답을 제대로 해 줄까?' '이것만은, 무라카미 씨에게 말해 두자'라며 세상 사람들이 무라카미 하루키에게 던지는 330개의 질문에 과연 무라카미 씨는 제대로 대답해 줄까? '무라카미 씨 한 번 해봐' 세상 사람들이 하루키에게 일단 물어본 490개에 달하는 질문에 다 대답할 수 있을까? 라는 시리즈를 의식하면서 표제작인 '밤의 거미원숭이'를 다뤄보고자 한다.

전 37편을 수록한 '밤의 거미원숭이' 제2부의 맨 앞을 장식한 표제작의 명예를 가진 '밤의 거미원숭이'는 작가 무라카미 하루키로서도 꽤 기대가 큰 작품으로 판단한다. 그럼 '밤의 거미원숭이'는 어떤 작품인가 하면, 개요에서 봤듯이, 실로 황당무계한 이야기다.

〈거미 원숭이〉가 뭐지? 라고 갸우뚱하면서 무라카미 하루키가 만들어낸 가공의 생물이라고 생각하는 사람도 많을지도 모르지만, 실은 실재하는 포유류 영장목 오마키원숭이과 거미원숭이에 속하는 동물의 총칭이다. 인터넷으로 검색해보면 아사히야

98

마 동물원 홈페이지에 〈안타깝게도 오픈한지 얼마 안 되어, 거미원숭이와 가삐바라가 싸워서 거미원숭이가 죽어버렸습니다. 원인은 장난을 좋아하는 거미원숭이가 가삐바라를 놀린 데 있습니다. 화가 난 가삐바라는 거미원숭이를 깨물어 버린 것입니다. 하지만 지금은 사이좋게 지내고 있습니다라고 하는 기사가 실려 있고, 거미원숭이는 못 말리는 〈장난꾸러기〉라는 것만으로도 재미있지만, 설마 도쿄의 한가운데를 배회하고 창문을 억지로 열고 들어오는 일은 있을 수 없다. 그렇다면 본 작에서 거미원숭이의 장난은 무엇을 의미하는가? 무라카미 하루키는 도대체 이 작품을 통해 무엇을 말하려 했을까? 우리 독자들은 이 작품에서 무엇을 재미있게 읽어야 좋을지? 어디를 주목하고 무엇을 주제라고 생각하면 좋을까? 하며 처음에는 꽤 당황했던 독자도 〈이봐, 너 누구야?〉→〈이봐, 너 누구냐?〉 〈흉내 내지마〉→〈흉내 내지마〉 〈마네오슬룽쟈나이〉→〈마네오슬룽쟈나이〉라고 반복하는 것으로, 거미원숭이가 못 말리는 〈흉내쟁이〉라는 것은, 워드프로세서의 변환 기능을 말하는 것임을 익히 알 수 있다. 단순한 〈흉내내기〉에서 〈나〉가 하고 있는 말을 앵무새처럼 반복해서 발화하고 있는 것이라면, '흉내 내지마'를 거미원숭이도 가타카나로 흉내 냈다고 하는 것은 하등 문제가 안 된다. 이른바 〈나〉의 말은 이른바 머릿속에서 숙고 끝에 나온 말이며, 거미원숭이의 말은 디스플레이화

면에 변환된 디지털 문자인 것이다.

그런데 거미 원숭이는 왜 〈거미 원숭이〉라고 불리는가 하면, 〈사지와 꼬리로 가지에 매달린 모습이 거미처럼 보인다〉는 것이 그 이름의 유래다. 사지와 꼬리를 이용해 지극히 능숙하게 줄타기를 하는데다가 그 꼬리에는 나무에서 미끄러져 떨어지지 않도록 지문 같은 미문이 있다고 한다. 이미 〈엄지는 퇴화되어〉 네 손가락이며 그 대신에 사지와 꼬리를 사용하여 다섯 개의 손가락을 가진 것처럼 몸 전체가 마치 인간의 손과 같이 보인 것에서 유래한다. 머릿속의 말·사고(A)가 디스플레이상의 말·문자(B)로 변하는, 그 사이의 키보드에 놓인 사람 손의 〈흐름〉이 마치 거미 원숭이에 해당한다고 해석할 수 있다.(무라카미하루키 자신이 의도했는지 여부는 별도로)

동음이의어의 엇갈린 표기나 워드프로세서의 오변환에서 오는 생각지도 못한 말의 유희를 발견해냈을 때 독자들은 읽기의 재미를 다시 생각하게 된다. 그렇다면 계속되는 〈그만해〉→〈그만해〉 〈아니야, 지금은 히라가나로 말한 거야〉→〈아니야, 지금은 히라가나로 갔어〉 〈글씨가 틀리잖아〉→〈시간이 틀리잖아〉라는 표기의 엇갈림은, 워드프로세서의 오변환이다. 이러한 놀이는 컴퓨터를 사용하는 사람들에게는 재미있고, 황당하게 보였던 작품의 우의가 밝혀지면서 우리 독자들도 익숙해졌다. 우리는 슬프게도 작품 속에서 테마라든가 우의라든가 하는 것을 발견하지 못한 채 즐기며 놀았던 작품을 '밤의 거미 원숭이' 이전에도 얼마든지 찾아볼 수 있다. 코마츠 사쿄小松左京나 츠츠이 야스타카筒井康隆의 작품이나 시미즈 요시노리清水義範의 '워드프로세서 할아버지'(소설 현대 "영원한 잭&베티" 고단샤, 1988·10)라고 하는 작품이 있다.

80년대 후반 무렵부터 세상에 워드프로세서가 보급되기 시작하고 의욕적인 작가들이 앞 다퉈 사용하기 시작하면서 그 오변환이 낳는 꾸밈없는 위화감을 즐기며 작가들이 놀았다. 그러니까 '밤의 거미원숭이'가 원숭이 흉내 같은 신선미가 없는 것이 아니라 오히려, 80년대 선행한 오변환 소설과는 달리 무라카미 하루키는 애초부터 꿰뚫고 있었던 것이다. 〈그만해, 나는 한숨을 쉬었다. 무슨 말을 해도 거미원숭이한테는 더 이상 안 통한다고 포기하고 나는 일을 계속하기로 했다. 하지만 내가 워드프로세서 키를 누르자 거미원숭이는 말없이 복사키를 눌렀다. 딱. 내가 다시 워드프로세서 키를 누르자 거미원숭이는 말없이 복사키를 눌렀다. 탁.〉 작품의 종결 부분에서 〈하지만 내가 워드프로세서 키를 누르자 거미원숭이는 말없이 복사키를 눌렀다〉→〈하지만 내가 워드프로세서 키를 누르자 거미원숭이는 말없이 복사키를 눌렀다〉라고 반복되고 있는 것은 결코 〈거미 원숭이〉의 〈흉내〉가 아니다. 즉, 전자는 〈나〉에 의해서 발화된 것인지 아닌지의 문장인 것이다. 그럼 후자는 대체 뭐라고 할 수 있는가. 이를 반복하고 있는 것은 누구인가. 이 '밤의 거미 원숭이'를 즐겨야 하는 것은, 〈거미 원숭이〉가 창문을 억지로 열고 방에 들어온다고 하는 황당함도 아니고, 대사도 아닌 지문이 반복되는 초현실적인 것이지만, "무라카미 하루키 작품연구사전"(가나에서방, 2001 · 6)의 '밤의 거미원숭이'에서는 마지막 단계에서 지문 문장까지 복사해 글을 쓰는 것은 작가의 실수이지만 실수하는 현실까지 워드프로세서는 표현하고 있다고 해석하고 있다. 아울러 이것은 〈표현의 폭주를 즐기는 단편인 것과 동시에 문장을 만들어 나갈 때 예를 들면 자신의 흉내 내기가 끼어들어와 버리는 창작 현장에서 고전하는 모습을, 거미원숭이의 침입을 비유해 표현한 하나의 재치로 즐겨야 할 작품〉이라고 논한 호시노 쿠미코의 해석이 참고가 될 것이다.

말하자면 '밤의 거미원숭이'는 메타픽션적으로 쓰는 의미를 둘러싼 작품으로도 읽을 수 있는 것이며, 지문의 문장이 반복되는 것은, 확실히 워드프로세서 기능이 메타레벨로 대상화되는 표상이라 하겠다. '밤의 거미원숭이'에는 '아침부터 라면의 노래'라고 하는 〈덤〉이 붙어 있는 것처럼 '밤의 거미원숭이'에도 〈덤〉이 붙여져 있다. 〈덤〉으로 〈헷뽀쿠라쿠라 시마가터테무야 쿠리니카마스토키미하코루 빠코빠코〉는 정말로 〈입에서 나오는 대

102

로〉 쓴 것에 지나지 않을까? 뭔가 숨겨진 의미가 없을까? 숨겨진 대답 찾기가 필요하지 않을까? 하는 한 학생으로부터 받은 의문에 촉발되어 곰곰이 생각해보면, 앞에서 읽어도 뒤에서 읽어도 같은 말이 되는 회문(回文)의 말장난에 능한 하루키가, 아무것도 고려하지 않고 있다고는 생각하지 않는다. 반복된 지문에 뭔가 숨겨진 의미는 없는지 답을 찾게 하는 장치가 있는 것은 아닌지 생각해 본다. 생각을 게을리 하지 않는 짜임새라 하겠다.

FUN, FUN, FUN
혹은 등장인물과의 만남에 대하여

초출 *"코끼리 공장의 해피앤드"(CBS 소니출판, 1983·12·5)*

문고 *"코끼리 공장의 해피앤드"(신쵸문고, 1986·12·20)*

FUN, FUN, FUN

개요

나는 비치 보이즈의 수많은 히트 송 중에서도 1964년의 'FUN, FUN, FUN'을 가장 좋아한다. 리듬 멜로디가 해피 할 뿐만 아니라 가사 또한 너무 근사하다. 노랫말만 들어도 눈앞에 그 풍경이 아련히 떠오른다. 1964년형의 빨간 유선형 선더버드를 탄 포니테일 머리를 한 여자 아이. 도서관에 간다고 거짓말을 하고 아버지 차를 빌려 타고 의기양양한 표정으로 모두에게 자랑한다. 남자 아이들은 잽싸게 차에 올라타 자동차 체이스에 들어간다. 그러나 다들 선더버드한테는 못 당한다. 그러다가 아버지에게 들켜 차를 빼앗기고 만다.

1964년 선더버드에 타고 있던 여자애는 이미 벌써 30대 중반이 넘었을 것이다. 그녀는 지금쯤 무엇을 하고 있을까? 제인 폰다의 헬스클럽에 다니고 있는지도 몰라. "E.T"에 나오는 신흥 주택에 살면서 배리 매닐로우 음악을 듣고 있을지도 모른다. 나는 지금도 가끔 너와 그 빨간 선더버드를 떠올린답니다.

무라카미 하루키는 그의 첫 작품 "바람의 노래를 들어라" (1979,6)에도 비치 보이즈의 '캘리포니아 걸스'가 들어간 LP음반을 당시 고교 동급생 여자아이한테서 빌린 채 돌려주지 않았던 '나'와 새끼손가락 없는 여자를 연결시키는 중요한 역할을 하고 있다. 그리고 그 13장에는 '캘리포니아 걸스'의 가사가 그대로 들어가 있다. 그것도 무라카미 하루키 자신이 번역한 것임에 틀림없고, 후에 미국 문학의 번역가로 활약하는 그만의 문학 스타일이 이미 첫 작품에서 제시하고 있다는 것이 흥미롭다.

그는 그 밖에도 '32세의 디 트리퍼'("캥거루 날씨"←비틀즈 '디 트리퍼') 처럼 곡의 이름을 따거나, "세계의 끝과 하드 보일드 원더랜드"(스키터 데이비스 '엔드 오브 더 월드') "국경의 남쪽, 태양의 서쪽"(냇킹 콜 '국경의 남쪽')처럼 일부를 빌리거나, '중국행 슬로 보트'("중국행 슬로 보트" 소니 롤린스) '뉴욕 탄광의 비극'("중국행 슬로 보트" 비지스) "노르웨이의 숲"(←비틀즈) '신의 아이들은 모두 춤 춘다'("신의 아이들은 모두 춤춘다" ←배드 바엘) 처럼 곡 제목을 그대로 빌려서 여러 작품에 쓰고 있다.

그런 흐름 속에 'FUN, FUN, FUN'이 있다. 이 작품에는 비치 보이즈의 1964년의 히트 송 'FUN, FUN, FUN'의 가사가 무라카미 하루키 번역으로 소개된다.

도서관에 간다고 아버지께 말하고.

자동차를 빌려 타고 그만 안녕

그녀는 부푼 마음으로

햄버거 스탠드 앞을 냅다 달린다.

라디오 볼륨을 올리고

최고 속도로 드라이브

마음껏 즐기리.

아버지께 T버드를 빼앗길 때 까지는

그리고, 'FUN, FUN, FUN'을 〈리듬도 멜로디도 정말 해피하고, 가사 또한 너무 좋아〉라고 평가하고 〈노랫말만 들어도 눈앞에 그 풍경이 아련히 떠오른다〉며 그 〈풍경〉을 다음과 같이 소개한다.

1964년형의 빨간 유선형 선더버드를 탄 포니테일 머리를 한 여자 아이. 도서관에 간다고 거짓말하고 아버지의 차를 빌려 의기양양한 표정으로 모두에게 자랑한다. 남자 아이들은 잽싸게 차에 올라 타 자동차 체이스에 들어간다. 그러나 다들 선더버드한테는 못 당한다. 그러다가 아버지에게 들켜 차를 빼앗기고 만다. 그래서 그녀는 풀이 죽고 만다.

이것은, 곧 작가 무라카미 하루키의 레벨에서 말하면 'FUN,

FUN, FUN' 가사를 풀어 쓴 형태로 보다 구체적으로 설명·묘사한 것이지만, 작중 〈나〉의 입장에서 생각하면 〈노랫말만 들어도 눈 앞에〉 〈아련히 떠오르는〉 그 풍경을 독자도 보고 있는 것처럼 착각하게 한다.

"무라카미 하루키 작품 연구 사전"에서 〈선명한 색채를 도입해 영상이 눈앞에 펼쳐지는〉 〈그렇다고 가사에 그다지 충실하지 않〉고 그녀가 〈포니테일〉이었다는 설명이 한 구절도 없다. 하지만 어디까지나 이 곡을 듣고 있는 내가 만들어낸 이미지이다〉라고 니시노 히로코西野浩子는 평가하고 있다. 너무나 당연한 이야기다. 그 〈광경〉에서 〈'나'가 훨씬 해피〉한 이유를 설명하는 형태로 가사 후반이 소개된다.

이제 즐기기는 다 틀렸다구
너는 생각하고 있을 테지
나와 함께 가자
T 버드가 없어도
우리들은 마음껏 즐길 수 있으니까

〈노랫말이 너무 좋다〉는 〈해피〉한 노래다. 안자이 미즈마루와 콜라보레이션으로 편안한 문장이 많은 "코끼리 공장의 해

108

피 앤드"의 한 편으로서 충분히 즐길 수 있고, 무라카미 하루키 자신이 직접 번역했다는 점에서 더욱 매력적인 초 단편이 아니라 할 수 없다. 작품이 발표된 지 20년 가깝게 흐른 이 시점에서 다음과 같이 생각을 밝히고 있다.

1964년 선더버드에 타고 있던 여자애는 이미 벌써 30대 중반이 넘었을 것이다. 그녀는 지금쯤 무엇을 하고 있을까? 제인 폰다의 헬스클럽에 다니고 있는지도 몰라. "E.T"에 나오는 신흥주택에 살고, 배리 매닐로우 음악을 듣고 있을지도 모른다. 나는 지금도 가끔 너와 그 빨간 선더버드를 떠올린답니다. 주인공의 지금의 생각을 나타낸 것으로 〈나는 지금도 때때로 너와 그 빨간 선더버드를 떠올린답니다〉라고 하며 다름 아닌 그 히로인을 향해 독백을 하며 작품을 닫아버린다.

즉, 여기서는 음악을 들으며 그 작품 세계에 빠진 청자가, 작중 인물과 만나는 설정이 있고 〈노랫말만 들어도 눈앞에 그 풍경이 아련히 떠오른다〉고 하는 그야말로 바로 〈눈앞에〉 등장 인물이 나타난다는 것이다. 친숙한 작품 캐릭터가 실제로 눈앞에 있다고 느껴져 말까지 걸려고 하는 것은, 아마도 아키바계의 오타쿠 젊음이들 만은 아닐 것이다. 애니메이션을 보고, 'FUN, FUN, FUN' 음악을 듣고, 영화를 보고, 연극을 보고, 만화를 보고, 소설을 읽는 것으로도 일어날 수 있다. 이에 대해서는 이미 '거울 속의 노을'에서 미하엘 엔데의 "끝없는 이야기"(영화 '네버 엔딩 스토리')를 소개한 바 있다.

바스티안이 이야기 세계에 빨려들 듯이, 〈참으로 해피〉한 곡을 정신없이 듣고 손에 땀을 쥐게 하는 모험 책에 빠져들거나 하는 것은, 우리가 그 작품 세계 속으로 빨려 들어가는 것이다. 혹은 작품 세계와 현실 세계의 경계가 사라지며, 그 세계의 등장 인물이 우리 앞에 모습을 드러내 이야기를 읽는 것은 곧 작품 세계의 인물과 만난다는 것이다.

그리고 그것을 가능하게 하는 것은 그 작품이 뛰어나다는 것, 적어도 자신이 그렇게 느껴 싱크로나이즈되기 때문이지만, 참고로 무라카미 하루키 자신이 'FUN, FUN, FUN'을 포함한 비치 보이즈의 곡을 얼마나 싱크로 하고 있었는지를 세월이 지난 후에 와서 쓴 문장이라 하겠다. 비치 보이즈의 음악을 처음 만난 것은 분명 1963년이다. 나는 14살이었고, 곡은 '서핑 USA'였다. 책상 위에 있던 소니의 작은 트랜지스터 라디오에서 흘러나오는 그 팝송을 처음 들었을 때 나는 말 그대로 할 말을 잃어버렸다. 내가 계속 듣고 싶었지만, 그것이 어떻게 생긴 것인지, 어떤 감촉을 가진 것인지 구체적으로 상상할 수 없었던 사운드를, 그 곡은 아무렇지도 않게 거기에서 들려왔기 때문이다.(중략) 좀 과장되게 말하면 마치 머리 뒤쪽을 부드러운 둔기로 얻어맞은 것 같은 충격이 있었다. '어떻게 이들은 내가 원하는 것을 이렇게 분명하게 알고 있을까?' 나는 그렇게 생각했다. '더 비치 보이즈' 그것은 그들의 이름이었다. 그리고 그때부터 비치 보이즈는 내 청춘의 하나의 상징 같은 존재가 되었다. 혹은 하나의 오브세션(달라붙어 떨어지지 않는 관념)이 되었다. 나는 그로부터 오랫동안 세월 가는 줄 모르고 비치 보이즈의 음악과 함께 살았다. 'FUN, FUN, FUN' '아이 겟 어라운드' '서퍼 걸'……('브라이언 윌슨'"의미 없는 스윙은 없다'(2005 · 11)이 표현은 바로 무라카미 하루키의 문학을 우리가 처음 만났을 때의 충격 그대로이지 않을까?

1963/1982년의 이파네마의 여인
혹은 이어진다는 것에 대하여

초출 *'도레풀' (1982·4)*

수록 *"캉가루날씨" (헤본샤, 1983·9·9)*

문고 *"캉가루날씨" (고단샤문고, 1986·10·15)*

"무라카미 하루키 전 작품 ⑤ (고단샤, 1991·1·21)

1963/1982년 이파네마의 여인

개요

1963년 날씬한 몸매를 선탠으로 잘 태운 젊고 예쁜 이파네마 아가씨가 걸어간다('이파네마의 여인'라는 곡이 유행했다.) 20년이 지난 지금도 그녀는 나이를 먹지 않고 똑같이 걷고 있다.

나는 이 곡을 들을 때마다 고등학교 복도가 생각난다. 왜 그런지는 잘 모르겠지만 맥락이라고는 전혀 없다. 고등학교 복도 하면 나는 콤비네이션 샐러드가 생각난다. 여기에도 역시 맥락이란 것은 없다. 콤비네이션 샐러드 하면 나는 옛날에 좀 알고 지내던 여자아이가 생각난다. 그녀가 늘 야채 샐러드만 먹었거든.

한 철학자가 '옛날 옛날에 물질과 기억이 형이상학적 심연(深淵)으로 나눠졌던 때가 있었다'고 하지만, 1963/1982년 이파네마 여인은 형이상학적인 뜨거운 모래사장을 거닐고 있다. 나는 그녀에게 말을 걸고 함께 맥주를 마신다. 그녀의 발바닥도 형이상학적으로 만들어져 있고 파도 소리까지 아주 형이상학적이다.

가끔 지하철 안에서 그녀와 만난다. 그 때마다 말은 주고받지는 않지만, 마음 어디선가 연결되어 있는 것 같다. 먼 세상 어느 기묘한 장소에 그 연결고리가 있겠지.

113

• 기억의 맥락성에 대하여

'1963/1982년 이파네마의 여인' 제목만 봐도 의외다. ⟨1982년⟩은 소설이 발표된 해다. '이파네마의 여인'은 브라질 작곡가 안토니오 카를로스 조빈에 의해 1962년 발표한 보사노바의 명곡 중에 하나다. 무라카미 하루키의 작품 표제에 있는 ⟨1963⟩은 세계적으로 유명한 '이파네마의 여인'이 발매된 해다. 이 곡은 원래 미국의 바브 레이블에서 녹음된 앨범 "게츠/질베르트"에 수록된 것으로, 질베르트 부부의 남편 조안이 포르투갈어로, 아내인 아스트라드가 영어로 노래를 불렀다. 작중에도 ⟨스탄 게츠의 베르베트 같은 테너 색소폰 연주 위에서 그녀는 언제나 열여덟이고 쿨 하면서 나긋나긋한 이파네마의 여인이다⟩가 나오듯, 미국의 유명한 백인 재즈 색소폰 연주자 스탄 게츠의 색소폰 연주가 들어간 곡이다.

하루키 본인이 번역한 것으로 보이는 가사를 들어보자.

'매끈매끈 햇볕에 태운

젊고 예쁜 이파네마 여인이

걸어간다.

삼바 리듬을 타고 걷는 걸음걸이

쿨 하게 흔드는 부드러운 몸짓에

혼잣말로 좋아한다고

나의 하트를 보내고 있지만

그녀는 그런 나를 알아채지 못하고

그저 바다만 바라볼 뿐'

그런데 '1963/1982년의 이파네마의 여인'에서 왜 〈1963/1982년의〉라고 하는 타이틀을 썼는가 하면, 두 해 다 '이파네마의 여인'을 들었다고 할 수 있다. 〈1963년 이파네마의 여인은 이런 식으로 바다를 바라보고 있었다. 그리고 지금 1982년의 이파네마의 여인 역시 마찬가지로 바다를 바라보고 있다〉

앨범이 발매되던 해 미국 빌보드차트 제2위를 차지할 정도로 대히트를 친 '이파네마의 여인'은 일본에서도 인기를 얻고 있었으며 재즈든 록이든 미국 음악에 귀를 기울이고 있던 1963년 당시라면 하루키 나이 14세 중학교 2학년 시기다. 고교시절의 무라카미 하루키는 특히 게츠가 참가한 이 곡을 즐겨 들었을 것으로 보인다. 그렇기 때문에 〈이 곡을 들을 때마다 나는 고등학교 복도를 떠올린다〉〈왜 '이파네마의 여인'을 들으며 고등학교 복도가 떠오르는지 나는 잘 모르겠다. 맥락이란 것이 있을 것 같지 않다. 도대체 왜? 1963년의 이파네마의 여인은 내 의식의 우물 안에 어떤 조약

115

돌을 집어넣은 걸까?〉라고 묻고 있다. 그 연상은 오히려 이해하기 쉽다. 하루키 투어로 고베 주변을 걷고 하루키 출신고인 효고 현립코베 고등학교를 방문한 적이 있다면, 〈어둡고 조금 습하면서 천장이 높은 고등학교 콘크리트 복도 바닥을 걸으면 딱딱 소리가 울리〉는 경험이 있을 것이다. 〈북쪽으로 창문 몇 개가 나 있고 창 바로 옆까지 산이 인접해 복도는 늘 어둡고 언제나 조용하다〉라고 묘사되는 고교가, 산 중턱에 고풍스럽고 풍격 있게 자리한 코베 고등학교를 그대로 묘사하고 있다는 것을 바로 알 수 있다.

그런데 1 '이파네마 여인'→2 고등학교의 복도→3 콤비네이션 샐러드→4 옛날 좀 알고 지내던 여자아이로 이어지는 연상의 흐름에서 〈맥락 같은 것은 전혀 없다〉3→4의 흐름이 〈그녀는 항상 야채샐러드만 먹고 있었으니까〉라고 하는 〈이 연상은 그래도 일리가 있다〉라고 설명 가능한 것에 비하면, 확실히 2→3은 본인이 아닌 독자인 우리가 그 〈줄거리〉나 〈맥락〉을 찾아낼 수 있는 것도 아니고, 우리가 작품과 만났을 때 뭔가 상기되며 기억을 가로 지르는 모든 맥락이 확실히 인식되는 것도 아니다.

여기서 잠깐 다른 예를 보자. 왼손 검지의 촉각적 기억을 더듬으려는 가와바타 야스나리 "설국(雪國)"의 시마무라처럼 극히 의도적이고 직접적으로 과거의 기억을 떠올리려는 경우도 있다. 혹은 가지이 모토지로梶井基次郎 "어둠의 그림 두루마리"와 같

116

이 어둠을 아랑곳하지 않고 달릴 수 있는 도둑 기사를 읽으면서 잊고 있던 요양지 유가시마의 기억을 되살리는 것이나, 무심코 홍차에 담근 프티트 마들렌을 입에 넣은 순간 유년 시절에 콤브레의 마을에서 맛본 것 같은 마들렌이 생각나, 그것이 마치 콤브레의 살아 있던 모습이 단번에 되살아나는 프루스트의 "잃어버린 시간 을 찾아서"와 같이 무의지적 기억의 연장으로 직접적으로 상관없는 뭔가 선명한 기억을 불러일으키는 일도 있을 것이다.

〈옛날 옛적' 어떤 철학자가 쓴 '물질과 기억'이 형이상학적인 심연에 의해 나눠졌던 시대가 있었다〉고 소개한 것은 베르그송의 "물질과 기억"이겠지만 〈철학사에서 가장 내용이 농후한 작품 중의 하나인 "물질과 기억" 만큼 복잡한 저작을 불과 몇 페이지로 요약하는 것은 무리다.〉(J. L. 비에이야르=바론 "베르그송" 우에무라 히로시 옮김, 문고구세주)라고 하는 책을 여기서 요약하거나 확실한 전거로 인용할 수는 없지만, 작품 중 〈분명히 먼 곳에 있는 기묘한 장소에 그 결말은 있을 것이다. 그리고 그 연결고리는 또 다른 어딘가 고등학교 복도나 콤비네이션 샐러드에, 혹은 채식주의자 '딸기백서'의 여자아이로 이어져 있〉는 듯한 그것들을 묶고 연결하는 〈매듭〉은 우리의 의식 영역 하에 있다.

'1963/1982년 이파네마 여인'에서 재미있는 읽을거리는 우리들의 기억의 맥락이 서로 연결되어 있지 않은 것을 주제로 삼고 있다는 것을 분명히 하고 있다.

• 등장인물과 몇 번이고 만나는 것에 대하여

　여기서 기억의 맥락이 없다고는 하나 '1963/1982년 이파네마의 여인'을 떠올리는 것만으로 재미있는 것이 아니다. 그 기억이란 '이파네마의 여인'과 같은 음악이든 소설이든 회화든 듣고, 읽고, 조망하고, 감상할 때 감상자의 마음에 환기되는 맥락 찾기가 어려운 이미지이기도 하다. 그러나 그 이전에 우리가 감상하는 작품은 작품 내용을 우리 머릿속에서 생생히 불러일으킨다. 그것은 'FUN, FUN, FUN'에서도 봐왔다.

　우리는 비치 보이즈의 히트 송 'FUN, FUN, FUN'을 〈듣고만 있어도 눈앞에 그 광경이 펼쳐〉지면서 〈1964년형의 붉은 유선형 선더버드에 탄 포니테일의 여자 아이〉를 떠올린다. 혹은 미하엘 엔데의 '끝없는 이야기'(영화 네버엔딩 스토리)의 주인공 바스티안은 이야기 세계로 들어가 영웅 아틀레유로써 그곳에서 살아버린다. '1963/1982년 이파네마의 여인'의 〈나〉는, '이파네마의 여인' 음악을 들으며 〈이파네마의 여인은 이렇게 바다를 바라보고 있었다〉고 인용한 가사에서 영감을 얻어 〈젊고 예쁜 이파네마 여인〉의 모습을 마음에 그리고 있다. 이런 점에서 'FUN, FUN, FUN'과 맥락을 같이 한다고 할 수 있다.

'1963/1982년 이파네마 여인'과 'FUN, FUN, FUN'이 다른 것은 제목이 말하는 대로 20년 가까이 지난 지금도 같은 곡을 듣고 있음을 분명히 하고 있다는 점이다. 〈1963/1982년〉이라는 형태로 소환된 이미지가 대조 혹은 정확하게는 대조의 불가능성이라는 형태의 동일성이 확인된다. 구체적으로 말하면 'FUN, FUN, FUN'의 〈포니테일의 여자 아이〉는 〈1964년의 T버드의 여자 아이였지만 지금은 벌써 30대 중반을 넘었다. 그녀는 지금쯤 무엇을 하고 있을까? 제인 폰더의 워크아웃에 다니고 있는지도 몰라. 'E.T'에 나오는 신흥 주택에 살며 배리 마닐로우를 듣고 있을지도 모르지. 어쩌면 나이를 먹었을지도 모른다고 상상하며 지금은 같은 곡을 듣고 있지 않을까?〉 하는 생각이 드는데 반해 '1963/1982년의 이파네마 여인'에서는 〈수십 년 지난 지금, 1982년의 이파네마 여인도 역시 똑같이 바다를 바라보고 있다. 그녀는 그 이후로 나이를 먹지 않고 그녀는 이미지 속에 갇힌 채 시간의 바다 속을 조용히 떠돌고 있다.〉 당시도 지금도 같은 곡을 듣고 있는 〈이파네마 연인〉은 결코 〈나이를 먹지 않는다.〉

'FUN, FUN, FUN'과 같이 〈만약 나이를 먹고 있다면, 그녀는 벌써 이래저래 40에 가까울 것 같다. 물론 그렇지 않을 수 있지만, 그녀는 날씬하지도 선탠을 하지 않아도 아직 그럭저럭 예쁘게 나이 들었을지도 모르지만, 20년 전만큼은 아니다〉고 하는 20년 후의 모습이 극명하게 그려져 있다. 이것은 어디까지나 〈만약 나이

119

가 들었다면〉이라고 하는 가정 하에 일어난 상상이다. '4월 어느 맑은 날 아침에 100퍼센트의 여자를 만날 때'에서 언급한 반실가상에서 생각해 보면 실은 그녀는 나이를 먹지 않고 있다.

〈그러나 레코드 안에서 그녀는 물론 나이를 먹지 않는다. 스턴 게츠의 베르베트 같은 테너 색소폰 연주 위에서 그녀는 언제나 열여덟이고 쿨 하면서 나긋나긋한 이파네마 여인이다. 내가 턴테이블에 레코드를 올려 바늘을 내리면 그녀는 곧바로 모습을 나타내〉고, 〈레코드 마지막 한 장이 닳아 없어질 때까지 그녀는 쉴 새 없이 계속 걷는다.〉

예를 들어 우리가 몇 년 만에 '이즈의 무희'를 다시 읽는 사이에 우리가 청년에서 중년 혹은 노년으로 늙어가도, 〈무희〉는 여전히 17세 정도로 보이면서 실제로는 14세의 소녀 그대로이며, 20세기에 읽든 21세기에 읽든 베르테르는 여전히 '젊은 베르테르' 그대로이듯이 말이다.

〈무희〉 〈젊은 베르테르〉 〈이파네마의 여인〉 〈선더버드를 탄 포니테일의 여자 아이〉도, 읽을 때마다 나이를 먹거나 하지 않는다. 그들은 항상 그 작품 속에 계속 같은 나이에 머물러 있는 것이다. 현실 세계에서 확실히 나이를 먹는 독자이자 시청자인 우리와는 결정적으로 다른 것이며, 그것은 양자 사이가 뚜렷이 〈형이상학적 심연에 의해서 나누어져 있었다〉라고 말할 수 있다. 〈이파네마의 여인〉은 〈형이상학적인 뜨거운 모래사장〉 위를 걷고 〈파도 소리까지도 형이상학적〉으로 들리고 〈발바닥은 더욱 형이상학적〉인 그녀는 완전히 〈형이상학적인 여자 아이다.〉 이런 견해는 현실과는 동떨어진 재치나 다름없다.

그렇다면 리얼리티가 아닌 가상적인 존재는 의미가 없는가 하면 그렇지 않다. 'FUN, FUN, FUN'의 마지막에서 〈난 지금도 가끔 너와 그 붉은 T버드를 생각해〉하고 말을 걸려고 했고, '1963/1982년의 이파네마의 여인에서 〈나〉는 그녀에게 〈말을 걸〉고, 〈비치 파라솔 아래에서 함께 맥주를 마시고〉 〈그녀의 발바닥을 만지는〉 것도 할 수 있다. 그 작품을 접하면서 언제나 같은 형태로 만날 수 있는 등장인물들이 〈형이상학적〉이거나 우리가 작품 세계에 깊숙이 들어가 그들과 가상 혹은 한없이 리얼한 관계를 가능하게 한다. 그래서 가끔 지하철 차량 안에서 그녀를 만날 것 같은 곡이 들려오는 한 그 〈형이상학적〉 관계성은 어디에서나 가능하다고 하겠다.

• 연결되는 것에 대해

이상과 같은 기억의 맥락이 없거나 작중 인물과 만나거나 하는 두 가지 관점에서 '1963/1982년의 이파네마 여인'의 매력을 생각해 봤지만, 또 하나, 무라카미 하루키 문학 전체 흐름 속에

121

서 중요시 다루어야 할 점이 있다.

조금 전에 본 〈가끔 지하철 차량 안에서 그녀를 만날 때가 있다. 그때마다 그녀는 "그때 맥주 정말 고마웠어."하며 미소를 나에게 보낸다.〉 지하철 안에서 누군가의 이어폰에서 새어 나오는 멜로디가, 미소를 보내는 〈이파네마의 여인〉처럼 실체적인 이미지를 환기시키며 〈'1963/1982년의 이파네마의 여인'은 지금도 뜨거운 모래사장을 계속 걷고 있다. 레코드의 마지막 한 장이 다 닳도록 그녀는 쉴 새 없이 계속 걷는다〉는 작품 종결 직전에 〈나〉는 아래와 같은 긴 사유를 하게 된다.

그 후로 우리는 더 이상 말을 나누지 않았지만, 그래도 마음으로 어디선가 연결되어 있겠지 하는 생각은 든다. 어디에서 연결되는지 나는 모른다. 분명 어딘가 먼 세계에 있는 기묘한 장소에 그 연결고리가 있을 것이다. 그리고 또 다른 곳에서 그 연결고리는 고등학교 복도나 콤비네이션 샐러드에, 혹은 채식주의자인 딸기백서의 여자아이로 이어진다. 그런 생각을 하면, 여러 가지가 조금씩 그리워져 온다. 어딘가 분명 나와 나 자신을 잇는 매듭과 연결고리가 있을 텐데. 분명 언젠가 나는 먼 세상의 기묘한 장소에서 나 자신과 만나겠지라는 생각이 들 정도다. 만약 그것이 가능하다면 따뜻한 곳이길 바란다. 만약 거기에 차가운 맥주가 몇 병 있다면 더 이상 말 할 필요가 없다. 거기에 있는 나는 분명 나 자신이다.그 둘 사이에는 어떤 틈도 없다. 그런 기묘한 장소가 분명히 어딘가 있을 것이다.

　이미 (1)의 〈기억의 맥락 없음〉에 대해 생각했을 때 〈어딘가 먼 세계에 있을 기묘한 장소와 연결되어 있다〉라고 하는 것에 대해서, 식역하(識閾下)에 있는 기억의 〈연결고리〉로 주목한 부분이지만 〈기억의 맥락 없음〉이란 즉, 〈이파네마의 여인〉을 들으며 생각나는 〈고등학교의 복도〉가 연결되지 않는다는 것이며 〈고등학교의 복도〉하면 생각나는 〈콤비네이션 샐러드〉가 연결되지 않는다는 것이다. 그리고 또 〈등장인물과 몇 번이나 만나는 것〉이란 이 리얼한 세계에 있는 우리 독자/시청자와 작품(문학/음악) 속에 등장하는 비리얼한 작중 인물이 연결된다는 것이다. 이런 의미에서 이미 말한 두 문장은 다 연결 또는 연결되지 않는 관계로 그야말로 연결된 문제라고 하겠다.

　앞서 언급한 부분 중에서 〈연결되어 있다〉라는 말과 〈연결고리〉라는 말이 각각 세 번에 걸쳐 반복되는 이유가 있었다. 〈어딘가 분명 나와 나 자신을 잇는 고리도 있을 것이다. 분명 언젠가, 나는 먼 세상에 있는 이상한 장소에서 나 자신을 만나겠지라는 느낌이 드〉는 감회에 수렴될 때, 우리는 전기를 연결하는 〈연결고리〉의 역할을 하는 〈배전반(配電)〉같은 큰 소품(대도구!)으로써 사용된 '1973년의 핀볼'의 돌핀 호텔 16층(혹은 15층/17층)이나, 하와이의 빌딩 한 칸이라고 하는 〈먼 세계에 있는 기묘한 장소〉에서, 〈나 자신과 만난다〉는⑦ 체험을 하는 '댄스, 댄스, 댄스'를 배열해 보면 그 기원은 '1963/1982년의 이파네마 여인'이 그 배전반으로 충분하다고 하겠다.

그리고, '4월의 어느 맑은 아침에 100퍼센트의 여자를 만나는 것에 대하여'가 "1Q84", "해변의 카프카"의 기원이었던 것처럼, '1963/1982년의 이파네마의 여인'은 "1973년의 핀볼", "댄스, 댄스, 댄스", "태엽 감는 새"의 기원이라고 할 수 있다. "태엽 감는 새" 제3부의 한 구절에 반복되어 나오는 〈연결되어 있다〉라는 말이 이를 웅변하고 있다고 하겠다.

곧 문이 안쪽으로 열리고 시나몬이 운전하는 메르세데스벤츠가 모습을 보일 때였다. 그는 여느 때처럼 손님을 모셔온다. 나와 손님들은 얼굴 멍 자국으로 연결돼 있다. 나는 이 멍으로 인해 시나몬의 할아버지(나츠메구의 아버지)와 연결되어 있다. 시나몬의 할아버지와 마미야 중위는 신쿄라는 마을로 연결돼 있다. 마미야 중위와 점쟁이 혼다 씨는 만주와 몽고의 국경선에서 한 특수 임무로 연결되어 있고, 나와 쿠미코는 혼다 씨를 와타야 노보루로에게서 소개받았다. 그리고 나와 마미야 중위는 우물 바닥으로 연결되어 있다. 마미야 중위의 우물은 몽골에 있고, 나의 우물은 이 저택 뜰 안에 있다. 이곳은 과거 중국 파견군 지휘관이 살았다. 모든 것은 고리처럼 연결되어 있고, 그 고리의 중심에 있는 것은 전쟁 전의 만주이며, 중국 대륙이며, 1939년의 노몬한 전쟁이었다. 그런데 어쩌다 나와 쿠미코가 그런 역사관계 속으로 빠져들어 가게 되었는지 난 이해할 수 없다. 그것들은 모두 나와 쿠미코가 태어나기 훨씬 전에 일어난 일이다.

그것은 당연한 것이며, 무라카미 하루키의 작품 세계는 모두 어디의 무엇과 〈연결되어 있다〉는 것이다. 따라서 한층 더 '1963/1982년 이파네마 여인'은 "1973년의 핀볼", "댄스, 댄스, 댄스", "태엽 감는 새"과 〈연결되어 있는〉 배전반(配電盤)과 같은 위치에 있다고 다시 한번 강조한다.

장편과 장편이 각각 서로 〈연결되어 있다〉는 것을 증명하듯이 초 단편 작품이 그 〈연결고리〉 역할을 하고 있는 의미에서 무라카미 하루키 문학에서 초 단편이 갖는 위치적 중요성은 한층 더 높다고 하겠다.

스파게티 공장의 비밀

창작의 비밀에 대하여

수록 "*코키리 공장의 해피앤드*" (*CBS 소니 출판, 1983 · 12 · 5*)

문고 "*코키리 공장의 해피앤드*" (*신쵸문고, 1986 · 12 · 20*)

스파게티 공장의 비밀

개요

양사나이와 예쁜 쌍둥이 소녀는 나의 서재를 스파게티 공장이라고 부른다. 내가 원고를 쓰고 있으면 그들은 여러 가지 트집을 잡는다. 나는 별일 아닌 일을 그들에게 시키고 만족하게 한 다음 서재에서 나가게 한 후 일을 시작한다. 내가 원고를 쓰는 동안 그들은 마당에서 서로 손을 잡고 노래를 부르고 있다. 스파게티에 관련된 노래다. 봄빛이 그들 위에 쏟아지고 있다. 정말 멋진 풍경이다.

무라카미 하루키가 쓴 단편 중에서도 '스파게티 공장의 비밀'은 극히 짧아 문자 그대로의 소품·초 단편이다. '~의 비밀'이라는 제목에서 로알드 달의 "초콜릿 공장의 비밀"이라는 명작 아동문학을 연상하는 사람도 있을 것이다. 평론사에서 타무라 류이치田村隆一 번역으로 나와 있던 조지프 신델만 그림판이 고전적이었지만, 작금의 신 번역 붐으로 지난번에 평론사에서 나온 야나세 나오키柳瀬尚紀 번역 퀸틴 블레이크 그림판이 나왔다. "율리시스"의 명역으로 잘 알려진 야나세 나오키답게 원작의 말장난을 살리려고 애쓴 노력이 화제가 된 책이다. 조니 뎁이 주연으로 화제가 되었던 그 "찰리와 초콜릿 공장"이라는 영화의 원작이다. 원작의 원제는 영화 쪽의 타이틀이었다고 하는, 조금 복잡한 관계이지만, '스파게티 공장의 비밀'이 '초콜릿 공장의 비밀'을 근거로 하고 있었다면, 그것은 로알드 달의 작품이라고 하기보다 타무라 류이치의 번역이 한몫 했다고 하겠다.

정말 무라카미 하루키는 '초콜릿 공장의 비밀'을 참고하였을까? 초콜릿 공장의 비밀이란 이런 이야기다.

가난한 집의 소년 찰리는 초콜릿을 좋아해 생일날 한 장의 황금티켓을 선물로 받을 수 있기를 기다렸다. 윌리 웡카의 과자는 세상에서 가장 인기가 있으며 세계 제일의 초콜릿 공장이 찰리가 살고 있는 마을에 있다. 그러나 그 공장 안은 완전 비공개로 아무도 거기서 일하는 사람을 본 적이 없는 수수께끼의 공장이다. 어느 날 윙카는 생산되는 초콜릿 속에 다섯 장의 황금색 티켓을 넣어, 그걸 뽑은 아이는 가족 한 사람을 동반해서 공장을 견학할 수 있으며, 그 중 한 사람에게 훌륭한 부상이 붙는다는 공지를 냈다. 운 좋게 황금빛 초대권에 당첨된 다섯 사람 중 마지막이 찰리였다. 초대받은 열 명은 공장안의 기묘한 광경을 목격하고 신기한 체험을 하게 된다.

그 윙카 씨의 초콜릿 공장에 초대된 소녀, 소년들과 함께 〈공장의 비밀〉에 찰리와 독자의 눈을 사로잡는 로알드 달의 명작처럼 '스파게티 공장의 비밀'도 독자에게 필시 재미있는 〈스파게티〉의 제법의 〈비밀〉을 엿볼 수 있으리라 기대하며 읽기 시작하게 된다. 그리고 가난한 찰리 일가에 행복을 가져다준 것처럼 뭔가 훈훈한 스토리가 전개될 것을 동시에 기대하면서 말이다.

그런데 읽고 난 후 독자는 이건 뭐지? 하는 느낌이다.

서두에 〈그들은 나의 서재를 스파게티 공장이라고 부른다. 그들은 양사나이와 예쁜 쌍둥이 소녀를 말한다. 스파게티 공장이라는 말은 별 의미가 없다. 물의 온도를 조절하거나 소금을 뿌리거나 타이머를 세팅하거나 하는 정도다〉라며 서두에서 이미 독자를 교란시킨다.

〈서재〉가 〈스파게티 공장〉이라고 부르는 것은, 무라카미 하루키 특유의 비유라고 우선 생각해본다. 내 서재는 그들이 보기에 스파게티 공장 같은 직유표현이다. 혹은 내 서재를 그들은 스파게티 공장으로 이해하는 수수께끼이기도 하다. 그렇다면 독자는 ≪A는 B와 같이 C 다≫ 혹은 ≪A라고 써서 B로 이해한 그 마음은 C 다≫의 C에 해당하는 것이 무엇인지 흥미를 갖고 무엇인가를 예상하면서 읽게 된다. 〈나의 서재〉가 〈스파게티 공장〉인 것은 〈소설〉을 〈스파게티〉로 비유하고 있다. 즉, 〈그녀의 뺨은 사과 같다〉라고 듣고, 〈뺨〉이 〈사과〉로 보이는 것은, 아마도 매끈매끈하고 붉은색 때문일 것 같다? 〈스파게티 공장이라는 말에는 큰 의미가 없다고 해도 무엇인가 나름의 〈의미〉가 설명될 것을 기대하고 있던 독자는 〈물 온도를 조절하거나 소금을 뿌리거나 타이머를 세트 하거나 하는 정도〉에 계속 허탕치고 만다. 스파게티 요리 그대로다. 〈뺨〉과 〈사과〉의 유사성에 대한 설명을 하자면 ≪그 사과는 아오모리현 산의 홍옥이라는 품종으로 크기는 LL이고 당도는 5로…≫ 오로지 사과 이야기를 계속하고 있는 것과 마찬가지다. 그렇다고 화를 내는 게 아니라 결국 C는 무엇이다라는 것을 얼버무리며 엇갈리게 하는 테크닉 또한 무라카미 하루키 특유의 비유표현의 탁월함이라 하겠다. 그런데 그 비유의 엇갈림에 동반된 '초콜릿 공장의 비밀'이 아닌 '스파게티 공장의 비밀'은 뭘까? 하는 흥미마저 떨어지게 하고 만다.

130

작품 서두에 양사나이는 〈있잖아, 우린 왠지 그 문장이 마음에 안 들어〉하며 원고를 읽고 있다든지 〈어쩐지 주제넘은 것 같고 유익한 게 없잖아〉라고 건네며 문장형용에 대한 평가가 잠시 있을 뿐 쌍둥이가 '소금을 좀 많이 뿌린 거지'라고 한다. 마치 스파게티를 만드는 평을 듣고는 〈고쳐 쓰기〉가 아닌 〈다시 만들기〉를 해버린다.

물론 좀 주제넘지만 여기에 등장하는 사랑스런 셋이 나누는 교섭은 절로 미소 짓게 하며 작품 맨 마지막에 〈뭐랄까, 진미〉를 맛보게 한다.

그럼 도대체 우리는 이 작품을 어떻게 읽어야 할까? 직유의 재미와는 별개로 이 글은 어디가 재미있을까? 무엇을 재미있게 읽어야 할까? 원래 여기에 쓰여진 〈비밀〉이란 도대체 무엇이란 말인가. 그리고 그 〈비밀〉에는 "초콜릿 공장의 비밀"과 연결이 역시 있는 것일까?

'스파게티 공장의 비밀'의 라스트는 그 말을 듣고 〈봄 햇살이 그들 머리 위로 쏟아지고 있다. 뭐랄까 멋진 풍경이다〉 그리고는 다음과 같은 노래로 끝난다.

우리 고향은 알 텐데
너무 이르지도 않고 너무 늦지도 않고

이름도 듀람 세몰리나의

찬란한 황금빛 밀

이것은 양사나이와 예쁜 쌍둥이 소녀가 노래한 것으로 이 노래가 "초콜릿 공장의 비밀"에서 나쁜 아귀들이 사라질 때마다 난쟁이들이 움파룸파를 부르는 기묘한 노래와 연관성이 있어 보인다. '스파게티 공장의 비밀'과 "초콜릿 공장의 비밀"의 공통점 정도로 밖에 보이지 않을지 모른다. 그것이 보이면 이 원고를 쓸 때 배경음악이 스파게티나 밀밭을 노래한 점이 이상하지만, 그 마지막에 노래를 부르고 있는 양사나이와 예쁜 쌍둥이 소녀 셋이 난쟁이들의 움파룸파와 겹치는 점에 주목하고자 한다.

움파룸파는 실존하지 않는 가공의 난쟁이들이지만, 양사나이와 예쁜 쌍둥이 소녀도 무라카미 하루키의 작품에 자주 등장하는 이른바 친숙한 등장인물이며, 역시 가공의 존재인 것이다. 그리고 중요한 것은 움파룸파는 초콜릿 공장 안에서 초콜릿을 만드는 기능사이듯 양사나이와 예쁜 쌍둥이 소녀는 쓸데없는 참견으로 도움이 안 되는 것 같지만 〈나〉와 함께 원고를 쓰는데 관여하고 있는 이른바 소설을 〈만드는〉 실무자적 존재인 것이다.

즉, 이 '스파게티 공장의 비밀'을 재미있게 읽기 위해서는 〈양사나이〉가 "양을 둘러싼 모험" 이후 무라카미 하루키 작품의 친숙한 캐릭터인 〈쌍둥이 미소녀〉 또한 "1973년의 핀볼" 이후 친숙한 캐릭터라고 하는 지식이 절대로 필요하다. 그리고 하나 더 첨가하자면 이 작품의 재미를 높이기 위한 전제로 〈나〉를 작가 무라카미 하루키로 읽는다는 것이다. 즉, 〈나〉는 하루키가 아닌 하루키가 만들어 낸 일인칭 주인공으로 취급해 버리면 재미없다. 그것은 이 문장을 에세이가 아닌 어디까지나 허구의 소설(초 단편)로 읽는 것으로, 예를 들면 '도서관 괴담'이나, '양사나이의 크리스마스'에 나오는 주인공 〈나〉와 같은 다른 등장인물이 또 다시 우리 앞에 나타난 친숙한 작품이 되어 버리기 때문이다. 이 문장의 재미는 어디까지나 현존하는 무라카미 하루키인 〈나〉 이전에 작품 세계 안에만 있는 하루키 자신이 만들어 낸 허구의 존재인 캐릭터와 만나고 있는 것이다. 즉, 허구의 캐릭터와 그 작가와의 동일 차원의 교류, 그리고 한층 더 재미있는 것은 그들이 〈나〉인 하루키 〈원고〉 만들기를 돕고 교류하는 〈풍경〉이야말로 초콜릿도 스파게티도 아닌 문학 창작의 비밀인 것이다.

알기 쉬운 예로 〈양사나이〉 보다 더 훨씬 대중적인 등장인물이 많은 작가로 나쓰메 소세키夏目漱石가 있다. 그가 소설을 쓰고 있으면, 그의 등을 〈나〉라는 고양이가 할퀴고 방해하고, 다른 작품에서는 산시로가 〈스트레이 시프〉라고 중얼거리면서 소세키의 기분을 흩뜨리고, 도련님이 〈이 바보〉라고 소리를 지르는 바람에 또 붓 흐름이 방해받고, 그리고 K가 경동맥을 끊어(멋진 듯하지만) 피눈물을 흘리며 소세키의 원고를 더럽히고 있는.... 이러한, 매우 슬픈 광경을 상상해 본다면, 이 '스파게티 공장의 비밀'이라는 작품이 그려내고 있는 광경의 즐거움을 이해할 수 있다. 〈비밀〉의 진미라 할 수 있는 창작 비밀의 실체란, ≪작가 스스로 창작한 친숙한 등장인물과 허물없이 이야기를 주고받으며 소설을 쓰고 있으며, 창작은 모름지기 그런 의미에서 공동 작업≫이라고 하고 있다. 이것은 틀림없는 진리라 할 수 있기에 이 작품이 재미있는 이유가 여기에 있다.

예를 들면, 무라사키 시키부紫式部 시집의 최후를 장식한 증답가를 부른 카가 쇼나곤加賀少納言의 존재의 미스터리를 규명한, 하타코헤秦恒平의 '카가 쇼나곤' 이후에도 허구테마를 보다 심도 깊게 추구한 소설("첫사랑" 고단샤)이 있지만, 여기서는 그 이전 에세이("일본 문학사 2 중고시대의 문학" 유히각)로 다음과 같은 수수께끼를 풀 핵심 구절을 소개하고자 한다.

나는 카가 쇼나곤을 가공의 여성이라고 상상하고 있다. 무라사키 시키부가 만들어 낸 인물로 무라사키 시키부의 생애에 있어 없어서는 안 될 단순한 작중 등장인물이라기보다는 실생활에서 오랫동안 그녀 가까이에서 함께 한 의미 깊은 상대로 상상하고 있다. 무라사키 시키부에게 있어 그런 그녀는 자신의 그림자 같은 존재였고, 남몰래 대화가 오갔을 것이다. 창작의 비밀스런 업적은 모두 거기서 영위되었다는 것을 "겐지모노가타리"를 오랫동안 열애해 온 나 자신은, 지금도 한 소설가로써 거의 확신에 가까운 상상이자 염원이다.

그러니까 마지막 증답은 시키부의 자문자답이었다는 훌륭한 수수께끼 풀이지만, 여기서 〈가공의〉 존재이자 작가가 〈만들어 낸 인물〉이지만 〈단순한 작중의 등장 인물이기보다 실존감을 가지고〉 〈있잖아, 우린 왠지 그 문장이 마음에 안 들어〉라고 말을 걸어 올 것 같은 〈가까이에서 함께 살아온 의미 깊은 상대〉라고 하는 〈그림자와 같은〉 〈카가 쇼나곤〉을 둘러싼 설명은, 그대로 '스파게티 공장의 비밀'의 〈양사나이〉 〈쌍둥이 소녀〉에 해당된다고 하겠다.

특히 세계를 향해 현재 일본 문학을 대표하는 존재로써 무라카미 하루키이며, 고전에서는 "겐지모노가타리"의 무라사키 시키부라는 것에 이의는 없을 것이다. 2010년 12월 영화 '노르웨이의 숲' 공개 기념 프로그램인 '무라카미 하루키의 수수께끼 ~ 증언으로 엮는 노르웨이의 숲 ~'(일본 영화 전문 채널)에서 〈무라사키 시키부 이래의 슈퍼 히어로입니다〉라고 나레이션을 시작한 것도 그런 것을 말해주고 있다. 두 작가는 천년의 시간 간격을 훌쩍 넘어 지금 완전히 같은 수법을 취하고 있는 것이다! 그렇게 해석한 하타코헤 작가도 대단하지만, 그 또한 같은 작가라는 일을 하고 있기 때문에, 그렇게 쓸 수 있었다고 하겠다. 역시 작가 즉 붓을 든 사람은 같은 창작 방식을 취하고 있다는 것을 이 두 문장을 통해 우리는 알 수 있다.

하타코헤가 논증하고 있는(청나라의 이식록(耳食錄)이라는 설화집에 나온다)는 등무영(鄧無影)에 대한 이야기에서 등을(鄧乙)이 그림자와 대화를 하는 것에서 하타코헤와도 예술적 맥이 통한다고 할 수 있으며 무라사키 시키부나 등을과 같은 외로움 속에서 실제로 글을 쓰고 있던 존재로 우리에게 잘 알려진 〈키티〉를 인격화해 일기장에 일기를 썼던 안네 프랑크를 생각하게 된다.

모든 작가가 그렇다고 한다면, 얼마든지 예를 들 수는 있다. 예를 들면 "괴도 퀸은 서커스를 좋아해"(고단샤, 파랑새 문고) 후기에 작가 하야미네 카오루가 다음과 같이 쓴 것도 해당한다.

그런데, 이 퀸……의 캐릭터는 다루기가 매우 까다로워요.(하나하나, 이쪽 묘사에 대해서 '나는 더 멋있지 않을까'라든가, '미학을 느낄 수 없는 대사다' 등 트집을 잡는 캐릭터는 곤란합니다.) 조커도 불평도 하지 않지만 다루기 힘들어요.("나는 좀 더 진지한 캐릭터다"라고 말한 만큼 외눈으로 노려보는 것은 그만두었으면 한다.)

136

RD는 RD 나름대로, [나는 더 고생하고 있습니다!] 시끄럽기도 하고.

'순하고 다루기 쉬운 캐릭터 모집!'을 내건 벽보를 붙이고 싶은 기분입니다.

그렇지만, 이렇게 주역의 이야기를 써 주면, 당분간 조용하게 있어 주겠죠.(조용히 잠자코 있어 주길 바랄 뿐......)

그리고 또, 작가에게만 해당하는 것이 아니라, 우리도 글을 쓸 때 서툴지만 좋은 것을 쓸려고 할 때 머릿속에서 '슬슬 행을 바꿔 단락을 마무리 하려면...... "아니아니 아직 같은 논점이니 길이로 균일화 안 해도 될 듯....."' 등의 자문자답은 종종 있다. 오히려 우리가 글을 쓸 때 가장 필요한 것은 〈그림자〉 같은 양사 나이를 앞으로 불러내는 것처럼 자신을 대상화하는 그런 자기 상대화야 말로 글을 쓸 때 유념해야 할 것이다.

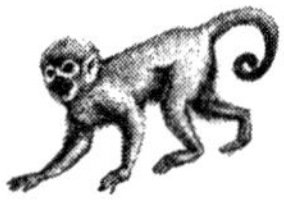

04

기타 초 단편 혹은 무라카미 하루키의
또 다른 매력을 둘러싸고

굿 뉴스

혹은 정보의 불확실성에 대하여

초출 태양 (1994 · 7)

수록 "밤의 거미원숭이" (헤본샤, 1995 · 6 · 10)

문고 "밤의 거미원숭이" (신쵸문고, 1998 · 3 · 1)

"무라카미 하루키 전 작품 1990~2000 ① " (고단샤, 2002 · 11 · 20)

굿 뉴스

개요

여러분 안녕하세요. 열 시 뉴스입니다. 오늘 밤은 특별 기획으로 아주 좋은 소식만을 골라 보내 드리겠습니다.

▲멕시코의 대형 유조선이 오늘 새벽 갑작스런 폭발로 침몰했지만 밤까지 선원 120명 중 35명이 기적적으로 구출되었습니다. 〈버리는 신이 있으면 구원하는 신이 있다〉는 것은 바로 이런 이야기를 두고 하는 말일 겁니다.

▲지난 주 금요일에 토쿠시마 후에 씨(72세)의 귓불을 가위로 자르고 도망가던 중학생이 체포되었습니다. 후에 씨는 "귓불 하나 정도는 없어도 살아갈 수 있으니까 부디 용서해 주었으면 한다"고 말했다고 합니다. 세상에 악인만 있는 것이 아니라고 하는 이야기는 바로 이런 경우를 두고 하는 말이겠습니다.

▲배우 다시로 칸스케 씨(52세)가 자살 미수를 했습니다. 질식 상태가 오래 지속되는 바람에 뇌 일부에 손상을 입었고, 앞으로 회복된다 하더라도 말하기는 어렵겠다고 합니다. 하지만 어쨌든 목숨은 건졌으니 다행입니다. 〈죽어서야 꽃이나 과일로 결실을 보는가〉는 이런 것을 두고 하는 말인 것 같습니다.

▲어젯밤 초밥집에서 갑자기 난동을 피운 남자가 현장에 달려온 경찰관에 체포됐습니다. "비싼 초밥을 먹었고, 지불할 돈도 얼마든지 갖고 있는데 너무 요금이 싸서 나도 모르게 화가 났다"고 말했습니다. 취조를 담당한 경찰관도 "아니, 이것은 근래에 보기 드문 좋은 이야기야, 실로 미담일세"라고 감탄하고 있습니다.

내일도 멋진 뉴스만 보낼 수 있으면 좋겠습니다. 그럼 안녕히 주무세요.

여기에 소개되고 있는 4개의 뉴스는 물론 보통 같아서는 결코 〈굿 뉴스〉라 할 수 없다. 어쨌든 유조선 사고로 85명이 사망했고, 노파는 말도 안 되게 귓불이 가위로 잘려나갔고, 배우는 재기불능이고, 말도 안 되는 일로 초밥집은 난장판이 되고 가게 주인은 상처를 입었다.

문학이란 기성의 개념이나 가치관을 뒤엎는 것처럼 이 단편도 가장 좋은 뉴스로 뭔가 없을까? 모색 중에 역지사지 입장에서 전달하고 있어 재미는 있지만 황당무계할 뿐이다.

에멀슨이 〈사물을 본다는 것은 눈으로만 보는 것이 아니라 마음으로 보는 것이다〉라는 말을 했다. 그 말을 인용한 무쿠하토쥬椋鳩+ "에머슨의 말"("무쿠하토쥬의 책 제29권 사쓰마 자랑 남국의 고향수필" 이론사)이라는 에세이가 있다.

어느 날 뜰에 출몰한 원숭이를 필자 부부가 목격하게 된다. 그리고 〈이튿날부터 원숭이가 신문을 떠들썩하게 했다〉 하지만, 그것은,

개가 요란하게 짖어서 밖에 나가보니 고양이 새끼를 잡아 입에 물고 있는 원숭이가 개와 눈싸움하고 있더군요. 새끼 고양이를 낚아챌 정도의 원숭이였기에 어떤 일을 저지를지 모를 원숭이라고 생각이 들더군요. 학교에서 돌아오는 아이가 이 원숭이와 딱 마주치면

물릴지도 모르는 거죠. 이런 원숭이가 거리를 돌아다니고 있다고 생각하니 <u>무서워 죽겠어요</u>.

손자한테 줄려고 잘 익기를 기다리고 있던 비파를 그 원숭이 놈이 반이나 먹어버렸어요. 얄미운 원숭이예요.

– 뒤 대나무 숲에서 부스럭거리는 소리가 나서 나와 보니 원숭이였어요. 경찰에 신고 전화해 경찰이 왔을 때는 이미 도망친 뒤였어요. 조금만 더 빨리 왔더라면 잡을 수 있었을 텐데 아쉽게 됐어요.

라고 하는 고양이를 낚아챈 원숭이로 보이는 증언을 늘어놓는 기사도 있는가 하면,

저녁때 장을 보고 돌아왔더니 부엌 앞에 원숭이가 우두커니 앉아 있었어요. 감자를 던져 주니, "캬야" 소리를 내며 송곳니를 드러내는 바람에 화난 줄 알았는데, 서둘러 감자를 주워 옆집 정원으로 들어가더군요. <u>그 원숭이 어디서 잘까요?</u>

오늘 점심때와 저녁때 <u>귀여운 새끼 고양이를 안은 원숭이</u>가 우리 집을 두 번이나 찾아 왔어요. 그 원숭이가 나올 때마다 다들 쫓아다니는데, <u>안 잡혔으면 좋겠는데</u>,

하는 젊은 새댁의 이야기도 실려 있는 식으로 고양이를 안

고 있는 원숭이를 보는 견해를 증언으로 늘어놓은 기사도 있다.

　이런 신문을 훑어보면서 앞서 언급한 에머슨의 말이 생각난 필자는 〈나도 모르게 미소 짓고 있었다〉며 끝맺은 에세이라 하겠다.

　언뜻 보면 이 수필에서 말하는 에머슨의 말은 사람은 사물을 볼 때 따뜻한 마음을 가진 사람은 따뜻하고, 차가운 마음을 가진 사람은 차갑게 바라보게 된다는 식으로 이해될 수 있다. 즉, 마음이 있는 사람의 견해와 분별없는 견해의 차이이지만 꼭 그렇지 만은 않다. 마음이 있는 사람만 진실을 볼 수 있는 것이 아니라, 사람은 모두 마음이라는 필터 너머로 사물을 바라보고 있다. 한 신문기사가 진실을 전하고, 다른 한 쪽이 그것을 악의로 (혹은 선의로) 왜곡하고 있는 것은 결코 아니다. 만약 독자가 후자의 기사를 진실이라고 느꼈다면, 그것도 실제로 원숭이를 목격하고 〈고양이가 완전히 안심하고 안기고 있는 것 같아〉라는 인상을 갖고 필자에 의해 기사가 소개되고 있다는 것은 필터로 한 번 걸러낸 정보로 그 사건을 접하고 있기 때문이다.

　이 문장은 정보의 작성 방법을 둘러싼 의문을 제기하는 것으로 읽혀져야 한다. 그리고 그것은 굿 뉴스의 경우에도 마찬가지다.

　현실의 사건이 올바른 뉴스가 되거나 잘못된 뉴스가 되는 것은 아니다. 거기에는 맞고 틀린 진위가 문제시되는 것이 아니라, 똑 같은 하나의 현실에서 일어난 사건이, 나쁜 뉴스가 좋은 뉴스로 전해져 버리는 정보의 작성 방식의 문제인 것이다.

유조선 사고에서는 〈35명 구출〉이라고 하는 것을 다루어 〈굿 뉴스〉가 된 것이고, 귓불 사건에서는 노인이 중학생을 용서한 것이 〈따끈따끈한〉 뉴스가 되었다. 배우 자살 미수 사건에서는 〈목숨은 건졌다〉 것이 〈매우 좋은 뉴스〉다. 물론 이것들은 좋은 측면을 조명해 봤자 전체적으로는 배드(bad) 뉴스임에는 변함이 없다. 여기서 이처럼 과도하게 과장된 정보로 작성되고 있는 것을 문제 삼고 있어 아주 흥미로운 문제 제시 방법이 아닐 수 없다. 앞서 말한 것처럼 황당무계하다고 여기며 웃고 넘기면서도 정보의 본연을 생각하게 하는 무라카미 하루키의 특유한 문장 표현의 익살을 볼 수 있다.

그러나 이러한 종류의 혼란은 츠츠이 야스타카筒井康隆를 비롯한 다른 작가에서도 볼 수 있다. 하지만 하루키의 문장이 거기에 머무르지 않는 것은, 단지 그러한 사례를 몇 개 나열하는 것에 그치지 않고, 비틀기라는 깊은 의미를 가지고 있는 것이다.

우선 비틀기란 지금까지 나열된 세 개의 사건 중에 억지로 〈굿〉한 부분을 찾는다 해도, 마지막 초밥집 사건에서 〈딱 좋은〉 부분, 〈멋진〉 부분이란 대체 무엇을 말하는 것인가 하며, 독자가 고개를 갸웃거리게 한다. 〈이것은 근래에 없는 좋은 이야기다. 미담이다〉라고 경찰관도 감탄하고 있다고 하는데, 무엇이 〈미담〉인 것일까? 값이 너무 싸다고 트집을 잡고 난동을 부린 것 아닌가. 아니면, 돈이 없어서 무전취식을 하려고 한 것은 아니라는 것을 〈굿〉이라고 하고 있는 것인가. 마지막까지 독자의 고개는 갸우뚱한 채 끝나지만 오히려 이것이 매력이라고 해야 할 것이다.

그리고 또 하나, 깊이라고 하는 것은 이 작품에서 정보가 주제라고 할 때 단순히 눈으로 보는 것이 아니라, 마음으로 보는 것이라는 필터의 문제만을 다루고 있는 것 또한 아니다. 또 하나 눈여겨봐야 하는 것은 다름 아닌 작품 속에 삽입되어 있는 속담이다.

유조선 사고 귓불 사건은, 현실에(작품내의 현실이지만) 사건이 일어나고 그것이 뉴스라는 정보가 되는 것이다. 그 때 〈굿 뉴스〉가 될지 배드 뉴스가 될지는, 전하는 사람의 필터에 달려 있다고 하는 것은 살펴본 대로이지만, 그 필터란 어떤 현실에 대해서 어떠한 해석 코드를 꺼낼지의 문제이기도 하다. 그리고 그 해석 코드로 기능하고 있는 것이 이 작품의 경우 속담이라 하겠다. 유조선사고의 경우는 〈버리는 신이 있으면 구원 신도 있다.〉 승선원 120명 중 85명이 사망한 것 〈버리는 신〉을 탓해야 할지 35명이

구출된 〈구원 신〉의 은혜에 감사해야 할지 판단하기 어려운 상황을 독자 나름대로 생각하게 한다. 즉, 어떤 의미에서 속담이 맞게 들어맞는다고 할 수 있다. 혹은 〈버리는 신〉을 마이너스로 〈구원 신〉을 플러스로 읽으면, 비참한 해난 사고는 마이너스이지만, 그 안에서 일어나는 〈해상 보안청에 의한 구조의 훌륭한 솜씨〉는 플러스라고 하는 의미에서 속담은 들어맞는다고 말 할 수 있을지도 모른다.

그렇다면 귓불 사건은 어떨까? 〈세상은 살 만하다〉라는 속담은, 귓불을 가위로 잘리고도 용서해준 너그러운 노인은 〈악인〉이 아니었다. 〈너무 큰 귓불〉이라는 이유만으로 가위로 잘라 버린 〈악인〉 중학생에게 있어 〈세상은 살 만하다〉는 의미를 무시한 억지 적용이다. 혹은 〈악인〉이란 〈악의〉를 말하는 것이라면 〈악의는 없었다〉는 중학생은(사실은 그 편이 무섭고 문제이긴 하지만) 〈악인〉이 아니었다고 말할 수 있을까? 속담을 코드로 독자를 생각하게 하는 재미가 두드러진 작품이다 하겠다.

하지만 이러한 기능을 갖는 속담 또한 서서히 꼬여 간다. 배우 자살 미수 사건에 대해서는 〈백약이 무효〉라 말할 수 없게 된 배우는 이른바 산 시체 상태로 억지로라도 속담조차 적용할 수 없게 됐다. 이러한 속담 해석의 무효성은 초밥집 사건에서 더 이상 어떠한 속담도 무효하며 속담 자체의 무효성까지 이야기

된다. 그것은 원래 초밥집 사건에서 〈매우 좋은〉 부분과 무엇이 〈미담〉인지 모른다는 해석 코드의 부재를 그대로 나타내고 있는 것이다.

이렇게 사소하고 언뜻 보기에 황당무계한 혼란으로 밖에 보일지도 모르는 초 단편에서 정보를 둘러싼 여러 가지 문제를 생각해 보게 한다.

맥주

혹은 겉과 속의 괴리

초출 태양 *(1993 · 8)*

첫수록 *"밤의 거미원숭이" (혜본샤, 1995 · 6 · 10)*

문고 *"밤의 거미원숭이" (신쵸문고, 1998 · 3 · 1)*

"무라카미 하루키 전 작품 1990~2000 ① " (고단샤, 2002 · 11 · 20)

맥주

개요

오가미도리 씨의 본명은 도리야마 쿄코 씨다. 원고를 받을 때 언제나 절이라도 하듯이 배꼽인사를 하며 "감사합니다. 황송하게도 옥고 잘 받았습니다"라고 인사한다. 그래서 편집부 사람들이 오가무 (절하다)와 미도리를 합성한 오가미도리 씨라고 부르고 있다. 도리야마 씨는 26세의 꽤 품위 있는 미인 독신이다. 가슴이 크고 플레어 스커트를 즐겨 입는다. 입고 있는 옷에 따라서는 고개를 숙일 때 살짝 가슴골이 보일 때가 있어 작가들은 원고를 요청하면 그만 수락하게 된다. 편집장은 그녀가 마음에 들어 경어 사용법과 말투를 격찬한다.

근데 나는 오가미도리의 비밀을 조금 알고 있다. 나는 얼마 전에 한 번 일요일 아침 10시쯤에 그녀 집에 전화를 했다. 그 때 어머니의 정중한 응대 후에 평소와는 전혀 다른 천박하고 기묘한 찢어지는 듯한 오가미도리 씨의 목소리를 들어 버렸다. 이름을 대지 않은 나는 그대로 전화를 끊고 말았다. 그 후로도 오가미도리 씨는 정중하게 배꼽인사를 하고 원고를 받아간다. 그녀에 대한 고상한 소문이 날 때 나는 못 들은 척 그저 잠자코 있다.

'맥주'라는 제목의 초 단편에는 이 작품 외에 "꿈에서 만납시다"에 수록된 작품도 있어 헷갈리지만, 거기에 실린 전문은 단 네 줄이다.

'마츠오카가 홈런을 맞은 것은 제 탓이 아닙니다.'
라며 불쌍한
맥주 파는 소년은 말했다.

1981/5/16
"야쿠르트 스왈로스 시집"

〈진구구장에 바친다〉라는 부제가 붙은 이 작품도 다음날 날짜의 신문을 찾아내 시합 경과를 확인한 다음 도대체 이것은 무엇을 의미하고 있을까? 〈시집〉인 이상 4 줄 띄어쓰기 이외에 무엇을 내포하고 있는지 심히 생각해 보고 싶어지는 묘한 작품이다. 진구구장에서 마츠오카가 홈런을 맞았다는 사실 A 와, 맥주 판매원 소년 B 사이에는 〈제 탓이 아닙니다〉라는 주장대로, 아무 관계도 없지만 , 그것을 말한 이상한 작품 C 에, 관계없어야 할 〈맥주〉라는 타이틀 D 가 붙여져 있다. 이것은 역시 신기하고 이상한 소품으로 '밤의 거미원숭이'에 수록된 불가사의함을 지니고 있다.

우선 첫 번째로 〈오가미도리 씨〉인 도리야마 쿄코 씨는 〈상당히 품위 있는 미인〉으로 품위 있는 A이지만, 개인생활에서는 믿기 어려울 정도의 천박한 B가 있다. 둘 사이의 양극에 달하는 차이가 재미를 낳고 있다. 품위라는 것은 〈원고를 받을 때는 언제나 절이라도 하듯이 배꼽인사를 하고 "감사합니다. 황송하게도 원고 잘 받았습니다"〉라고 할 정도다.

이런 젊은 여성의 이해할 수 없는 완전 다른 모습을 그린 것으로 "밤의 거미원숭이"에 수록된 '타카야마 노리코 씨와 나의 성욕'이라고 하는 작품이 있다. 거기서 타카야마 노리코는 〈투명한 날개를 부여받은 소금쟁이와 같이〉 〈초스피드로 걷는다〉 그리고 내 눈앞에서 뿐만 아니라 평소에도 그렇다는 것을 알게 되는 이야기다. 이 두 이미지는 일치하면서, 아무튼 젊은 여성의 이해 못할 이면의 실체를 엿볼 수 있는 이야기로 서로 통한다고 하겠다.

'맥주'의 경우에는 품위와는 거리가 먼 도리야마 쿄코의 모습이 전화 너머로 폭로될 때 〈내〉가 들은 그녀의 목소리는 다음과 같았다.

"시끄러워. 뭐야 뭐, 일요일 아침부터 짜증나게. 일요일 하루쯤은 늦잠 자게 내버려둬. 빌어먹을 무슨 전화야? 뭐 오오오오, 타카오겠지만, 우선 변소부터 다녀오고. 좀 기다리라고 해. 어젯밤 맥주를 너무 마셔서 뱃속이 난리라니까··· 아니! 뭐! 타카오가 아니야? 어머머 어쩌면 좋아··· 그럼 안 되는데. 이거 어떡하지? 분명히 내가 한 이 소리 다 들렸을 텐데."

그녀는 일요일 아침 10시까지 자고 있었고 아직도 뱃속에 맥주가 가득 남아있을 정도로 폭음을 하는 여자였다. 타카오라는 남자 친구가 있고 그를 막 대할 정도로 주도권을 쥐고 있다. 평상시 겉으로 보이는 표정 A와는 전혀 다른 표정 B를 보게 된다. 그 대표적인 예는 다름 아닌 그녀의 말투다. 지금도 표정이 아닌 전화 너머로 알게 되었을 뿐 도리야마 쿄코의 실체를 목격한 것과는 다르다. 귀를 통해서 말을 매개로 얻은 진실의 정보라고 하지만, 그 매개 자체가 B를 체현하고 있는 것은 앞서 인용한 것처럼 편집장한테서 〈저 여자만큼 제대로 경어를 쓸 수 있는 사람이 몇이나 돼?〉 〈저만큼 고상한 말을 쓸 수 있어〉하며 칭찬이 자자한 도리야마 쿄코는 혹시 〈귀족의 핏줄이 아닐까?〉 할 정도로 소문난 그녀가 화장실을 〈변소〉라고 부를 뿐만 아니라 입에 담기 버거운 저질 말투를 쓰고 있었던 것이다.

그러한 표층과 심층, 위장과 진상이라고 하는 A와 B 둘 사이의 거리는, 품위 있는 A를 칭찬하는 편집장도, 실은 〈고개를 숙일 때 살짝 가슴골이 보이는〉 그것이 영업 성적에 공을 세우는 것으로 B를 칭찬하고 있다고 할 수 있다. 그것이 이 작품의 재미인 것은 틀림없다. 〈품위 있는 여성의 숨겨진 실태를 까발려 박소(拍笑)를 자아내게 하는 한 편〉(바바 시게유키 "무라카미 하루키 작품 연구 사전")의 코미디라고 할 수 있다. 안자이 미즈마루의 삽화도 변형된 마트료시카처럼 인형의 정면도와 후면도가 나란히 그려져 있다. 마치 뒷모습은 미인을 떠올리지만 정면은 추녀를 그려 넣어 셋트를 이루고 있는 것에서 테마를 제대로 읽고 그린 삽화라 하겠다. 또 수록서에 첨부된 '후기 1'에 〈잡지 연재의 담당과 본서의 편집을 도맡아 동분서주하는 O양 오가미도리 씨 - 믿어 주지 않을지 모르지만, 이 책에 나오는 동명의 인물과는 전혀 관계없습니다〉라고 하는 것도, 무라카미 하루키의 발상을 읽어낼 수 있을 뿐만 아니라, 두 사람 사이의 관련성 〈무관계함〉을 나타내고 있는 것도 흥미롭다. A와 B라는 둘 사이의 거리를 나타낸 무라카미 하루키다. 혹은 A와는 전혀 무관한 B를 연상해 작품화 하는 무라카미 하루키이기도 하다.

하지만, 이 작품의 재미는 이것만이 아니다. "꿈에서 만납시다"에 수록된 '맥주'와 같이 A와 B와의 거리를 그린 작품 C에 〈맥주〉라는 타이틀 D가 붙여져 있는 기발한 의외가 또 하나의 재미를 낳고 있다. 도리야마 쿄코는 아침이 되어도 뱃속이 난리가 날 정도로 전날 밤에 〈맥주〉를 마셨다. 하지만 〈오가미도리 씨〉가 일요일에 보인 일면은 〈맥주〉로 만취한 특별한 예외라는 것을 말 하려는 것이 아니라, 그녀의 숨겨진 정체를 까발린 매개를 작품의 제목으로 〈맥주〉라고 했을까? 진구구장의 〈맥주판매 소년〉이 말하듯이 〈오가미도리 씨의 정체를 폭로한 것은 맥주 탓이 아니다〉는 것을 말하고 있다고 하겠다.

뾰족구이의 성쇠
혹은 문단과의 결별

초출 '트레플'(1983 · 3 · 10)

수록 "캥거루 날씨" (헤본샤, 1983 · 9 · 9)

문고 "캥거루 날씨" (고단샤문고, 1986 · 10 · 15)

"무라카미 하루키 전 작품 1979~1989 ⑤" (고단샤, 1991 · 1 · 21)

"처음 만나는 문학 무라카미 하루키" (분게슌쥬, 2006 · 12 · 10)

"장님 버드나무와 잠자는 여자" (신쵸샤, 2009 · 11 · 25)

뾰족구이의 성쇠

개요

〈명과 뾰족구이·신제품 개발 및 대 설명회장〉 신문 기사를 보고 나는 설명회장으로 향한다. 뾰족구이 맛이 신세대 입에 맞지 않아 매출이 줄자 젊은 사람의 아이디어가 절실했다. 나에게 있어 새로운 맛의 뾰족구이 정도는 식은 죽 먹기다. 뾰족구이 제과로부터 전화를 받고 나는 회사를 방문한다. 전무 말에 의하면 내가 응모한 뾰족구이는 꽤 평판이 좋은데 연배가 있는 사람 중에는 뾰족구이가 아니라고 하는 이도 있어, 뾰족구이 까마귀에게 의견을 물어본다고 한다. 뾰족구이 까마귀는 창고 같은 곳에 줄지어 서 있었다. 보통 까마귀보다 훨씬 크고 눈이 있어야 할 곳에는 지방덩어리가 붙어 있을 뿐 아니라 몸은 터질 듯이 부어 있다. 뾰족구이만 먹고 뾰족구이가 아닌 것을 주면 뾰족구이! 하고 큰 소리로 외친다. 내가 만든 뾰족구이를 주자 어떤 뾰족 까마귀는 맛있다며 먹었고, 어떤 뾰족 까마귀는 그것을 뱉어내면서 뾰족구이! 하고 소리쳤다. 난투극이 시작되면서 피가 피를 불렀고 증오가 증오를 불렀다. 나는 뾰족구이 제과 건물에서 빠져나왔다. 상금은 아쉬웠지만 앞으로 긴 인생을 저런 까마귀들을 상대할 것을 생각하니 질려버렸다. 나는 내가 먹고 싶은 만큼 만들 거야. 까마귀 따위는 서로 헐뜯으면서 죽어버리면 되는 거야.

이 작품이 발표된 것은 1983년 3월이다. 붓이 빠르고, 마감 전에 여유를 갖고 입고하는 모토가 강한 무라카미 하루키는 1982 년에는 탈고를 끝내고 "양을 둘러싼 모험"이 바로 게재되고 10월에 간행되었다. 무라카미 하루키 세 번째 장편소설이자 작가로서의 지위를 확립시킨 기념비적인 작품이다. 이후 '무라카미 하루키를 둘러싼 해독'(가와모토 사부로川本三郎 "문학계"1982·9) 가사이 키요시笠井潔, 다케다 세이지竹田靑嗣, 가토오 노리히로加藤典洋 "무라카미 하루키를 둘러싼 모험〈대화편〉" (가와데쇼보河出書房1991·6) 이라고 하는 이 작품의 타이틀을 모방한 논평이 잇따르자 〈양사나이〉는 하루키 문학의 친숙한 캐릭터가 된다. 이에 앞서 2년 전부터 큰 비약이 있었다. 물론 군조신인상을 수상하고 화려하게 데뷔한 "바람의 노래를 들어라"(1979·6)와 계속되는 "1973년의 핀볼"(1980·3)로 무라카미 하루키는 최고 인기 작가의 지위를 얻고 있었다. 그러나 두 작품은 제81회와 제83회 아쿠타가와상 후보에 올랐지만 아깝게 수상기회를 놓친다. 두 작품 모두 단편을 결합한 형식의 참신한 소설이었지만, 그의 새로운 방법이 아쿠타가와상에서는 승인되지 않았다. 그후 "양을 둘러싼 모험"을 통한 방향전환을 계기로 큰 성공을 이룬다. 이런 기억을 여기에 남기고 있다.

본론인 '뾰족구이의 성쇠'에 들어가 보자.

〈뾰족구이〉란 도대체 무엇일까? 대학 수업에서 이 작품을 읽으면 학생들은 먼저 유명한 〈꼬깔콘〉을 연상하는 것 같다. 혹은 무라카미 하루키의 창작 계기에도 그것이 있었을지도 모른다. 그러나 작품 속의 〈뾰족구이〉가 그대로 〈꼬깔콘〉으로 치환되는 것은 아니다. 그것은 물론 〈꼬깔콘〉은 〈단팥 크림파이 등 어떤 식으로도 만들 수 있다〉 〈단팥〉도 〈크림〉도 넣을 수 없는 것이 아니다. 〈단팥〉도 〈크림〉도 〈뾰족구이〉도 전부 풍자나 비꼼으로 읽어야 한다. 즉, '개미와 베짱이'에서 개미는 일꾼이고 〈배짱이〉는 게으름뱅이를 상징하듯이 〈뾰족구이〉는 무엇을 상징하는가다.

학생들에게 문제를 내면 그들은 〈돈〉이다, 〈종교〉다. 라고 대답한다. 확실히 여러 사람을 모아놓고 하는 설명회는 컬트 종교를 연상시키기도 한다. 하지만 그런 집단이 돈을 모은다면 모르지만 〈돈〉을 모집해 놓고 〈돈〉을 지불한다는 것도 이상한 이야기이다. 그러나 화폐 디자인을 모집한다면 상금이 나올 만하다. 즉, 3,000엔짜리 신권 제작을 위한 도안 공모라는 것까지 생각했다면 답은 바로 나온다.

여기서는 뭔가 새로운 작품을 모집하고 있다. 〈뾰족구이는 전통과자다〉 그러나 〈뾰족구이 맛이 신세대 입에 맞지 않아 매출이 줄자 젊은 사람의 아이디어가 요구되〉는 〈뾰족구이〉는 다름 아닌 〈천 명 이상〉이 응모하는 문학신인상을 비유하고, 〈요즘 젊은이들이 이런 맛을 즐겨 먹는다고 할 수 없다〉는 문학을 비

유하고 있다. 그리고 작가가 되기 위해 창작기술 책까지 나올 정
도로 신인상에 몰리는 작가 지망생들은 넘친다.

문학신인상에는 지금도 무라카미 하루키가 데뷔하던 시절
과 크게 바뀐 것이 없다. 하루키는 군조신인상을 받았지만 아쿠
타가와상은 수상하지 못했다.

여기서 우리가 떠올려야 하는 것은 서두에 언급한 작품의
성립 배경이다. 하루키는 〈이것은 뾰족구이가 아니다〉라고 하
며 아쿠타가와상을 외면했다. 당시 심사위원(참고로 당시의 위원은
다키이 코사쿠瀧井孝作, 니와 후미오丹羽文雄, 이노우에 야스시井上靖, 나카무라 미츠
오中村光夫, 야스오카 쇼타로安岡章太郎, 요시유키 준노스케吉行淳之介, 엔도 슈사쿠遠
藤周作, 오에 켄자부로우大江健三郎, 가이코 켄開高健, 마루타니 사이이치丸谷才一 총
10명이다)을 〈잘 보면 그들에게 눈이 없었다. 눈이 있어야 할 곳에
는 하얀 지방덩어리가 들러붙어 있을 뿐이다〉라며 〈이런 무책
임한 패거리에게 먹어 보라하고 당락을 결정하게 하는 것은 잘
못된 거〉라는 통렬한 문단 비판을 여기서 읽을 수 있다. 그리고
그런 문단에 아첨하지 않고 살아가겠다는 결의가 〈앞으로 긴 인
생을 저런 까마귀들을 상대해야 하다니 질려버렸다〉 〈나는 내가
먹고 싶은 만큼 만들 거야. 까마귀 따위는 서로 헐뜯으면서 죽어
버리면 되는 거야〉하며 거친 갈무리가 넘친다.

이렇게 읽으면 이 '뾰족구이의 성쇠'에는 무라카미 하루키

160

로서는 아주 드문 격렬한 비판이 담겨 있다고 할 수 있다. 그러나 결코 문단을 향해 똥이나 먹으라는 직접적인 메시지를 던지지 않는 점이 바로 무라카미 하루키다. 〈나는 '곰돌이 푸와 같은 순진한 눈을 하고 그 자리를 떴다〉라고 하는 하루키 특유의 비유로 웃음을 자아내게 하고 여자와의 옥신각신은 입 꼬리가 올라가게 한다. 뽀족구이 제과의 전무나 뽀족구이 까마귀에 대한 풍자 또한 한 몫하고 있다. 말하자면 비판을 유머러스하게 웃고 넘기는 식이지만, 작품 이외의 실생활에서도 무라카미 하루키는 담담히 문단과 거리 두기를 하며 작품을 발표하는 자세에는 변함이 없다.

어찌된 영문인지 그 이후, 문단은 보상이라도 하듯 갖가지 상을 무라카미 하루키에게 안겨 주고 있다.

1982년에 제4회 노마 문예 신인상 "양을 둘러싼 모험" 1985년에 타니자키 쥰이치로상 "세계의 끝과 하드보일드 원더랜드" 1996년 "태엽감는 새 크로니클"로 요미우리 문학상을 받았다. 하루키는 이 또한 역시 담담하게 받아들이고 있다.

특히 2009년 예루살렘상을 수상하고 비판을 우회하는 훌륭한 비유적 연설로 화제를 모은 것도 기억에 새롭다. 노벨상도 또 꾸지람을 들을 때 듣더라도 받을 수 있는 상은 받으려고 하는 자세를 보이고 있다. 최근 매년 노벨문학상을 놓쳐도 "무라카미 카

루타"의 머리말에 〈뇌가 줄어드는 상 脳(노)減(베)る(루)賞(상)'임에 틀림없다〉며 익살을 부리는 여유까지 보여주고 있다.

리얼타임으로 "바람의 노래를 들어라"의 강렬한 데뷔를 목격하고도 작가 지망을 단념하는 태도 표명을 하면서까지 아쿠타가와상을 못 받더라도 내 갈 길은 간다라고 하며 양사나이가 투덜거린 "바람의 노래를 들어라"나 "1973년의 핀볼"이 또 다른 표명이었다면 더 큰 쾌재라 하지 않을 수 없다. 이런 사연이 없었더라면 지금과 같은 무라카미 하루키는 없었던 것일까? 하고 생각해보면 복잡해진다. 〈뾰족구이〉가 신인상 응모 작품, 순문학으로 읽었을 때 그리고 〈성쇠〉를 붙인 표제를 생각했을 때 확실히 〈쇠〉가 아니고 〈성〉이 된 것을 생각하면, 이 작품은 역시 "양을 둘러싼 모험"이후에 쓰여진 작품이라고 할 수 있을 것이다.

그런데 본고 탈고 후에 "장님 버드나무와 잠자는 여자"(신쵸샤, 2009·11·25)가 간행되고 거기에 '뾰족구이의 성쇠'가 수록되었다.

그 이전에 "처음 만나는 문학 무라카미 하루키"에 수록되었을 때도 〈자신이 작가로 데뷔할 무렵의 여러 가지 사건을 회상하면서 이 이야기를 썼다. 나는 문학과는 아무런 연도, 관계도 없는 곳에서 오랫동안 일을 하면서 어떤 계기로 거의 아무런 자각도 없는 사이에 뽕하고 작가가 되어 버렸다. 당시의 이른바

'순문학' 업계의 관례 같은 것을 아무것도 몰랐던 덕분에 꽤 기묘한 체험을 하게 되었다〉고 청소년 대상으로 한 연설에서 이렇게 자작 해설을 하고 있다. "장님 버드나무와 잠자는 여자"의 머리말에서도 〈뾰족구이의 성쇠〉를 읽으면 알 수 있듯이 소설가로 데뷔했을 때 문단(literary world)에 대해 느낀 인상을 그대로 우화화(寓話化)한 것이다. 나는 당시 일본의 문단 내에서 마음 편한 장소를 찾지 못했고, 그 상황은 지금도 역시 계속 되고 있을지도 모른다("Blind Willow, Sleeping Woman을 위한 인트로덕션")라고 말하고 있다. 하루키의 드문 자작 해설 중에 특히 이 작품에 대해서 밑도 끝도 없이 불쑥 〈한 번 읽어보면 알 수 있듯이〉라고 주석을 추가하는 것을 보면 아직도 그가 문단을 의식하는 면이 계속되고 있음을 엿볼 수 있다.

버스데이 걸
혹은 이야기의 공백에 대하여

초출 *신작소설*

수록 *"버스데이 스토리" (쥬오코론신사, 2002 · 12 · 7)*

재간행 *"⟨무라카미하루키역라이브러리⟩ 버스데이 스토리"*

(쥬오코론신사, 2006 · 1 · 10)

재수록 *"장님 버드나무와 잠자는 여자" (신쵸샤, 2009 · 11 · 25)*

버스데이 걸

개요

나와 그녀는 우연한 계기로 각자 스무 살 생일에 대한 이야기를 시작했다. 10년 전의 스무 살 생일에 그녀는 평소와 다름없이 웨이트리스 일을 하고 있었다. 갑작스러운 복통으로 가게를 비운 플로어 매니저를 대신해 가게주인에게 저녁을 가져간 그녀에게 생일 선물로 소원을 들어주겠다고 한다. '이렇게 됐으면 하는 바람말이야. 아가씨, 네가 원하는 거야. 만약 소원이 있으면 하나만 들어주마. 그게 내가 줄 수 있는 생일 선물이야. 단지 딱 하나만이야. 잘 생각해' 그것이 무엇인지 불명확한 채 나는 그녀의 소원이 이루어졌는지 어떤지, 그것을 소원으로서 택한 것을 후회하고 있지 않은지를 물어본다. 그녀는 지금 3살 연상의 공인회계사와 결혼해서, 아이가 둘있는 〈그렇게 나쁘지 않은 것 같은〉 인생을 살고 있다. 그녀가 당신이라면 무엇을 원하겠느냐고 물었을 때 나는 아무것도 떠오르지 않았다. 그러자 '당신은 이미 원하는 것을 다 이룬 거예요'라고 그녀는 말했다.

본작은 러셀 뱅크스 '무어인' 이하 폴 세로, 레이먼드 카버 등 13명(초간은 11명. 영어판은 12명. 신서판은 13명)의 생일날에 소재를 얻어 13편을 담은 앤솔로지 "버스데이 스토리"의 마지막을 장식하는 작품이다. 하루키의 작품은 읽지만 번역까지는 관심이 없는 독자에게는 존재조차 모를 것이라 여겨진다. (초 단편이라고 부를 수 없는 단편의 길이를 가진) 작은 작품이지만 꽤나 맛이 깊어 이런 게 바로 하루키 작품이구나라고 생각하게 하는 작품이다.

무라카미 하루키 자신은 '역자후기'에서 〈그리고 내친김에 마지막으로 나도 "생일물" 단편소설을 하나 써 보기로 했다. 모처럼이라 축제에 참가한다고 할까, 그런 마음으로 얼굴을 찌푸리지 않고 맘 편히 어깨에 힘을 빼고 즐겁게 쓴 것이라 그렇게 읽어 주시면 고맙겠다〉고 말하고 있다. 수록서의 뒷면에는 작가 자신의 스무 살 생일이 소개되고, 그녀가 생일을 보내는 방법에는 작가의 모습이 투영되어 있었다는 간단한 해설적 언급이 있다. 무라카미 하루키는 거기에서 이야기를 뽑아낸다.

그런데 이 작품은 〈스무 살의 생일날, 그녀는 평소와 마찬가지로 웨이트리스 일을 했다〉는 형태로 3인칭 소설로 시작된다. 그러나 얼마 지나지 않아 장면이 바뀌고 그녀가 십몇 년 전을 회상하면서 〈나〉에게 이야기하고 있는 현재 시제가 표현되면서 교대로 두개의 시간이 엮여지며 작품이 진행된다. 그렇다면 이

166

작품을 읽는 독자는, 그녀의 생일 이야기 〈버스데이 스토리〉를 읽는 것뿐만 아니라, 이야기의 테두리를 구성하고 있는 지금 현재의 〈나〉와 그녀 사이에 어떤 이야기가 있을지 궁금해질지도 모른다. 과연, 왜 그녀는 지금 이 이야기를 〈나〉에게 하는 것일까? 그들 두 사람은 어떤 관계일까? 라는 의문은 분명히 떠오른다. 그러나 이러한 누군가의 이야기를 〈나〉라고 하는 주인공이 듣고, 그것을 중계하는 형태로 독자에게 제공해 간다는 이야기 스타일은 "회전목마의 데드 히트"라고 하는 단편집에 담겨진 작품에서 힌트를 얻은 방법이다. 〈타인의 이야기 속에서 재미를 찾아내는 재능이 있〉는 "회전목마의 데드 히트"가 무라카미 하루키 특유의 방법인 것을 생각하면 〈나〉와 그녀와의 사이에서 관계를 오버해서 읽으려고 해서는 안 된다. 그보다 더 큰 수수께끼가 작품에 장치되어 있고, 무엇보다 〈여보, 만약 당신이 내 입장이라면, 뭘 원했다고 생각해?〉라고 그녀가 물으면 그때서야 생각하는 〈나〉와 같은 독자 또한 자기 자신의 〈소원〉을 생각하게 된다는 교묘한 구조를 우선 읽어야 할 것이다. 어느 시점에서 단 하나의 〈소원〉을 들어준다고 할 때, 우리는 과연 무엇을 원했을까? 그리고 그것이 지금이라면 과연 무엇을 원할까?

미야베 미유키 "브레이브 스토리(BRAVE STORY)"에서도 주인공 미타니 와타루가 여신에게 마지막에 무슨 소원을 비는지가 클라이막스를 형성하고 있고, 영화 '네버 엔딩 스토리 II'에서는 바스티안의 〈소원〉은 그가 살아 온 증거인 ≪기억≫을 하나씩 지워 가는 것이었다. 사람이 어느 시기에 무엇을 원하는가는 무엇보다도 중대한 문제다.

무엇인가를 떠올릴 수 있던 독자도 〈나〉와 같이 생각해 봐도 아무것도 떠오르지 않던 독자도, 다음 단계에서 그럼 그녀의 경우는? 하고 의문에 사로잡힐 것이다. 수록서에 대한 서평 중에 누마노 미츠요시沼野充義가 〈글쎄, 그것이 어떤 소원이었는가, 라고 하면....... 그것은 읽는 즐거움이다. 소중한 사람의 생일에 이 책을 선물하고, 마지막 이야기의 수수께끼 풀기를 함께 해 보면 어떨까?〉(쥬오코론,2003·2)라고 말한 대로, 과연 그녀가 원했던 〈소원〉이란 무엇이었을까? 하는 수수께끼를 풀려고 하는 기분을 작품자체가 독자를 재촉한다.

그럼, 그녀가 원했던 〈소원〉이란 과연 무엇이었을까?

그것을 그녀도 분명히 말하고 있지 않고, 몰라도 좋다는 생각도 있을 것이다. 아니면 그것으로 이른바 여운을 즐길 수도 있을 것이다. 그러나 여운을 즐기는 것만으로는 이 작품의 재미를 절반밖에 맛볼 수 없다. 무라카미 하루키는 처녀작 "바람의 노래를 들어라"(1979·6)에서도, 마치 좋아하는 도넛처럼 작품 한가운데를 온전히 공백으로 남겨둔 채 장편 작품에서 끝까지 클리어

168

되지 않는 수수께끼가 남는 일도 많다. 그래서 많은 수수께끼풀이를 만들어 내기도 한다. 그 중에 꽤나 억지스러운 수수께끼 풀이라도 읽게 되면 수수께끼는 수수께끼대로, 공백은 공백인 채로 두고 싶어지는 기분을 모르는 것도 아니다. 그러나 이 작품의 경우에는 작품에서 이거다라고 명시하고 있지 않지만, 몇 가지 흩어져 있는 해석 코드를 구사하면 답은 자연히 보이게 되어 있다. 작품은 수수께끼도 탄생시켰지만, 독자에게 답을 할 수 있도록 짜여져 있는 구조다.

본서에서도 작품을 재미있게 읽을 수 있도록 채근하는 방법의 하나로 모든 해석 코드를 열거해 보자.

1. 〈너 같은 또래의 여자 아이 치고는 색다른 소원처럼 보인다〉고 노인은 말했다. '사실대로 말하면 나는, 완전히 색다른 타입의 소원을 예상하고 있었다'고 하듯이 스무살 〈여자 아이 치고는, 색다른 소원〉이라고 오너가 말하듯이 꽤 특별한 〈소원〉이다.

2. 〈시시하다는 건 아니야, 완전히. 다만 나는 놀랐어, 아가씨. 즉, 뭔가 더 간절히 원하는 것은 없니? 예를 들어, 그 있잖아, 좀 더 미인이 되고 싶다거나 현명해지고 싶다거나 부자가 되고 싶다거나 꼭 그런 것이 아니라도 상관없어? 보통 여자가 원하는 것 말이야. 일반적인 것 말고〉

3. 〈물론 미인이 되고 싶고, 똑똑해지고 싶고, 부자가 되고 싶다는 생각도 해요. 하지만 그런 것은, 만약 실제로 이루어져 그 결과 자신이 어떻게 변해 갈지, 상상이 안 됩니다. 오히려 난처하게 될지도 모릅니다. 저는 인생이라는 것에 아직 제대로 감을 못 잡았어요. 정말로. 그 구조를 잘 모르겠습니다〉라고 하듯, 그것은 실제로는 이루어 질 수 없는 것, 혹은 이루어졌는지 어떤지를 알기 어려운 것으로 〈인생〉을 아는 것과 연결되어 있다.

4. 〈"아, 너의 소원은 이미 이루어졌어. 간단한 거야"라고 노인이 말한 것〉처럼, 이 시점에서, 일반적인, 혹은 엉뚱한 〈소원〉을 빌지 않았고 이 시점에서 〈이미 이루어졌어〉라고 노인이 말한 대로 그럴 수 있다.

5. 〈(…) 그 이후로 가게에 간 적도 없다. 왠지 모르겠지만, 그다지 접근하지 않는 편이 좋을 것 같은 생각이 들었어. 단지 예감만으로〉라고 하는 그녀의 〈예감〉도 의미심장하고, 가게에 가서 또 오녀와 마주치는 것을 피하는 것 같다.

6. 〈"너는 그 말을 별로 하고 싶지 않나 봐"〉

7. 〈소원은 누군가에게 말하면 안 되는 것이야. 분명〉 소원은 누군가에게 이야기하면 이루어지지 않는다는, 상당히 일반적으로 알려진 사고방식 그대로이며, 그다지 코드로서의 기능이 안 보인다.

8. 〈첫 번째 질문에서 그 소원이 실제로 이루어졌는지 아닌지 〉에 대한 답은 예스, 아니면 노다. 아직 인생은 앞날이 길고, 나는 일이 진행되는 것을 끝까지 지켜본 것은 아니니까〉 〈시간이 걸리는 소원인가?〉 〈그래〉라고 그녀는 말한다. 〈거기서 시간이 중요한 역할을 하게 된다〉라고 하는 대화 과정에서 알 수 있듯이 현 시점에서는 이루어졌지만, 이전에는 알 수 없었다는 것이 결정적인 코드가 될 것이다.

9. 〈나는 지금 세 살 위 공인회계사와 결혼해서 아이가 둘 있다고 그녀는 말한다. 남자 아이와 여자 아이. 아이리시 세터가 한 마리. 아우디를 타고 일주일에 두 번 여자 친구들과 테니스를 친다. 그것이 나의 인생〉 〈그렇게 나쁘지 않은 것 같은데〉라고 나는 말한다. 이 대화도 "너는 그것으로 소원이 이루어져서 후회하지 않은가?"라고 하는 물음에 대한 대답, 혹은 얼버무리면서 〈그렇게 나쁘지 않은 것 같은〉 〈인생〉인 것은, 그녀에게 지금 무엇인가 엉뚱하거나, 혹은 사치스러운 〈소원〉을 안 할 것으로 예상된다. 그것도 큰 힌트가 될 것이다.

10. 〈인간은 뭔가를 원하고 어느 시점까지 가서 자신 이외는 될 수 없는 것. 단지 그거〉라는 말에서 자신이 지속되고 있는 것과 관계되는 것이라는 것을 알게 된다.

11. 〈당신은 분명 이미 소원이 이루어진거야〉라는 〈당신〉 즉, 〈나〉

의 〈소원이 이루어진것〉처럼 그녀가 〈소원〉을 말하지 않는 것도 결정적인 힌트가 될 것이다.

그렇다면 답은 무엇일까.

작품 마지막에 연배의 오너가 〈단 하나니까, 잘 생각하는 것이 좋아〉라는 말을 하고, 이 장을 닫는 것도 흥미롭지만, 본서가 해석에 힘써온 이상 비록 흥이 깨지더라도 굳이 대답을 한다면, 그것은 〈앞으로, 아무 〈소원〉도 빌지 않는 인생을 보낼 수 있기를〉이라고 하겠다. (그래요, 맞아요. 수긍하며 고개를 끄덕여 주시는 것이 지금 단 하나의 소원입니다.)

빵가게를 습격하다
혹은 상상력에 대해서

초출 '와세다 문학'(1981 · 10)

수록 "꿈에서 만납시다" (후유키샤, 1981 · 11 · 25 "빵")

문고 "꿈에서 만납시다" (고단샤문고, 1986 · 6 · 15)

"무라카미 하루키 전 작품 ⑧" (고단샤, 2001 · 7 · 22 "빵가게 습격")

빵가게를 습격하다

개요

나와 파트너는 온 이틀 동안 물만 마셔 배고픔과 허무감은 극에 달해 있었다. 참다못해 나와 파트너는 식칼을 들고 오십이 넘은 공산주의자 빵집을 덮쳤다. 가게 안에는 라디오 카세트에서 바그너가 흐르고 있었다. 크로와상 두 개를 고르는 데 시간이 한참 걸린 아주머니가 사라진 뒤 나는 부엌칼은 감춘 채 빈털터리로 배가 너무 고프다고 주인에게 털어놓았다. 주인은 먹고 싶은 빵을 먹는 대신에 바그너를 듣고 좋아해야 한다는 조건을 내건다. 나와 파트너는 조건을 받아들이고 바그너를 들으며 배부르게 빵을 먹었다. 그동안 주인은 〈트리스탄과 이졸데〉의 해설서를 읽고 있었다. 두 시간 뒤, 우리는 서로 만족하고 헤어졌다. 나와 파트너의 허무감은 말끔히 사라졌다.

근년에 야마가와 나오토山川直人의 단편영화 "100퍼센트의 여자아이 빵가게 습격"의 DVD(세류출판,2001 · 11)가 나오고, 영화계에서는 1982년 연구 분야에서 '빵가게 재 습격'이 다루어지는 등 이 작품의 존재가 널리 알려지게 되었지만, 손에 넣기 쉬운 수록서에는 '빵' 제목으로 다르게 게제 되기도 하는 등 오랫동안 주목받지 못한 작품이다. 야마가와 단편영화와는 별도로, 오카자키 쿄코岡崎京子도 이 작품에 인스파이어 된 만화가 있다("지오라마 보이 파노라마 걸"(매거진 하우스) 중 '씬 21'이 '빵가게 습격'이다) 역시 관심 있는 사람은 주목하고 있다. 한편 '빵가게 재 습격'도 영국의 연출가 사이먼 맥버니가 2003년에 '엘리펀트 배닛슈'를 무대에 올렸을 때 '코끼리의 소멸' 과 '빵가게 재 습격'을 콜라보 한 재미있는 연출이었다.

'빵가게 습격'이란 무엇을 그린 작품이라 해야 할까?

'빵집 재 습격'에서는 〈재 습격〉이 아닌 첫 번째의 〈습격〉을 되돌아보며 〈바그너가 들려오다니 뜻밖이었고 전혀 예상하지 못한 일이라 그것은 마치 우리에게 내린 저주 같은 것이었다〉고 〈나〉는 파트너에게 말하고, 바그너를 듣고 빵을 강탈하지 않았던 것은 〈의심의 여지가 없는 저주와 같은 것이었다〉고 반복하자 아내가 또 다시 〈"다시 빵집을 습격하는 거야. 그것도 지금 당장 말이야"〉라고 그녀가 단언하고, 〈"그것 말고는 이 저주를 풀 방법이 없어"〉

라고 〈재 습격〉을 재촉한다. 그래서 '빵가게 습격'의 테마를 〈저주〉라고 생각하고 싶을지도 모른다. 그러나 '빵가게 습격'에서 〈저주〉란, 빵집 주인으로부터 〈"그럼 이렇게 하면 어떻겠나. 당신들은 빵을 마음껏 먹어도 좋아. 하지만 그 대신 나는 자네들을 저주하겠어. 그래도 괜찮겠어?"라고 제안한다. 〈나〉와 파트너는 빵가게 주인의 제안을 거절하고 빵을 달라는 교환 조건 하나를 제시한다. 그러나 그의 제안은 받아들여지지 않았고 결국 바그너를 듣게 된다. '빵집 재 습격'에서는 〈저주〉로 꼬여버리고 만다.

그런데 여기서도 이미 나타나고 있듯이, 빵을 손에 넣고 먹기 위해서는 보통은 그 대가로 화폐를 지불하지만, 화폐가 없을 때 〈모종의 교환이 필요〉하다. 그 때 교환대상으로 저주를 받을 것인지 바그너를 들을 것인지 둘 중에 하나를 선택해야 한다. 평범하고 상상력이 빈약한 우리는 빵을 구하려면 화폐와 교환하는 것 밖에 생각이 안 난다. 쌀과 빵을 바꾸는 식의 물물교환이나 화폐 대신 노동력을 제공하는 식으로 일한 만큼 먹여 달라고 하는 것이 고작일 것이다. 그러나 물론 〈나〉와 파트너는 쌀은 커녕 〈공복의 금자탑〉에 습격당한 상태다. '빵가게 재 습격'에서 아내가 갑자기 〈"왜 일 안 했어? 아르바이트라도 하면 빵은 손에 넣을 수 있잖아?"라고 묻자 "일하고 싶지 않아"〉라고 대답한다. 그리고서 "아무것도 생각나지 않을 때 우리는 강탈을 하는 거야!" 그렇기 때문에 〈빵가게 습격〉은 아무것도 생각나지 않는 〈상상력의 부족〉이 초래한 것으로 볼 수 있다. 작품이 나온 직후 두 번째의 패러그래프에서 이미 다음과 같이 언급하고 있다.

왜 공복감이 생기는가? 물론 그것은 식료품 결여에서 온다. 왜 식료품은 결여되는가? 마땅한 등가 교환물이 없기 때문이다. 그렇다면 왜 우리는 등가 교환물을 갖고 있지 않을까? 아마도 우리에게 상상력이 부족하기 때문이다. 아니, 공복감은 바로 상상력 부족에 기인하고 있는지도 모른다.

이렇게 해서 〈빵가게 습격〉을 모의한 주인공들이, 뜬금없이 빵집 주인이 제시한 2개의 선택사항에 의해서 결과적으로는 〈등가 교환물을 가지고〉 〈식료품의 결여〉를 면하고 〈공복감〉을 채울 수 있었던 것이다. 그래서 작품 마지막이 〈그리고 상상력이 완만한 비탈을 굴러 떨어지듯 달그락달그락 움직이기 시작하고 있었다〉로 결말 맺는 것은 필연적이었던 것이다. 당연히 이 작품은 〈상상력〉을 테마로 한 작품이다.(이 작품에서 말하려고 하는 〈상상력〉의 힘은 〈가치〉 물론 등가 그 자체가 환상이고, 화폐 가치도 바로 공동환상의 산물이자 물신화라는 페티시즘의 화신에 불과하며)라고 하는 환상의 허망함을 파괴하는 기능을 하고 있는 것도 잊어서는 안 된다.

마찬가지로 작품의 첫머리에 이미 작품의 테마를 명확하게 보여주고 있는 것처럼 '빵가게 재 습격'의 서두에 다음과 같이 쓰고 있다.

빵가게 습격 이야기를 아내에게 들려준 것이 올바른 선택이었는지 나는 아직도 확신이 서지 않는다. 아마 그것은 옳다, 옳지 않다는 기준으로는 헤아릴 수 없는 문제였을 것이다. 즉, 세상에는 올바른 결과를 초래하는 올바르지 않은 선택도 있고, 올바르지 않은 결과를 초래하는 올바른 선택도 있다는 것이다. 부조리하다고 해도 상관없다. 이를 회피하려면 우리들은 실제로 무언가 하나를 선택하고 있는 입장이다. 대체로 나는 그런 식으로 생각하고 살고 있다.

주인공인 〈나〉는 첫 번째 〈빵집 습격〉 직후에 〈우리는 그 후 며칠이나 빵과 바그너의 상관관계에 대해 이야기했다. 과연 우리가 취한 선택이 옳았는지 어쨌는지는 모른다. 결론은 나지 않았다. 제대로 생각하면 선택은 옳았을 것이다〉와 그 때의 〈선택〉에 대해 계속 고민하고, 그것을 〈저주〉로서 〈재 습격〉을 재촉하는 아내에게 대해서 "정말 이렇게 하는 것이 필요한 것일까? 하지만, 이런 일을 할 필요가 정말로 있었던 것일까?"라고, 지금 여기서 〈선택〉에 대해 의문을 반복하고 있다. 그리고 〈재 습격〉을 끝내고 얼마나 시간이 흘렀는지는 불분명하지만 현재 〈나〉는 앞서 인용한 술회 그대로다. 이렇게 바라보면 '빵가게 재 습격'의 주제가 선택의 옳음, 혹은 그 불확실성에 있는 것이 분명하다. 그리고 그러한 〈부조리〉성을 테마로 하고 있는 '빵가게 재 습격'은 '빵가게 습격'과는 근본적으로 테마를 달리한 작품이라고 할 수 있다.

　　원래 문학이라는 것이 작가의 상상력의 산물이고 독자 또한 상상력으로 작품에 참여해 나가는 것이라 한다면, 그러한 《상상력》 자체를 작품의 테마로 한 작품도 우리 문학사에서 찾을 수 있을 것이다. 예를 들면, 손에 쥔 레몬을 폭탄에 비유해 서점의 폭발을 상상하면서 가슴속의 불길한 덩어리를 무산시킨 주인공을 그리는 카지이 모토지로 "레몬檸檬"이 있고, 새로운 것으로는 집단 괴롭힘을 하는 반 친구를 한 사람 씩 머릿속에서 죽여 가는 풍장을 그린 야마다 에이미山田詠美 "풍장의 교실"이 있다. 그러한 현실을 변혁해 가는 《상상력》의 힘을 그린 작품계보에 우리는 이 '빵가게 습격'을 추가할 수 있다.

　　여기 문장에 나오는 〈달그락〉하는 의성어는, 두 사람의 습격을 방해하는 형태로 〈크로와상과 튀긴 빵을 계속 쳐다보며〉 망설이는 아주머니의 쟁반 흔들리는 소리다. 〈빵을 담는 쟁반이 그녀의 손 안에서 달그락, 달그락 흔들렸다〉 하지만, 〈물론 정말로 흔들린 것은 아니다. 어디까지나 비유적으로 흔들린 것이다. 달그락, 달그락.〉 그리고 그 〈비유적〉인 것을 더욱 영상화 한 것이 다음의 이미지이다.

　　튀긴 빵이 먼저 연단에 올라 로마 시민을 향해 감동적이라고 할 수 있는 연설을 했다. 아름다운 어구, 멋진 수사, 잘 늘어나는 바리톤...... 짝짝 모두가 박수를 쳤다. 그 다음 크로와상이 연단에 서서, 교통신호에 대한 무언가의 연설을 했다...... 로마시민들은 무슨 말인지 잘 몰랐지만, 아무래도 어려울 것 같은 이야기여서 짝짝짝 박수를 쳤다. 박수는 크로와상 쪽이 약간 컸다.

이것은 이미 무라카미 하루키 적인 비유의 재미가 유감없이 발휘된 읽을거리 중 하나이지만, 앞의 야마카와 영화는 〈달그락, 달그락〉을 과다과다(過多過多)로 자막 처리해, 소중한 한부분의 연출은 가능했지만 이 씬을 영상화할 수는 없었다. 이렇다 보니 이런 비유적인 즐거움을 영화에서는 못 살렸다. 어쨌든 많은 엑스트라를 사용해 〈로마시민〉을 등장시키려면 단편영화의 에너지 절약성이 허락하지 않고, 그 이상으로 이러한 비유적인 이미지는 언어의 영상 환기력에 호소하거나, 우리 독자의 〈상상력〉에 기대어 직유적인 표현의 매력을 생명으로 여기는 무라카미 하루키의 문학은, 그런 의미에서 〈상상력〉의 힘을 우리에게 강하게 호소하고 있는 것이다.

연필깎이(혹은 행운의 와타나베 노보루 1)
혹은 행운의 교환

초출 '멘즈 클럽' *(1985 · 11)*

'박스' *(1985 · 11)*

'뽀빠이' *(1985 · 11)*

첫수록 "밤의 거미원숭이" *(헤본샤, 1995 · 6)*

문고 "밤의 거미원숭이" *(신쵸문고, 1998 · 3)*

"무라카미 하루키 전 작품 1990~2000 ①" *(고단샤, 2002 · 11)*

연필깎이(혹은 행운의 와타나베 노보루 1)

개요

〈만일 와타나베 노보루라고 하는 사람이 없었다면, 아마 나는 지금도 그 구질구질한 연필깎이를 계속 쓰고 있었을 게 틀림없다. 와타나베 노보루 덕분에 나는 반짝반짝 빛나는 새 연필깎이를 손에 넣을 수 있었다. 이런 행운은 그렇게 흔히 있는 일이 아니다.〉

내가 부엌 식탁에서 일을 하고 있을 때 수도 고장수리를 하고 있던 와타나베 노보루가 책상 위에 있는 연필깎이를 힐끗힐끗 곁눈질 하는 것을 알았다. 수리가 끝나자 그는 나에게 "그 연필깎이 참 멋지 군요."라고 한다. 그는 연필깎이 수집가였다. 책상 위에 있는 낡고 너덜너덜한 가치라고는 하나 없는 것이지만, 매니아에게는 상당히 가치 있는 모양이다. 와타나베 노보루의 제안으로 나는 바로 오래된 연필깎이를 그가 가지고 있던 새것과 교환했다.

〈반복하는 것 같지만, 이런 행운은 인생에서 그렇게 자주 있는 것은 아니다.〉

이상의 16개의 장은 일본어로 출판된 것이고, 이번에 한국에서 번역본을 내면서 일본어보다 분량이 줄어 3개의 작품을 덧붙이게 되었다. 이미 발표한 논문을 이 책 형식에 맞춰 소개하고자 한다. 세 작품 다 짧지만, 일본국어 교과서에 실린 작품이다.

"연필깎이"는 "중학생 국어 배움을 넓히는 3년 자료편"(산세이도) 중학교 교과서에 실려 있다. 앞서 개요에서 익히 알 수 있듯이 왜 이것이 교과서에 실렸을까? 궁금할 정도로 난센스라 하지 않을 수 없는 작품이다.

경쟁이 치열한 교과서 시장에서 교과서 편집자가 미끼로라도 무라카미 하루키의 이름을 넣고 싶었을 것이고, '버스데이 걸'과 같이 타사가 이미 채택한 작품을 재탕하는 것은 피하고 싶은 심정을 나 자신도 오랫동안 교과서 편집에 관여한 몸으로 이해하는 가지만, 그렇다 하더라도 '연필깎이'는 너무 얄팍하다. 과연 작중의 연필깎이가 〈내가 중학교 시절부터 20년 이상 쭉 사용하고 있다〉는 것만으로 같은 연대의 중학생에게 제공하기 적당하고 효과가 있다고 보고 싶었을지도 모른다. 확실히 주인공이 같은 연령대라고 해서 "해변의 카프카"의 카프카 소년은 너무 터프한 15세다 보니 교과서에 실리기는 어려웠을 것이다. 하지만 무슨 효과를 바랬을까? '물건을 소중히 다루자'라고 하는 도덕적 지도일까?

그러나 결국은 〈신상품의 최신식 연필깎이〉와 바꾼 것을 〈그렇게 자주 있는 일은 아니다〉 〈행운〉이라고 하고 있는 효과는 오히려 정반대라고 할 수 있을 것이다. 덧붙여 말하면 교과서의 교사용 지도서에서 그 우의가 무엇인지도 특정하지 않고 〈무라카미 작품의 특징이라 할 수 있는 우화 이야기로 읽고 해석〉 가능한 〈현실 속의 비현실적 판타지로 즐겁게 읽는다〉는 주장을 하고 있다. 그 내용에 대해서도 〈지도자의 읽기 나름〉이라며 별다른 해석 없이 던지고 있을 뿐 〈독서의 폭을 넓히기 위한 입구〉라고도 할 수 없다.

그 증거로 2012년에 채택된 '연필깎이'가 2016년에는 흔적도 없이 사라지고, 대신에 2학년 교과서에 하루키의 번역 작품이 채택되어 '포테이토 스프를 아주 좋아하는 고양이'가 실렸다. 이쪽이 훨씬 뛰어난 교재라 할 수 있다. 중학생이 〈작품의 매력〉이나 지도서를 통해 얼마나 뭘 느낄까? 하는 의문도 들지만 그것은 제쳐두고, 중학생이든 어른이든 이 작품의 매력은 뭐라고 하면 좋을까? 참고로 지도서 말고 유일하게 언급을 해보면 "무라카미 하루키 작품 연구 사전"에는 〈자택을 방문한 사람이 일으킨 진귀한 일이라는 설정〉과 〈연필깎이에 대한 페티시즘적 고집, 의지를 넘어 인간에게 작용하는 행운이라고 하는 개념〉(사노 마사토시佐野正後)을 읽어야 한다고 하고 있다. 그러나 〈연필깎이〉는 〈전기 코다츠나 다른 물

184

건과 교환 가능한 〉 엉뚱한 사태를 과장해서 〈행운〉으로 바꿔 말할
수 있는 농담일 지라도 그다지 유효한 읽기라고 생각하지 않는다.

• 행운의 와타나베 노보루

　그런데 "연필깎이"에 '혹은 행운의 와타나베 노보루 ①' 라고
하는 부제가 붙어 있지만, 같은 '혹은 행운의 와타나베 노보루 ②'
라고 부제가 붙은 '타임 머신'이라는 작품이 "밤의 거미원숭이" 안
에 들어가 있어 분명히 "연필깎이"의 속편(초출에서 "연필 깎이"는 'J ·
프레스 단편집 ⑥"타임 머신'에는 'J · 프레스 단편집⑧')이라고 하고 있다.
이런 이야기다.

　내가 굴을 먹고 있는데 와타나베 노보루가 왔다. 그가 수도
수리하는 사람이라고 하지만 수리를 부탁하지 않았다고 말했다.
그러자 그는 내가 가지고 있는 구식 타임머신을 신형과 바꾸자고
한다. 나는 그것을 가지고 있지 않지만 농담으로 좋다며 그를 집
안으로 들여 굴껍질이 뒹굴고 있는 전기 코타츠를 보여줬다. 그러
자 그는 진지하게 그것을 점검하더니 "이것은 일품이다"라고 했다.
그의 요청에 따라 나는 타임머신과 신형 코타츠를 교환했다. 나는
방으로 돌아와서 계속 굴을 먹었다.

　여기서도 〈연필깎이〉가 〈전기 코타츠〉로 바뀌었을 뿐만 아

니라 〈타임 머신〉으로 진화(?)하는, 난센스를 최대화하고 있는 작품이다. 표제만으로 연관성이 없어 보이는 두 작품에 명시하고 있는 부제 〈와타나베 노보루〉란 도대체 누구인지 신경 쓰인다. 물론 고바야시 이치로나 타나카 미노루 등과 같은 일본에 흔히 있는 성과 이름을 조합한 한 등장인물의 이름에 지나지 않는다고도 말할 수 있다. "태엽 감는 새"의 중요인물인 오카다 토루의 아내 쿠미코의 오빠의 이름이 〈와타야 노보루綿谷昇〉라는 것을 알고 있는 독자라면, 그 유사성에 신경이 쓰일 것이다. "태엽 감는 새" 뿐만이 아니라, 무라카미 하루키의 애독자라면, 두 말 할 것 없이 〈와타나베 노보루〉 이름이 나오는 작품이 많은 것은 이미 다 아는 사실이다.

　'코끼리의 소멸'에 나오는 사육사 '패밀리 어페어'에 나오는 여동생 약혼자, '쌍둥이와 가라앉은 대륙'의 공동 경영자, '태엽 감는 새와 화요일의 여자들'에서는 가타카나 이름인 〈와타나베 노보루〉이지만 고양이와 매형, 즉 여기서 발전한 "태엽 감는 새"의 〈와타야 노보루綿谷昇〉와 〈와타나베 노보루渡辺昇〉가 유사하게 느끼지는 것은 당연한 것처럼 "빵가게 재 습격"이 수록된 6편중에 4편에 등장하고 있다.

　〈와타나베 노보루〉는, 본 작품이 수록된 "밤의 거미원숭이"의 공저자이며, 첫 출판 당시 삽화 담당으로 수많은 일을 함께 해 온 친우이자 일러스트레이터 안자이 미즈마루의 본명이다. 그것은 이

186

미 '〈무라카미 하루키 대 인터뷰〉"노르웨이의 숲"의 비밀'(분게슌주, 1989·4)에서도 〈뭐, 알고 있는 사람은 다 알고 있다고 생각하지만, 와타나베 노보루는 일러스트레이터 안자이 미즈마루 씨의 본명이죠. 안자이 미즈마루 씨에게 본명을 물었더니 "와타나베 노보루"라고 해. 그 때 아주 신선했습니다〉라고 밝히고 있다. 그 때까지 〈등장인물에 이름이 붙여지지 않았다〉던 "빵가게 재 습격"에 와타나베 노보루라는 이름이 나온다.

〈그걸로 저는 구원을 받은 거죠〉라며 확실히 했던 것을 히사이 츠바사久居つばさ 등이 인용해 왔다. 이후 〈와타나베 노보루〉와 〈안자이 미즈마루〉(혹은 안자이 미즈마루가 와타나베 노보루)를 재미삼아 부르고 있다.

극성팬들을 즐겁게 하는 요소임에 틀림없다. 그러나 문고판 "후기 2"에서 〈매번 무라카미 씨의 쉬르한 단편소설을 기대했다. 어쨌든 무엇이 튀어나올지 모르는 깜짝 상자를 여는 것 같아 항상 조마조마하다〉고 한 안자이가, 당시 보스턴에 있던 무라카미 하루키가 원고를 붙이면 〈왠지 모르게 편지를 주고받고 있는 기분이었다〉고 말하듯이, 독자를 즐겁게 하기 이전에 안자이와 공동으로 즐겁게 작업하고자 하는 무라카미 하루키의 여유라고 한다면, 이 〈쉬르한 단편〉에는, 문자 그대로의 난센스로 읽지 않아도 될지 모른다. 하루키 자신도 전집의 '자작 해설'에서 이러한(거기에서는〈효이 효이〉시리즈라고 부르고 있지만) 초 단편에 대해, 〈대부분은 의미가 없는 우스갯거리다〉라고 말하고 있을 정도다.

하지만 그 '자작 해설'에 〈이런 것을 쓰고 있는 동안, 내 안에 있는 서랍 같은 것이 스스로 하나하나 정리되어 가는 감각이 있다. 무 → 아이디어 → 자동필기 → 완성이라는 프로세스가 하나하나 쌓여 그 무의식중에 쌓여 있던 더미 안에서 무언가 자연스럽게 보여지는 부분이 있다〉고 계속 말하듯이, 그 〈무의식 더미에서〉 〈보여 주는〉 〈무언가〉에 대해 생각해 보고 싶다.

• 행운의 교환

원래 이 작품은 〈만약 와타나베 노보루라는 인물이 없었다면, 나는 아마도 아직까지 낡고 꼬질꼬질한 연필깎이를 계속 사용했을 것이다. 와타나베 노보루 덕분에 나는 반짝반짝 새 연필깎이를 손에 넣을 수 있었다. 이런 행운은 흔치 않다〉로 시작해 〈반복되는 것 같지만, 이런 행운은 인생에서 그렇게 자주 있는 것은 아니다〉로 끝난다. '폭신폭신' 등 무라카미 하루키 단편에서 자주 볼 수 있는 시작과 끝부분을 반복하며 서로를 비춰보는 구성에서 힌트를 보여 주듯이 이 작품에서는 〈행운〉을 말하고 있다고 하겠다.

188

무라카미 하루키의 유명한 조어 중의 하나인 〈인생에 있어서 작지만 확고한 행복의 하나〉 "랑게르한스 섬의 오후"의 〈소확행〉에 대해서, 소위 말하자면 ≪대확행(大確幸)≫ 혹은 ≪대희행(大稀幸)≫이라고 할 수 있지만, 이것이 속편에서는 별로 큰 감동 없이 코타츠 위의 〈귤을 계속 먹는다〉라고 하는 〈소확행〉을 비꼬는 의외의 전개를 보이는 것도, 낡은 연필깎이를 새 것으로 교환하는 무라카미 하루키 적인 비틀기와 비꼼의 재치가 가져다 준 〈행운〉에 주목해야 할 것이다.

본서에서 다룬 '거울 속의 놀'에서 사랑하는 아내와 말 하는 개가 교환되었고, '빵가게 습격'에서는 바그너를 듣고 바그너를 좋아하게 되는 것과 빵을 맘껏 먹을 권리와 교환된 것이 과연 정확한 맞교환이었는지 '빵가게 재 습격'에서 문제시되는 것은 제쳐두더라도 "빵가게 습격" 단계에서는 그것을 등가로 볼 수 있는지 상상력이 문제시되고 있다. 여기에서도 중학생인 고바야시 군이 동급생 타나카 군과 연필깎이 교환에서 발휘되지 않는 상상력이, 수도관 수리공 〈와타나베 노보루〉와 교환하는 것에는, 작가의 상상력이 발현되고 있다고 하겠다.

'타임머신'에서 보여준 〈유머의 센스〉는 바로 차이나 비약을 승인할 수 있는 센스이고 그 또한 작가의 상상력의 레벨이라고 하겠다. 독자의 레벨로 말하면, A 〈낡고 더러운 연필깎이〉가 A' 〈최신식 신제품 연필깎이〉로 교환되는 것은, 극히 당연한 물리적 교환이었던 것이, A〈내가 중학교 시절부터 20년 이상 쭉 사용하고 있는 낡은 수동식의 기계〉가 B〈1963년형 맥스 PSD〉로서 인정되는 것은, 가치 혹은 인식 레벨의 변환/교환이라 할 수 있다. "연필깎이" 뿐만 아니라 "타임머신"에서도, A〈낡은 전기 코타츠〉에서 A'〈신품 전기 코타츠〉로 교환되는 물리적인 교환이 전제되며, A〈1971년형 내셔널의 "호카호카"〉가 실제로는 B〈타임머신〉이라는 인식의 변환/교환이 이루어지고 있다.

여기서 우리의 〈상상력도 '연필깎이'와 '타임머신'이라고 하는 A 텍스트의 차원에서 B 무라카미 하루키 문학 전체의 차원으로 〈완만한 언덕을 굴러 떨어지듯 달그락달그락 움직이기 시작〉해 '빵가게 습격'을 한다고 하겠다. 지금 여기 있는 A "따끈따끈"이 B〈타임머신〉으로 교환되는 인식의 도식은, 확실히 우리에게 친숙한 지금 여기에 있는 A 얼굴 뺨을, 여기에 없는 B 사과로 비유되는 직유의 메커니즘과 아날로지컬(analogical)에 근거하고 있다고 볼 수 있다.

물론 ≪숯 검댕이 투성이의 사나이≫를 ≪까마귀≫로 바꿔 부르는 은유나 ≪비를 피하고 있는 여자≫를 [시메갓사市女笠]로 비유하는 것은 글자 그대로 환유·교환으로 보이기 쉽지만, 은유나 환유만큼은 아니지만, 생각해 보면 하루키가 곧잘 쓰는 직유

190

도, 지금 여기에 있는 A라고 하는 소유를 B라고 하는 능유로 치환되는 것 또한 말 그대로 교환이 이루어지고 있다. 그리고 와타나베 노보루가 〈나〉에게 안겨준 교환을 행운이라고 부른다면, 우리도 또 무라카미 하루키 〈덕분에〉 즐거운 상상력을 발동시키는 기쁨을 〈손에 넣을 수 있다. 이런 행운은 흔치 않다〉라고 해야 할지도 모른다. 아니, 무라카미 하루키 문학에서 직유는 상징적이며 대표적 역할로 다양한 인식의 변환/교환을 강요하는 유머러스한 수사나, 발견·인식이 여기저기 가득하다는 것을 이미 본서의 독자는 알고 있다. 나머지 증보작 2편 또한 직유에 주목하게 될 것이다.

파랑이 사라지다
혹은 변함없는 꿈을 계속 꾸는 것에 대하여

초출 영국 '인디펜던트'

프랑스 '르 몽드'

이탈리아 '라 레푸블리카'

스페인 '엘 파이스'가 공동 발간한 잡지 'Leonardo' (1992)

수록 "무라카미 하루키 전 작품 1990-2000 ①" (고단샤, 2002 · 11)

파랑이 사라지다

개요

다림질을 하고 있는데 갑자기 파랑이 사라졌다. 다림질을 하고 있던 셔츠만이 아니라 다른 파란색도 모두 사라져 어찌해야 할지 몰랐다. 깜짝 놀란 나는 다른 사람한테도 파란색이 사라졌는지 확인하려고 친구에게 전화했지만 부재중이고, 여자 친구에게 물어봤지만, 제대로 상대해 주지 않는다. 파란색이 어떻게 됐는지 확인하기 위해 밖으로 나가 지하철 역무원에게 물어봤지만, 정치에는 관여하지 않는다며 거부하기에 다른 곳에서 파란색을 찾기 위해 찾아다녔지만 찾을 수 없었다.

내각 총리부 공보실에 전화했더니 총리의 목소리는 '형태가 있는 것은 반드시 없어진다. 새로운 것을 만들면 된다'라고 한다. 나는 영문도 모른 채 역시 좋아하던 파란색에 집착한다.

• 가까운 미래와 과거

　　무라카미 하루키의 '파랑이 사라지다(Losing Blue)'는 일반인에게는 눈에 잘 띄지 않지만 내가 유난히 좋아하는 단편이다. 이 작품은 보통 눈에 잘 띄는 단행본이나 문고판에 수록되지 않고 전집 "무라카미 하루키 전 작품 1990 - 2000 ①")에만 수록되어 있다. 눈에 띄지 않는 것에 〈일반적〉이라고 유보를 붙인 것은, 본 작품이 "신정선 국어종합"(메이지서원) 등의 국어 교과서에 실렸던 적이 있기 때문이다. 그것을 계기로 교재 연구에 관한 논문이 쓰여졌고, 현재 무라카미 하루키 연구사에서 예외적 차원에서 교재론 적인 논문이 많이 나와 있는 '거울'("캥거루 날씨")과 함께 많은 선행 문헌을 가지고 있는 의미에서 무라카미 하루키 연구 현장에서는 꽤 눈에 띄는 작품이라 하겠다.

　　여기서 문학교재로 적합할지 어떨지에 대한 평가도 시야에 넣고 싶지만, 우선은 작품 자체를 읽어 보고자 한다.

　　'파랑이 사라지다(Losing Blue)'(이하'파랑이 사라지다')는 나중에 알게 되지만 무라카미 하루키 적인 상실감이 감도는 〈주인공이 습격당하는 상실감과 고독감이 단적으로 정리된 좋아하는 단편〉(이시카와 노리오石川則夫)으로 그 무대가 밀레니엄으로 전환하는 시기가 설정되어 있는 것이 특징이다. 왜 밀레니엄인가 하는 특

194

별한 배경이 있고, 그 텍스트가 전집에만 있는 특이한 위치에 놓인 작품이 있기 때문이다. 우선 작품 성립과정의 경위를 살펴보자.

무라카미 하루키 자작 해설에 〈1992년 스페인의 세비리아에서 개최된 만국박람회 'EXPO' 92'를 특집으로 낸 잡지에 쓴 것이다. 이 잡지는 꽤 두꺼우며 영국 '인디펜던트', 프랑스 '르 · 몽드', 이탈리아 '라 · 레푸블리카', 스페인 '엘 · 파이스'의 각 신문이 '신문 별책 (서플먼트)'으로 공동제작 한 각국의 언어로 발행했다〉고 소개하고 있다.

원래부터 초출이 외국 매체라는 것 자체가 드문 일이다. 그것도 4개 국어로 동시에 번역된 잡지(구체적으로는 이것은 'LEONARDO'라는 책자다.) 실은, 작품을 이렇게 게재할 수 있었던 것도, 세계의 무라카미 하루키이기에 가능한 것이라고 본다. 이에 대해 특별히 해설 없이 굳이 말하면 부제로 〈Losing Blue〉라고 하는 영어 표기가 붙어 있어 뭔가 알 수 있을 것 같지만 작품 표층에는 어떤 그림자도 보이지 않는다. 이러한 희귀한 발표 과정을 거치며 이 작품이 발표된 시간을 둘러싼 읽기가 초래한 문제에 대해 논하는데 크게 관련 있다고 보여지는 〈밀레니엄〉을 둘러싼 내용에 대해 앞에서 지적한 '자작 해설'을 계속을 읽어 보고자 한다.

그 잡지 발행을 위해, 밀레니엄의 섣달 그믐날을 무대로 한 단편소설을 써 달라는 의뢰를 받은 것이 1991년이며 만국박람회의 테마의 하나로 '밀레니엄을 향해서'가 주어졌다. 주최자의 의뢰를 받고 8년 후의 세계 이야기를 쓴 글이라 조금 가까운 미래를 느낄 수 있다.

이 작품이 머지않은 밀레니엄에 대한 의뢰를 받고 〈다소 가까운 미래〉에 대해 쓴 이 작품을 읽으면서 주요 포인트를 정리해 보자.

A 집필 시기(1991년 후반)

B 작품 초출 발표 시기(1992년 봄)

C 이야기 내용(1999년 12월)

D 작품 일본 발표 시기(2002년 11월)

집필 당시(A)에는 〈8년 후의〉 근미래(C)를 설정해 쓰여진 작품이라(현재 우리가 읽는 경우는 물론), 일본에서의 발표 당시(D)의 시점에서 읽게 된다. 일본인 독자는 적어도 3년 전의 과거(C)의 이야기로 읽게 되는 시간상의 어긋남을 갖고 있는 작품이다. 작가 입장에서 말하면 SF소설처럼 현시점에서 미래를 그리고 있지만 일본 독자 측에서는 현시점에서 과거를 무대로 한 소설로 읽게 되는 묘한 시간적 어긋남이 있다. (4) 작가는 A에서 → C라는 미래를 향한 흐름이, 일본에서 발표되었을 때는 이미 미래는 과거

D에서 → C로 반전해 버린다. 그러한 시간의 어긋남으로 인해 비틀어지게 된다. 〈파랑'의 소멸에 의해 생긴 상실감과 고독감〉보다 〈과거의 시간에 있기〉 때문에 주인공은 〈과거의 자신을 객관적으로 볼 수〉(야마시타 고세이山下航正)없다는 읽기나, 〈'파랑의 소멸'을 체험한 "내"가 소멸한 세계인 "지금"을 살면서 소멸의 시점을 회상하고 있다〉(가마타 히토시鎌田均)라고 하는 오독이 발견된다. 카운트다운이 시작되어 시시각각 시각이 진행되고 있는 현재 진행형의 작품이라는 하나의 큰 특징이 있음에도 불구하고 작품의 시간 축 관점에서 보면 분명한 오독이다. 또 세부적으로 봐도 〈이야기 〈세계〉에 아직 생존하고 있는 "존 레논"〉(오오타카 토모지大高知児)을 갖고 오는 이상한 해석도 있다. 이것도 그러한 비틀림에 의한 시간 감각의 왜곡에 의한 것이라고 말 할 수 있을지도 모른다.

거기서 우리 독자들은 과거의 이야기로 작품세계를 읽는 것이 필연적이다. (C)가 현실에서 자신들이 경험해 온 세계 C와는 달리 독자에게는 작품의 허구성이 강하게 인상에 남는다. 현실에서는 실제로 일어날 수 없는 〈파랑〉의 갑작스런 소실이라고 하는 사건을 위화감·저항감 없이 받아들이는 허구의 리얼리티를 이 작품은 지니고 있다고 하겠다.

그러나 일어날 리가 없는 즉, A의 시점에서 생각하고 쓴 가까운 미래(C)가, 지금(D) 시점에서 약간 진부할 것 같지만, 작품

속에 원근법이 나와 있다. 예를 들어 여자 친구에게 연락하는데 휴대전화가 아닌 유선전화로 하는 것은 이미 휴대전화가 보급되어 있던 C시점에서 매우 부자연스럽고 〈국민의 의문이나 민원에 총리대신이 일일이 개인적으로 대답해 주는 컴퓨터 시스템〉에 접속하는데 휴대전화가 아닌 공중전화를 사용한다는 것도 부자연스럽다.

　　〈혹은 미국이나 프랑스의 깃발을 찾아도 괜찮았다. 그러면 파란색이 세계에 아직 남아 있는지 아닌지 알 수 있었을 것이다. 하지만 도대체 도쿄 어디를 가면 미국이나 프랑스 깃발을 볼 수 있는 것일까? 성조기가 보고 싶으면 지금처럼 스마트폰을 사용하지 않아도 C시점에서는 인터넷으로 쉽게 찾아볼 수 있었다. 거기다 〈모든 것이 블루로 되어 있다〉라고 하는 블루 라인은 그나마 가까운 미래처럼 보이지만, 〈흰 제복을 입은 역무원이 흰 표를 팔고 있〉듯이 흰표가 주류로 그려지고 있는 것은 IC카드가 보급된 D시점은 물론 선불카드가 보급된 C) 시점에서만 봐도 옛날이야기다. (6) 이러한 갖가지 사례는 A당시만 하더라도 작가의 상상력이 현실의 C에 미치지 못했다는 것이지만, 그것을 가지고 작가의 상상력 부족이니 뭐라고 말할 수는 없다. 현실의 A에서 C로 흐른 시간이 훨씬 빨랐던 것이고, 그러한 C의 진부한 부분을 D에서 바라보면 위화감을 느끼게 하는 부분을 작품에 남긴 것은,

독자가 실감할 정도로 밀레니엄을 뛰어넘어 시대는 빠르게 변화하고 역사는 진보한다는 것을 작품이 문제 삼으려고 하고 있다. 혹은, 미래였을 C가 이미 과거가 되어 버렸다고 하는 작품 성립 과정의 사정으로 인한 뒤틀림 또한, 변화와 시대의 진보의 스피드를 독자가 느끼도록 하고 있다

〈연호가 2000년이 되었다고 해서 도대체 무엇이 바뀐다는 것인가, 하고 나는 생각했다. 그건 단지 날짜가 달라지는 차이일 뿐이잖아〉라고 주인공인 〈나〉가 말하는 대로, 사건이 일어나는 날은 어떤 날이라도 상관없지만, 작품의 무대를 밀레니엄 마지막 날로 설정한 것도, 확실히 그러한 ≪때의 흐름≫에 초점화하기 위한 필연이었던 것이다. 그렇다고 〈해서 세계가 뭐가 변하는 것도 아니〉며 〈나〉 눈앞에서 홀연히 〈파랑〉이 사라지며, 세계가 크게 〈바뀌는〉 사건이 일어난다. 한편 아이러니하게도 축제 소란 속에서 〈날짜 차이〉에 과대한 의미를 부여하고 있던 〈내 여자친구〉를 비롯한 주위의 사람들은 온 세상에서(?) 파랑이라는 색이 사라져 버린 세계의 큰 변화를 눈치 채지 못한다. 이〈파랑의 소멸〉에는 무슨 의미가 있는 것일까? 애당초 작품 안에서 〈파랑〉은 어떻게 사라지는 것일까?

파랑이 사라지고 백색만 남았다

'파랑이 사라졌다'에서 실제로 현재 진행형으로 〈파랑〉이 사라져 가는 상황은 시작부분의 셔츠에 있는 푸른 줄무늬 〈파랑이 점점 옅어지다가 그 다음 완전히 사라져 버렸다〉고 그려질 뿐, 이후로는 〈파랑〉이 사라져 버리고 〈흰색〉만 있는 상태가 묘사될 뿐이다. 그러나 그 셔츠의 묘사가 〈기계 배터리가 방전되어 딱 멈춰 버렸을 때처럼. 아니면 마치 오케스트라 지휘자가 연주하다가 마음을 갑자기 바꿔 지휘봉 흔드는 것을 그만둔 것처럼 멜로디가 중단된 뒤에도, 몇몇 악기는 아직도 아쉬운 듯이 단편적인 소리를 냈지만, 그것도 머지않아 힘없이 사라진 뒤에는 기분 나쁜 침묵만이 남았다는 식〉이라고 하듯이, 〈파랑의 소멸〉이라는 사건에 조우한 주인공이 사태의 당돌한 현상에 대한 위화감이나 당혹감은 그 능유(能喩) 부분에 교묘하게 나타난 직유표현에 의해 훌륭하게 묘사되었다고 할 수 있다. 이후의 소실 후의 묘사에 있어서도, 그 양태는 무라카미 하루키 특유의 직유표현에 의해 훌륭하게 나타내고 있다. 눈앞에 물건이 없지만 다른 물건을 연상시키고 있는 의미로 직유적인 발상이라고 말 할 수 있다. 〈그것은 나에게 낡은 기록 영화로 본 스탈린그라드의 동계 공방전을 떠올리게 했다〉라는 표현을 포함해, 〈청〉이 사라지고 〈백〉이 된 상태는, 마치 도둑한테 맞아 기억을 상실한 듯한 〈백〉, 〈마치 세월에 씻겨 나간 낯선 사람의 뼈와 같은 백〉 〈마치 시베리아의 빙원과 같은 망연한 하얀

광야〉로 그려져 있다. 그 〈백〉의 〈형언할 수 없는〉 〈막막한〉 상태를, 애매함과 공허감, 〈서운함〉과 〈불편함〉으로, 〈청〉을 잃은 것에 대한 상실감이나 불모감(不毛感)을 효과적으로 그리고 있다.

이와 같이 '나'의 상실감을 그리는 작품은 〈'나' 개인의 상실감을 그리는 것으로, 타인과 연결되지 않은 '나'의 커뮤니케이션의 불가능성을 그리고 있다〉고 마츠모토 세이지松本誠司가 말하듯이, 한층 더 나아가 그 상실감은 누구와도 공유되지 않는 고립감으로 그려내고 있다. 그 상실감과 고독감을 그리는데 있어 공을 세운 것으로, 첫째 작품의 단계적인 전개의 교묘함을 들 수 있다. 〈나〉는 갑자기 〈파랑〉의 소멸이란 부조리한 사태에 당황하면서 어떻게든지 이성적으로 대처하려고 밝은 방에 들어가 숨을 고르고 정금하고 → 옷장 안 → 서랍 속 → 하와이 사진 → 친구에게 전화 → 전 여자 친구에게 전화 → 블루 라인의 역 → 시내 → 〈총리대신〉에게 전화하는 사태의 진위의 확인 · 원인 규명의 범위를 점차 확대해 나가지만, 그것이 해결되지 않고 점차 상실감 · 고독감으로 깊어가는 양상이, 단편이면서 멋진 그라데이션을 이루며 독자와 싱크로 하고 있다. 그리고 상실감과 고독감을 그리는데 공이 큰 또 하나는 통사법의 일탈도 추가할 수 있다.

일본어 교육의 실천 보고 중에서 〈'파랑이 사라졌다', '이제 파랑은 존재하지 않는다', '파랑은 이미 돌아오지 않는다' 등등 파랑에 관한 표현에는 우리의 일상적인 표현 방식과 다른 것이 느껴진다〉(카마타 히토시)는 것을 들 수 있지만, 이유를 학생에게 묻는 것은 어렵다. 적어도 이러한 것에 착목해 평가하고 뭔가 말해야 하는, 이유는 차치하더라도 무엇이 그렇게 위화감을 느끼게 하는가를 생각해 보는 것도 좋을 것이다. 예를 들어, 전 여자친구가 "주변에서 파란색이 사라지지 않았는지"를 확인하라고 해서 "파랑이라니 뭘 말이야?"라는 물음에 그녀는, "파랑이 사라져갔고" 하는 통사법적으로도 어색한 표현에 당황하고 있다. 통사법으로 말하면 〈파랑이 사라지다〉는 '파랑'이라는 이름이 붙여진 망아지가 목장에서 도망쳐 버렸거나, 〈신호기의 푸른 램프가 사라졌으므로 이제 건너면 안 된다〉는 것을 전할 때 사용하는 정도의 이미 선험적으로 예측하고 있는 제유적(提喩的)인 표현이다. 익숙하지 않은 언어 표현으로 위화감을 느끼게 하는, 기묘하고 부조리한 현실 속에 〈내〉가 있으며, 그것을 다른 사람에게 말을 통해 전하는 어려움을 여기서 읽을 수 있다. 〈파랑이 뭐야?〉라는 그녀의 물음에 대답한 〈나〉의 〈색깔 파랑 말이야〉라는 말도, 〈파랑색이 사라졌다〉라면 몰라도 통사법의 범위 내에서 〈색깔 파란색이 사라졌다〉는 통사법적으로, 그리고 물론 현실적으로도 있을 수 없는 표현으로, 그 말만 들은 그녀로서는 〈별거 아닌 이야기〉로 밖에 들리지 않는 것이다. 〈나〉는 그녀와 싸웠고 헤어졌을 뿐만 아니라, 의사소통에서

202

고립되어 간다. 그리고 그것은 역무원과 계속되는 대화에서도 반복되고, 그것은 이유 없이 그의 반응을 유발하고 있다고 하겠다.

그런데, 여기서 〈나〉의 상실감·고독감을 그린 작품에 〈파랑의 소멸〉이 의미하는 부분만 제대로 파악할 수 있으면 되는 것이지, 〈파랑〉을 예를 들어 〈프랑스 국기의 '파랑'이 상징하는 〈자유〉의 의미 사토 요이치·오카다 사토시佐藤洋/岡田智로 읽는다든지 하는 자의적인 읽기는 아무 의미가 없다.

생각해보면 무라카미 하루키의 작품에서는, 많은 것이 홀연히 모습이 사라진다. "1973년 핀볼"에서 핀볼 머신이 사라졌고 "양을 둘러싼 모험"에서는 쥐가 사라지고 키키가 사라지면서 해안선이 소멸됐다. "세상의 끝과 하드보일드 원더랜드"에서는 소리가 사라지고, "태엽 감는 새"에서는 고양이가 사라지고 아내가 사라졌고, "1Q84"에서는 고속도로의 강하 계단이 사라졌다. 그리고 '코끼리의 소멸'("빵가게 재 습격")이라는 작품이 있는가 하면, 이름의 소멸을 다룬 '시나가와 원숭이'("도쿄기담집")이라는 작품도 있다. 주인공은 그것을 찾는 것에서 이야기가 전개된다. 과연 seek & find는 하루키 문학의 기본이며, 소멸 이후의 결핍감·상실감·공무감(空無感)이 많은 작품의 저면에 흐르고 있다.

그러한 제 각각의 작품에서 사라진 것에 대한 의미를 찾는 것은 가능할지 모르지만, 여기서 〈나〉앞에서 사라진 것이 〈파랑〉

이 아니고 황색이나 빨강이라도 작품은 성립한다. 역시 국어 교과서에 있는 작품을 예로 들면, 시가 나오야의 "세베와 표주박淸兵衛と瓢簞"에서 세베에게 표주박은 ≪아이가 과도하게 열중해 버리는 대상≫ 그리고 카와카미 히로미川上弘美의 '떨어지지 않는다'에서 〈인어〉는 ≪집착하는 대상≫으로 각각 독자가 치환 가능한 작품으로 보편적인 의미를 가진다. 그와 같이 '파랑이 사라졌다'의 〈파랑〉뿐 아니라 〈파랑의 소멸〉이라고 하는, 자신에게 있어서 중요한 것이 없어져 버린다는 것에 의미를 찾아야 한다. 그러나 '파랑이 사라졌다'가 다른 하루키 작품 중에서 일반적인 테마로 완전히 회수되지 않는 것은 소멸하는 것, 사라지는 것이 ≪시간의 흐름≫ 속에서 ≪변화≫로 나타나고 있다는 점이다. 애초에 실제로는 일어날 수 없는 일이므로 상상하기 어렵지만, 갑자기 색이 사라져 버린다는 것은 무슨 일일까?

시작 첫머리에서 최초의 소실대상인 셔츠의 경우, 파랑과 오렌지의 스트라이프 셔츠에서 정말로 파랑색이 사라진다는 것은 ≪흰색으로 변하다≫와 같은 것이며, 셔츠가 전부 오렌지색으로 변해도 상관없었으며 간단히 말하면 청색이 백색으로 바뀐 것이다. 말하자면 〈파랑이 사라졌다〉는 〈하얗게 변한다〉와 같고, 그래서 작품에서 파랑의 소실은 하얀색으로 변화하는 것을 강조하기 위한 직유가 연발되었던 것이다. 그러한 〈파랑〉과 〈하양〉이라는 두 가지 색의 콘트라스트로 말하면, 총리대신의 목소리가 〈파랑색은 실로 아름다운 색입니다〉와 동조를 나타낸 것처럼 〈내가 좋아하는 단가〉로 〈백조는 슬퍼하지 않고/하늘의 파랑/바다의 파랑에도 물들지 않고 떠있다〉라는 와카야마 보쿠수이若山牧水의 노래에서도, (이 경우는 파랑과 하양이 역전되어 있지만) 하늘의 파랑에도 바다의 파랑에도 물들지 않는(즉, 파랑 속으로 사라지지 않는 것으로) 하양을 슬픔으로 보고 있으며 백이 청에 물들지 않고 사라지거나 변하는 것을 선호하며 계속되는 〈역사〉〈경제〉의 《시간의 흐름》 속에서 《변화》를 칭양하는 전조라 말할 수 있다.

생각해보면, 이 컴퓨터 시스템의 총리대신 목소리를 비롯해 작품의 등장인물들은 충분한 계산 하에 배치되어 있다고 할 수 있다. 〈총리대신의 목소리〉가 〈국민의 의문이나 불만에, 총리대신이 하나하나 개인적으로 대답해 준다〉고 하는 문구대로, 마치 민중의 소리를 경청하는 듯한 간사한 태도는, 〈… 나는 아무것도 모릅니다. 그러한 것은 더 높은 사람에게 물어보세요 … 나는 단지 시키는 대로 하고 있을 뿐입니다〉라고 하는 블루 라인의 그야말로 블루 컬러의 역원의 자세를 〈상의하달〉 이시카와 노리오이라고 한다면, 하의상달적인 변화를 소극적 혹은 수동적으로 받아들이는 〈역무원〉에 대비해, 변화를 적극적 혹은 능동적으로 받아들이는 둘은 정반대로 대조를 이루고 있다. 〈내

205

여자친구)를 비롯한 주위 사람들은, 밀레니엄의 새천년에는 무엇인가가 일어난다/기념해야 하는 날이기 때문에 축하하지 않으면 안 된다라고 하는 주위의 분위기에 휩쓸려 부화뇌동하는 영합주의라고도 할 수 있다. 그들이 변화를 적극적으로 받아들이려고 하고 있는 것 같지만(실은 변화 따위는 정말로 없는 것 같이) 단지 떠들고 있을 뿐이지, 정말로 일어나고 있는 세계의 변화인 파랑의 소멸은 눈치 채지 못한다는 것은 이미 봐 온 대로다.

• 변해가는 세상/변하지 않는 꿈

확실한 세계의 큰 변화에도 변화 같은 것은 일어나지 않는다고 믿고 있었지만 직면해 버린 〈나〉는 이러한 유형적인 인물들이 배치된 가운데, 각각에 대해서 고독과 소외감이 깊어지는 것을 작품 전개에 도입하고 있다. 〈나〉가 그들과 결정적으로 다른 것은, 좋아하는 것에 집착을 가지고 있다는 점이다. 〈상의하달〉 속에서 호불호 등 생각지도 못했을 역무원과, 〈나〉를 향해서는 혐오감을 표명하고 있는 것 같기는 하지만 호불호와 관계없이 주위에 휩쓸리고 있는 내 여자친구)를 비롯한 주위 사람들.

〈총리대신〉 목소리의 〈노래는 좋아한다〉라는 호불호를 표명하고 있는 것 같지만, 진의는 측정할 수 없고, 〈호불호에 관계

206

없이 역사는 진행됩니다〉고 말한 대로, 새로운 것인가 낡은 것
인가에 기준을 두고 의미를 찾고자 하는 것은 분명하다. 파랑이
사라졌을 때 아무리 편리하다고 하더라도 남이 어떻게 생각하든
말든 자신이 괜찮다는 이유만으로, 애석해 하며 작품의 말미에
〈하지만 파란색이 없다. 라고 나는 작은 소리로 말했다. 그리고 그
것은 내가 좋아하는 색이었다〉(고딕 원문. 이하와 같음)라는 〈나〉의
말로 닫혀야만 했다.

　　여기서 우리는 나카지마 미유키中島みゆき의 '세정(世情)'(사랑한
다고 말해줘)이라는 명곡이 떠오른다.

　　세상은 지금도 변하고 있건만

　　고집쟁이들만 슬프지

　　변함없는 것을 뭔가에 비유하며

　　무너질 때 마다 그 녀석 탓만 하지

　　Sprechchor 함성과 구호 물결만이 지나가고

　　변함없는 꿈을 변화 속에서 찾으려고

　　세월의 흐름을 세우고 변하지 않는 꿈을

　　보고 싶어 하는 사람들과 싸우기 위해

TV드라마 '긴파치선생(金八先生)'에서 삽입곡으로 사용되면

서 유명해진 감동적 명곡이다. 이 마지막의 〈보고 싶어 하는 사람들과 싸우기 위해〉라고 하는 부분은, 〈보고 싶어 하는 사람들〉을 향해서 〈싸운다〉는 것인지, 〈보고 싶어 하는 사람들과〉 함께 〈싸운다〉는 것인지가, 조사 〈와/과〉로 인해 헷갈리고 어렵지만, 후자로 볼 때, 여기에 '파랑이 사라졌다'의 〈나〉의 모습과 겹쳐 보인다.

무라카미 하루키는 전술한 것처럼 사물에 대한 상실감·결핍감을 작품 속에서 그려 왔지만, 그것은 이 작품에서 〈총리대신의 목소리〉가 〈형태가 있는 것은 반드시 없어집니다, 오카다 씨〉라고 타이르고 있는 것과 같은 주장을 독자에게 하고 있는 것 같다.그러나 무라카미 하루키가 혹은 무라카미 하루키의 주인공이 〈총리대신〉과 다른 것은, 즉 '세정'으로 말하면 〈세상은 언제나 변하고 있다〉라고 하는 것을 〈총리대신〉이 〈그것이 역사입니다〉라고 말하고 〈호불호에 관계없이 역사는 나아가는 것입니다〉라고 반복하고 있는데 반해, 〈나〉가 결코 그렇게는 인정할 수 없는 것이다. 무엇인가가 사라져 간다는 것은, ≪시간의 흐름≫ 속에 이어가는 ≪변화≫이며, 확실히 역사의 발걸음 그 자체라고 말할 수 있을 것이다.

무라카미 하루키에게는 고도 자본주의의 문제를 그린 "댄스, 댄스, 댄스"가 있지만 그 이전의 "양을 둘러싼 모험"의 마지막 해안선 소실도 경제성장의 결과나 다름없었다. 그러나 그에 대해, 〈뭔가가 하나 없어지면, 또 새로운 것을 하나 만들면 돼〉 〈그 편이 경제적이고 그것이 경제〉라고 딱 잘라 말하는 것은, '파랑이 사라졌다'의 〈나〉에게도, 다른 주인공들에게도, 〈변하지 않는 꿈을〉 계속 가지고 있는 이상 결코 변할 수 없다. 그러나 물론 무라카미 하루키 작품의 주인공들은 그에 대해 큰 소리로 안티를 주창하지는 않는다. 〈나〉는 고도 자본주의의 논리가 모든 것을 지배하고 있는 것을 반복 주창하면서, 그 비평은 계속한다. 그러나 결코 비판은 하지 않는다.(노야 후미아키野矢文昭)고 평하고 있듯이 〈나〉는 아무래도 '세정'처럼 〈시간의 흐름을 멈추〉고자 하지 않으며, 총리대신이 주창하는 〈역사〉의 흐름에 대해서 큰 소리로 ≪복고≫ ≪반동≫을 호소하는 ≪반 역사≫의 입장을 분명히 하고 있는 것은 더욱 아니다.

그런 알기 쉬운 이항 대립적인 도식화를 거절하는 것에 무라카미 하루키의 문학의 매력이 있는 것이고, 오히려 그러한 낡은것/새로운 것이라고 하는 〈역사〉의 좌표축 그 자체를 부정·상대화하는 어디까지나 ≪개인≫의 기호인 아이덴티티를 계속 고집하고 있다.

그리고 단지 향수에 사로잡혀 과거를 사랑하고 있는 것도 아닌 〈나〉의 〈파랑이 사라졌다〉 그리고 〈그것은 내가 좋아하는 색이였다〉라는 집착의 소리로, 비록 〈작은 목소리〉일지라도 혹 거기에 담긴 그 애석한 마음〉과 〈고집쟁이만이 품는〉 〈슬픈 생각은〉 〈나〉의 깊은 한숨과 함께 독자에게 강한 호소력을 보여주고 있다. 목청 높은 〈함성물결〉보다 확실한 연대를 호소하는, 거기에 무라카미 하루키가 많은 독자를 획득하고 있는 이유일지도 모른다.

폭신폭신

혹은 능유(能喩)의 암시력에 대하여

초출 *"NUNO NUNO BOOKS : FUWAFUWA"* *(주식회사 누노, 1998 · 5)*

초간 *"폭신폭신" (고단샤, 1998 · 6)*

재간 *"폭신폭신" (고단샤문고, 2001 · 12)*

"무라카미 하루키 전 작품 1999~2000 ① 단편집 I " (고단샤, 2002 · 11)

사이토타카시편 *"사이토타카시의 단숨에 읽는 명작선 초등학교6학년"*

(고단샤, 2005 · 7)

"중학교2학년 국어" (미츠무라도서, 2006 · 4)

고단샤분게문고편 *"일본의 동화명작선 현대판"*

(고단샤분게문고, 2007 · 12)

폭신폭신

개요

'나는 이 세상의 모든 고양이는 다 좋아한다. 이 지구상에 살고 있는 고양이 중에서 특히 늙고 커다란 암고양이를 유달리 좋아한다'나 자신이 마치 고양이의 일부가 된 듯이 착각에 잠겨 툇마루에서 낮잠 자는 고양이 옆에 벌러덩 누워 자는 것을 좋아한다. 그러고 있으면 고양이 숨결이 얼마나 아름다운지 알게 된다.

'단츠'가 우리 집에서 같이 지내기 시작한 것은 내가 초등학교에 막 들어간 예닐곱 살 때다. 무슨 사연이 있는지 꽤 나이가 들어서 우리 집에 왔다. 우리 집에 온 뒤로도 고양이는 걸어서 한 시간 이상 걸리는 원래 주인집으로 두 번이나 돌아갔다. 다시 우리 집에 왔을 때는 '여기가 내가 살 새 집'이라는 것을 깨달았는지 그 후로는 아무데도 가지 않았다. 우리 집에 눌러앉은 뒤로는 나의 친구가 되어 형제가 없던 나는 매일 고양이와 함께 놀았다. 같이 살면서 생명의 소중함과 행복은 언제나 변함없이 따뜻하고 부드럽다는 것을 고양이한테서 배웠다. '그런 이유로 지금도 나는 누가 뭐라 해도 이 세상 고양이 중에서 늙고 커다란 암고양이를 제일 좋아한다.'

• '고양이를 버리다'/ '폭신폭신'

"해변의 카프카" 이후 무라카미 하루키 문학에 〈아버지〉를 모티브로 한 작품이 보이기 시작한 것에 주목하는 비평가도 많지만 2019년 봄 '고양이를 버리다 - 아버지에 대해 쓸 때 내가 쓴 것'('분게순주'2019.6)이 발표되면서 〈자신의 루트에 대해 처음으로 입을 열었다〉 아버지에 대해 적나라하게 쓰고 있다며 광고라도 하듯이 떠들어 대 주목을 받기도 했다. 초 단편을 논하는 여기서 '고양이를 버리다'에 묘사된 고양이가 '폭신폭신' 작품에도 그려지고 있다는 것을 간접적으로나마 그 문제를 조명해 보고자 한다.

'고양이를 버리다'는 제목처럼 무라카미 부자가 〈고양이를 버리러〉 가는 에피소드에서 시작 된다. 우리 가족이 나기 강(효고현 니시미야시) 근처에 살 때, 고양이 한 마리를 버리러 해변으로 간 적이 있다. 새끼고양이가 아니라 다 큰 암고양이였다. 아버지와 나는 어느 여름 오후 해안에 암고양이를 버리러 갔다. 아버지가 자전거 페달을 밟고 나는 고양이가 들어있는 상자를 안고 뒤에 탔다. 나기 강을 따라 고로엔 해변까지 가서 고양이가 들어있는 상자를 방풍림 우거진 숲에 두고 뒤도 안 돌아보고 재빨리 집으로 돌아왔다. 그런데 어찌된 영문인지 '버리고 온 고양이가 〈야옹〉하며 꼬리를 흔들며 귀염을 보이며 우리를 반겼다.' 그때

213

아버지의 〈놀란 표정에서 감동의 얼굴로 바뀌며 한시름 놓는 표정〉을 아무렇지도 않게 아주 자연스럽게 묘사하고 있다. 이 표정을 나중에 〈문득 떠올리기〉도 한다. 그의 아버지는 오래전에 〈나라의 어느 절에 보내졌다가 얼마 지나지 않아 아버지는 교토로 되돌아왔다. 집으로 돌아온 아버지는 그 뒤로 어디에도 보내지는 일 없이 안요사에서 부모님과 함께 평범하게 자랐다〉고 한다. 〈부모로부터 '버림 받은 일시적인 체험〉을 겪은 아버지가 어느 날 밝힌 일이다. 이것을 자신의 고양이와 겹쳐서 쓴 것으로 볼 수 있다.

독자의 내면에 아버지의 내면을 상상하게 하면서 아버지와 고양이가 겹쳐지는 교묘한 소설 전개를 '고양이를 버리다'에 적용시키고 있다. 하지만, '고양이를 버리다'에서 이 두 부자가 버린 고양이가 소년의 집으로 돌아왔다는 역전이 있지만 '폭신폭신'에서는 소년의 집으로 데려온 고양이가 원래 주인집으로 돌아갔다는 차이가 있다. 우리 집에 온 뒤에도 고양이는 걸어서 한 시간 이상 걸리는 원래 주인(콧수염을 기른 의사) 집으로 두 번이나 되돌아갔다. 데리고 온 다음날 아침에 보니 고양이는 보이지 않았다. 그녀가 그 길을 어떻게 알고 있었는지 아무도 모른다. 상자에 담아 자전거 짐칸에 싣고 집까지 왔는데 고양이는 헤매지도 않고, 원래 주인집으로 돌아갔다. 그것도 기차 노선 두 개를 넘고, 강을 하나 건너서 말이다.

지금 〈저는 아무튼 픽션인 창작〉에서는 거짓말을 합니다만, 에세이에서는 원칙적으로서 거짓말은 하지 않습니다. 생각의 차이나 기억의 차이는 가끔 있습니다만.(질문 255 "무라카미 씨랑 한 번 해 볼까? 세상 사람들이 무라카미 하루키에게 우선 부딪쳐 보자라는 490의 질문에 과연 무라카미 씨는 제대로 대답할 수 있을까?') 하며 하루키 본인이 언급한 후자의 '폭신폭신'이 〈내가 어릴 적에 실제로 기르고 있던 고양이 이야기〉를 쓴 사실이라면, 전자의 '고양이를 버리다'는 〈솔직한 고백〉이라고 할 수 없을 것 같다. 어느 쪽이 사실인가에 대해서는 '폭신폭신'을 읽으면서 생각해 보고자 한다.

• 친구로서의 고양이/친구로서의 아동 문학

무라카미 하루키의 창작 그림책 "폭신폭신"은 일러스트레이터 안자이 미즈마루의 팝 그림에서 묻어나는 미묘한 따뜻함이 서로 교차하며 따스함을 더욱 따스하게 느낄 수 있도록 '폭신폭신'한 감각을 안겨주는 묘한 책이다. 묘하다는 것은, 그림책의 딱딱한 표지 감촉과는 달리 고양이털과 같은 〈보들보들〉한 느낌을 기억하게 하는 촉감의 갭도 있지만, 원래 〈폭신폭신〉이라는 말 자체가 가지고 있는 어감에, 촉각적으로 기분 좋은 촉감과 땅에 발이 닿지 않는 붕 떠있는 듯한 상반된 감각이 포함되어 있는 것에 기인하고 있는 것일지도 모른다. 그림책 "폭신폭신"의 좌우 양면에 놓인 안자이 미즈마루의 그림 속에는 주인공 소년의 모습은 보이지 않고, 고양이의 전신인지 일부, 그리고 소년의 것인지 고양이의 놀이감인지 알 수 없는 여러 장난감뿐이다. 그림책의 좌우 양면 페이지를 횡단하는 지평선 위에 문자 텍스트가 놓여 있는 것이 상징적이며 고양이의 세계나 고양이의 시간이 조감 적이면서 위에서 바라보는 시선에서 이야기가 진행되고 있다. 그것을 보고 있는 독자는 마치 소년의 시점에서 고양이와 완구가 펼쳐지는 세계를 바라보는 듯, 혹은 바라보고 있는 자신을 위에서 내려다보고 있는 듯한 느낌의 멋있는 구조를 하고 있다. 바로 이것이 〈폭신폭신〉이 주는 야릇한 부양감의 정체이기도 하다. 그 소년이 바라보고 있던 세계를 안자이가 유감스럽게도 놓치고 있지만 놓친 그곳에 소년이 책 읽기에 빠지게 한 책의 존재가 있다. 무라카미 하루키는 "부엉이는 황혼에 날아든다."에서 〈책 읽기를 좋아하게 된 이유가 무엇인가요?〉라고 하는 카와카미 미에코川上未映子의 질문에 〈그것은 혼자라서 그렇게 되었다고 생각해요〉〈집에 책이 많아 혼자 있을 때는 거의 책을 읽고 있었고 책만 있으면 지루하지 않았어요. 고양이와 책이 친구였죠〉라고 대답하고 있다. 또 "고양이를 버리다"에서도 〈나는 형제

216

가 없었기 때문에 고양이와 책이 나의 가장 소중한 친구였다고 한다. 이 〈외로운〉 소년이 〈고양이〉를 〈친구〉 삼아 지낸 시간이 그려져 있는 작품이 바로 "폭신폭신"이다. 실제로 무라카미 하루키 소년은 〈고양이〉 이외에도 〈책〉을 〈친구〉 삼아 보내는 시간 또한 많았다. 〈청소년용 책을 다 읽고 나서는 탐욕스러운 쥐가 다른 식량고로 이동하듯 이번에는 성인용 책을 뒤지기 시작했다. 그렇게 해서 나는 끝없이 책의 세계로 빨려 들어갔다〉('이야기가 좋은 사이클'"무라카미 하루키 잡문집")라고 하며 무라카미 하루키는 여러 장소에서 청소년기의 독서량을 자랑하고 있다. 그렇다면 고교시절 이후의 미국 문학의 영향 이전에 소년 시절에 섭렵한 아동 문학의 영향은 예를 들면 "스파게티 공장의 비밀"("코끼리 공장의 해피 엔드") 로알드 달의 "초콜릿 공장의 비밀"을 분명히 근거 하고 있다는 사실이 추측된다. 혹은 직접적인 영향관계에 있지 않더라도 독자가 읽다 보면 무라카미 하루키가 어렸을 때 읽었을 것 같은 아동문학이나 그림책의 그림자를 여기저기서 찾아볼 수 있다. 그러나 "폭신폭신"의 경우 단순히 아동용 그림책으로 취급하기엔 무리가 있다.

• 에세이로 초출/그림책으로 첫 간행

"폭신폭신"은 복잡한 성립 과정이 있으며 다양한 발리언트를 가지고 있다. 첫 장에서 말한 대로 ① 초출 ② 첫 출판한 그림책 ③ 문고 ④ 문자텍스트로서의 정본 ⑤ 재록 · 채록 그 성립 과정에 대해서는 먼저 작가의 자작 해설을 들어 보자. ④에서 밝힌 '해제'의 전문이다.

"폭신폭신"은 한참 시간이 지난 1998년 어느 복식 관련 회사에서 발행하는 책에 실기 위해 쓴 것으로 쉽고 간단한 어휘로 쓴 어린이용 이야기 형태를 갖추고 있다. 옷감의 촉감을 표현하는 몇 가지 중에서 내가 하나를 골라 그것에 대한 글을 써 달라는 의뢰였다. 그래서 나는 "폭신폭신"이라는 말을 골라 쓰게 되었다. 이 글은 내가 어렸을 때 실제로 키우던 고양이에 얽힌 이야기다. 나는 그 고양이에 대해 언젠가 뭘 써보고 싶다고 예전부터 생각하고 있었다. 우연히 "폭신폭신"한 감촉이 떠올라 글을 하나 쓰게 되었다. "폭신폭신"은 나중에 안자이 미즈마루 씨의 그림과 만나 좀 긴 그림책으로 간행되었다.

즉, 현재는 ②가 품절되었지만, 그림책이라고 하기는 어려운 문고판 ③이 보급되어 번역 그림책을 제외하면 무라카미 하루키 작품 중에서 보기 드문 어린이를 위한 동화책이기도 하다.

그림책으로 받아들여지고 있는 "폭신폭신"이지만 실은 당초에는 〈일단 어린이를 위한〉 읽을거리로 의식하면서도, 그림책도 아동 문학도 아닌, 성인용 특정 책에 발표된 에세이였다. 그러나 그림이 없는 초출, 그림이 첨부되지 않은 ④가 나온 후에 ①과 ④는 완전히 동일한 것으로 간주되어져 왔고, 눈에 띄지 않는 매체이기도 해 전혀 회자되지 않았지만, 실은 ①의 초출과 ④의 원본 사이에는 결정적인 큰 차이가 있다. 그림이 더해진 것과는 별개로 문자 텍스트에 의한 이야기의 변화는 이미 ②의 그림책 수정 단계에서 일어나고 있다.

우선 문자 텍스트 정본 ④로 돌아가 이야기 내용을 가다듬어 보면 '폭신폭신'이라는 뜻은 '나는 이 세상의 모든 고양이는 다 좋아한다. 이 지구상에 살고 있는 고양이 중에서 특히 늙고 커다란 암고양이를 유달리 좋아한다'로 시작해, '그런 이유로 지금도, 나는 이 세상에 살고 있는 모든 고양이 중에 누가 뭐라 해도, 늙고 커다란 암고양이를 제일 좋아한다'로 끝맺고 있다. 이처럼 에세이로 읽혀질 수 있는 〈나〉의 생각을 삽입한 〈이야기〉라고 하기에는 무미할 정도로 큰 사건이 일어나지 않는 〈늙고 커다란 암고양이〉에 대한 구체적인 회상을 일반적인 느낌으로 담담하게 쓰고 있다. 그 중에서 '고양이 버리기'와 관련해서는 원래 주인집으로 혼자 돌아가 버린 에피소드가 있는 정도다.

219

그렇다면, 이야기가 어떻게 읽혀지고 있는가를 보면 ⑥처럼 교과서에 수록되기도 해서인지, 교육 현장에서 몇 편의 논문이 나온 것 외에, 연구 대상으로는 거의 다루어지지 않았다. 그런 가운데 주목할 만한 것으로 니시타야 히로시西田谷洋('삽화의 노스텔지')는 ≪그림책의 〈삽화〉≫가 지닌 〈향수〉를 거론하며 그것은 〈지나온 삶의 회복·재생을 의미한다〉고 결론 짓고 있다. 이어서 니시타야론을 계승한 무라카미 로리村上呂利 '"폭신폭신"론'도 〈영원히 다원적인 우주의 시공간과 연결된 "생명의 들판"이 소생되어 간다〉고 논하고 있다. 니시타야가 말한 〈생의 회복〉은 〈회복〉을 기다리는 손상된 상태를 전제로 하고 있지만, 그것을 부정한 무라카미 요리론도 결국은 〈소생〉이라고 하는 말을 사용하고 있다. 두 사람 다 어떤 〈재생〉이며 〈소생〉인지 그 전제가 되고 있는 〈죽음〉에 대해서는 전혀 논하지 않고 있다. 그 근거는 제시하지 못하면서도 그들이 작품 속에 죽음을 암시하는 냄새를 맡은 것처럼 말하는 것은 도대체 왜 일까? 이 의문에 참고가 되고 니시타야론의 영향 하에 있다고 할 수 있는 이가라시 준五十嵐淳의 '난교재 "폭신폭신"에 도전한다'에도 역시 〈모종의 그리움·향수〉를 느끼게 한다. 그의 감상은 〈오래 사용되지 않은 넓은 목욕탕을 생각나게 하는, 매우 조용하고 더없이 여유로운 오후〉라는 〈무라카미 하루키 작품에 공통으로 볼 수 있는 독창적인 비유〉에 대한 감상이지만, 거기서 이가라시가 〈상실감〉을 생각하게 한 것은, 분명히 이 직유의 〈오래 사용되지 않은 넓은 목욕탕〉이라고 하는 [A는 B와 같다] 혹은 [B와 같은 A]라고 하는 경우의 B에 해당하는 A는 소유에 대한 능유(能喩) 부분일 것이다.

이가라시가 인용에 대해서 〈조용함〉 〈공허함〉 〈이(異)공간과 같은 분위기〉라는 인상을 거듭 강조한 끝에 이끌어 낸 〈상실감〉은 작품 속에 새겨져 있는 직유의 능유 부분에서 보면 그 밖에도, 〈여름 끝자락의 바다소리〉나, 〈시간표에는 적혀 있지 않은 유령 열차와 같〉은 역시 〈상실감〉 혹은 더 단적으로 말하면 〈재생〉 〈소생〉을 전제로 한 〈죽음〉을 통해 이미지를 이끌어 올 수 있다. 이것은 단순한 이미지며, 거기서 뭔가를 말하는 것은 인상 비평에 지나지 않는다고 하는 비난을 받을 것 같지만, 그러나 원래 ≪직유≫라고 하는 수사는 지금 여기에 있는 소유(所喩) 옆에, 지금 여기에 없는 능유의 이미지를 불러일으키는 시스템이며, 적어도 그러한 이미지나 인상은 확실히(이가라시나 그리고 니시타야나 무라카미(-로리)와 같이) 작품을 읽는 사람에게 〈상실감〉과 같은 것을 느끼게끔 한다.

분명 〈상실감〉은 여기에 없는 것을 느끼게 하는 것이다. 지금까지 논해 온 능유 부분이(이야기 내용) 지금 여기에는 없지만 작품은 확실히 〈상실감〉이 감돌고 있다. 그것과는 별도로, 이야기의 언설 안에는 없지만 초래되는 〈상실감〉은 텍스트에서 지워진 〈죽음〉의 그림자이기도 하다. 텍스트가 ① 문자 텍스트 초출에서 ②의 그림책으로 바뀔 때 다분히 어린이 독자를 의식하면서 ≪그림책≫으로 개편이 이루어지는 과정의 개정 원고로 넘어가 보자.

• 상실감의 내실/삭제 부분의 의미

　　앞서 인용한 〈좀 더 길게 써서 그림책으로 간행되었다〉는 것을 알게 된 독자는 초출 보다 그림책이 길다고 생각하게 된다. 그렇게 생각해 버리면 그림책보다 정보량이 적은 초출에는 크게 읽을거리가 없을 것으로 생각했을지도 모르지만 지금까지 초출의 존재 자체를 한 번도 돌이켜보지 않은 이상 당연한 것이지만, 실제로 거기에 어떤 개고(改稿)가 있었는지 지금까지 일절 관심을 갖지 않았다. 그러나 이번에 제대로 살펴보니 〈보완〉만이 아니라 삭제한 부분도 많았으며 어구의 교체 등, 첨삭한 곳이 여러 곳 있는 것을 알 수 있다. 〈좀 더 길게 써서〉라고 하는 말에 현혹되어 당연히 길 것이라고 여기지만 원래 총자수보다 짧아졌다.

그리고 실제 개고 된 것 중에 가장 주목해야 할 부분이 실은 삭제되었다.

　작품 종결 직전에 〈형제가 없던 나는 매일 고양이와 함께 놀았다. 그러면서 생명의 소중함을 비롯해 많은 것을 고양이한테서 배웠다〉 ②의 초간에는 〈행복은 따뜻하고 부드러운 것이며 그것은 언제나 변함없다는 것을〉 작품의 주요 부분으로 곧 잘 인용되고 있지만, 실은 ①의 초출에 대해서는 〈농담이 아니고 나는 정말로 많은 것을 그 늙고 영리한 고양이한테서 배웠다〉 〈많은 것〉이라는 표현으로 모든 것이 추상화되어 개괄적인 것에 그치고 있었다. 그러한 의미에서 ②의 초간에서 가필 부분은 ①의 초출에 이어, 〈그러니까 그녀가 어느 날, 아무런 예고도 없이, 나에게 이별을 고하지도 않고, 영원히 우리들 앞에서 사라져 버렸을 때 그녀는 이미 돌아올 수 있는 길을 몰랐다. 나는 이 세상의 소중한 연결을 하나 잃어버렸다.〉 작품에서 〈그 고양이는 보들보들하고 아름다운 털을 가지고 있었다. 그것은 오후의 태양의 냄새를 들이마시며 아름다운 금빛으로 빛나고 있었다. 그런 이유로 지금도 이 세상에 살고 있는 모든 고양이들 중에서 나는 늙고 커다란 암고양이를 가장 좋아한다〉로 ②의 초간 이후 긴 가필이 있지만 ① 초출에서는 마지막 한 단락으로 마무리 짓고 있다.

　앞서 살펴본 현행 ② 이후의 작품 안에 〈상실감〉이 감도는

≪죽음≫의 그림자는 ①의 초출에서 썼던 바야흐로 〈단츠〉의 ≪죽음≫이라고 해도 좋을 것이다. 〈영원히 우리들 앞에서 사라져 버린〉 상실과 결략(缺略)이 빠져 있다. 그렇기 때문에 ①의 초출과 ②의 초간 이후 별 구분 없이 작품에서 상실이전의 고양이의 〈생명〉이 느껴지는 것이다. 물론 텍스트론 적으로는 눈앞의 텍스트만을 논해 나가면 되거나 혹은 논해져야 할지도 모르지만, 앞서 본 직유에 있어서의 능유와 같이, 눈앞의 텍스트를 본다면 지금 여기에는 없는 바리안트의 그림자 또한 텍스트에 영향을 주고 있다고 해야 한다.

그런데 이처럼 ①과 ② 사이에 본질적으로 결정적인 차이가 있다. 그럼에도 불구하고 ①의 ≪죽음≫의 그림자가 ②의 초간 이후에 빠졌다는 것이 확인되고 있다. 이외에도 어떤 차이가 있는지에 관해서도 살펴봐도 종결 직전의 삭제에도 불구하고 그것이 작가의 의도적인 조작이 아니라는 전제하에 작가가 〈길게 더 쓴〉 인상을 주는 곳은 25군데나 가필이 확실히 있기 때문이다. 그 중에서도 주목할 만한 것은 〈부드러운 고양이의 배가 호흡에 맞추어, 솟아올랐다 가라앉고 솟아올랐다가 다시 가라앉는다. 마치 갓 만든 지구처럼〉이라고 하는 마지막 부분의 〈마치 갓 만든 지구처럼〉은 능유의 추가 수정이며, 〈우리 둘은 서로 얽혀 마치 친숙한 흙탕물처럼 엉켜 조용히 뒹군다〉는 〈마치 친숙한 흙탕물처럼〉이라고 하는 두 개의 추가된 직유 부분이다.

초출에서 전자는 〈고양이의 옆구리가 호흡에 맞춰 공기주머니처럼 부풀어 솟아올랐다가 가라앉았다가 다시 껑충 솟아오르다가 다시 가라앉는다〉 후자는 〈우리 둘은 하나로 얽혀 조용히 나뒹굴고 있다〉로 되어 있다. 각각의 능유에서 전자는 ≪탄생≫의 모티브를 후자는 ≪일체화≫의 모티브를 읽을 수 있다. 전자의 경우에는 〈죽음〉에서 〈재생〉으로 이어져 알기 쉽지만, 후자의 경우에도 〈단츠〉와 그 이전까지의 〈일체화〉가 고양이의 〈죽음〉으로 인해 손상된 것을 보충하는 이미지다. 이것은 마치 말미의 삭제로 인한 효과를 보강하는 듯하다. 덧붙이자면 이것은 B와 같은 A를 형용하는 직유는 아니지만 〈태양〉을 ("B인 것의" A라고 하는 형태로 형용하는) 수식구인 〈오래 전부터 그리고 지금도 역시 똑같이 하늘에 계속 떠오르고 있다〉는 말도, 종결 직전의 부분에 가필 된 한 문장 안의 〈한 없이 펼쳐지는 생명의 들판〉이라고 하는 이미지도, 〈죽음〉과는 상반된 〈생명〉의 〈영속성〉을 인상 깊게 펼쳐내고 있다.

• ≪죽음≫에서 ≪돌아가기≫ ≪재생≫
  /이차원을 연결하는 일원화

내가 직접 〈어린 시절 실제로 기르던 고양이 이야기〉 작가가 실제 기르던 애완 고양이를 잃은 경험을 ① 초출에 죽음까지 썼으나, ≪재생≫을 시도하기 위해 ① 초출에서 ② 그림책으로 개정했다고 하겠다. 고양이가 죽은 것을 〈그녀는 이제 돌아가는 길을 몰라〉 돌아올 수 없다면, 〈재생〉시키는 것은 그 고양이를 데리고 오는 것이다. 그렇기 때문에 작품 내의 ≪돌아가기≫ ≪되돌리기≫라는 모티브가 의미를 갖게 된다. 그리고 첫머리에 보류했던 ≪돌아가기≫는 버려진 장소에서 〈나〉의 집으로 돌아온 '고양이를 버리다'가 사실인지, 〈나의〉 집에서 〈원래 주인집으로 되돌아갔다〉고 하는 "폭신폭신"이 사실인지는 알 수 없다. 하지만 〈죽음〉이라는 사실 즉, '고양이를 버리다'에서 돌아온 암고양이의 경우 역시 죽은 것은 틀림없지만 은폐하듯 '고양이를 버리다'에서 스스로 돌아온 고양이를 〈집으로 데려온 고양이〉로 허구인 "폭신폭신"에 담아냄으로 인해 ≪재생≫을 테마로 한, 바꿔 말하면 〈버림〉에서 〈데려옴〉으로 개정되면서 생긴 의도된 허구화를 읽을 수 있다.

이것은 이차원을 일원화 또는 이원론을 무화하는 형태이며, 작품의 말을 인용하면 〈나와 고양이는 어느 누구도 모르는 숨겨진 고양이의 시간에 의해 하나로 연결되어 있다〉는 〈하나로 연결〉된 일체화인 것이다.

그런데 위에서 본 《재생》의 의도는 초출 단계에서도 이미 볼 수 있다. 이야기 내용을 보면 후반에 회상되는 어린 시절이 시간 흐름상 이전이지만 그것이 뒤로 오면서 작품은 고양이의 죽음으로 멈춰버린 시간을 이야기의 맨 앞으로 회귀시키는 것처럼 앞뒤 조응하는 말을 말미에 놓는 형태를 취하며 시간을 거꾸로 되돌리는 구조라고 할 수 있지만, 그림책으로 개정하면서 고양이의 《죽음》이 명시되지 않은 채 영속하게 된다.

그래서 연장된 시간 속에서 전반은 〈고양이의 시간〉이고, 거기에는 〈마치 나 자신이 고양이의 일부가 된 것 같은 기분으로, 고양이 털 냄새를 맡는다〉라는 형태로 살아가는 〈어디까지나 변함없는〉 〈나〉와 고양이의 일체화를 바라볼 수 있고 이야기되고 있다. 그리고 이러한 일체화는 〈나〉와 고양이의 주객일여뿐만이 아니라, 작품 안에서도 같은 형태로 나타나고 있다.

그러한 일체화가, 이야기 레벨에서도 실현되어 〈이 공간에 존재하고 있는 것은, 분명 어딘가 다른 공간에도 존재하고 있다. 나는 그것을 느낀다. 나는 머지않아, 훨씬 나중에, 어딘가 다른 장소에서(생각지도 못 한 곳에서) 그것을 알게 될 것이다〉라는 말의 실현처럼 지금 바로 우리는 이 고양이의 세계·고양이의 시간·고양이의 목숨에 대해 여기서 이야기되고 있는 것이다. 그것은 시간상 과거와 현재의 일원화라고 할 수 있지만, 그 과거와 현재를

227

연결하는 것은, 고양이의 죽음으로 대상을 상실한 지금, 고양이와 함께 살며 자신과 일체화된 행복한 과거가 서로 연결되는 것이며, 다시 말하자면 "노르웨이의 숲"의 〈죽음은 삶의 상극이 아니라, 그 일부로서 존재하고 있다〉고 한 것처럼 삶과 죽음을 연결시키는 것이며, 삶과 죽음의 일체화이기도 하다. 그러하기에 이것을 ≪재생≫이라고 부를 수 있으며, 재생하고 있는 것은 고양이만이 아닌 것이다.

과거와 현재의 일원화는 과거의 이야기 내용과 현재의 이야기 행위가 일치하는 것이라고도 할 수 있으며, 〈이야기의 수준〉이라고 말한 것은 그 뜻이며, 말하자면 여기서 일어나고 있는 일은 이야기속의 나와 지금 이야기하고 있는 나 자신과의 일체화이기도 하다. 지금 말한 〈고양이의 시간〉을 바라보는 이야기를, 그림 속의 어린 시절의 소년이 부재한 것을 근거로, 이야기가 당시의 〈나〉의 시점에서 이루어지고 있다고 이해하는 것은 정확하지 않다. 그렇다면 〈계절은 가을이다〉라는 발견은 일어나지 않고, 〈아이인 나〉라고 하는 대상화도 일어날 수 없다. 〈나〉는 지금 여기 있고, 당시 〈나〉를 바라보면서 마치 빙의 된 듯이 〈내〉가 바라보던 세계를 다시 바라보며, 아니면 다시 살고 있는 것이다. 실제로 〈고양이는 거기에 있다. 하지만 나는 거기 있으면서 거기에 없어.〉라고 하는 것은 그러한 의미이며, 〈거기에 있다〉

라고 하는 것은 그 당시의 〈나〉이며 〈거기에 없다〉는 것은 지금의 〈나〉이다.

 이렇게 해서, 〈나〉와 고양이는 일체화되어, 그런 과거와 지금이 하나가 되고, 두 사람의 〈나〉가 하나가 된다. 그리고 삶과 죽음은 서로 연결되면서 〈나〉는 고양이의 시간을 느끼게 된다. 거슬러 올라가 고양이의 시간을 느낄 수 있듯이 〈나〉와 고양이는 일체화하는 것이라고 말할 수 있다. 그야말로 〈나와 고양이는 어느 누구도 모르는 숨겨진 고양이의 시간에 의해서, 하나로 결합되어 있〉는 것이다. 그리고 〈나〉와 고양이가 연결되는 것은, 그 양자가 연결될 뿐만 아니라, 초출에 그려져 있던 고양이의 죽음에 의해서 〈나는 세계와 연결된 중요한 연결고리 하나를 잃어버렸다〉고 썼던 것처럼, 고양이는 〈나〉와 세계를 연결시키는 고리가 되고 있다.

 흥미롭게도, '1963/1982년의 이파네마의 여인', "캥거루 날씨"라고 하는 작품의 라스트에서 말한 것과도 연결되어 있다.

 '이파네마의 여인'을 들었을 때 생각나는 물건들과 그 곡이 〈연결되어 있다〉고 하면서 〈나와 나 자신을 잇는 고리〉의 회복은 〈먼 세계에 있는 기묘한 장소〉이든 〈어디선가 다른 장소에서 생각지도 못 한 장소에서〉 〈나 자신과 만난다〉라고 하는 것이며, 〈나 자신과 일체화된 곳에 고양이〉가 〈존재하고 있는 것〉을 발견하는

229

것이 "폭신폭신"의 세계관이라 하겠다. 즉, 무라카미 하루키 작품은 모두 연결되어 있으며 그의 그림책도 소설 세계도 연결시키는 〈고리〉에 "폭신폭신"을 비롯한 초 단편소설은 위치하고 있다.

존 업다이크를 읽기에 가장 좋은 장소
혹은 후기를 대신하여

수록 *"코끼리 공장의 해피엔딩"*(C B S 소니출판, 1983 · 12 · 5)

"코끼리 공장의 해피엔딩"(신쵸문고, 1986 · 12 · 20)

• 존 업다이크를 읽기에 가장 좋은 장소

개요

봄이 오면 존 업다이크가 생각난다. 존 업다이크를 읽으면 1968년 봄이 떠오른다. 내가 대학에 입학하기 위해 도쿄에 올라온 것은 1968년 봄이었다. 큰 짐을 들고 다니기 싫어서 필요한 것은 먼저 보내고 코트 주머니에 존 업다이크의 "뮤직 스쿨"만 집어넣고 집을 나섰다. 오후 늦게 새로 살 방에 가 보니 도착해야 할 짐이 아직 도착하지 않았다.

당장 딱히 아무것도 할 일이 없고 무엇을 할 생각도 없던 나는 딱딱한 매트리스 위에서 담배를 피우며 읽고 있던 존 업다이크를 꺼내 읽었다. 나쁘지 않은 느낌이었다.

만약 누가 책을 읽기에 가장 적합한 장소를 묻는다면 1968년 4월의 그 텅 빈 방의 딱딱한 매트리스 위라고 대답할 것이다. 책 한 줄 한 줄이 가슴 깊이 파고들던 그 곳. 그곳이 곧 나의 서재다. 존 업다이크를 읽기 위해서는 존 업다이크를 읽기 위한, 치바를 읽기 위해서는 치바를 읽기 위한, 최고의 장소가 반드시 어딘가에 있을 거라는 기분이 든다.

앞서 언급했듯이 타이틀이 긴 작품이다. 제목에 있는 존 업다이크는 미국의 작가·시인으로, 예를 들면 위키페디아에 의하면 〈토끼인 해리 앵스트롬을 주인공으로 한 "달려라 토끼", "돌아온 토끼", "부자가 된 토끼", "안녕, 토끼" 4부작이 대표적이다. 도회적이고 지적인 작풍으로 매력을 끌며 미국 내외의 독자에게 인기가 있는 작가라고 소개되고 있다. 무라카미 하루키를 좋아하는 작가이며, 그의 대표작인 토끼 4부작 외에, 전미 도서상을 수상한 "켄타우로스"나, 펜/포크너상을 수상한 초기 단편을 모은 "The Early Stories", "커플즈", "골프 드림", "가트루드와 클로디아즈" 등이 있다. 그러나 본 작품에서 읽고 있는 것은 그러한 장편이나 대표작이 아니고 단편집 중의 한편이다.

본 작품의 마지막에 그 때 읽었던 존 업다이크 작품의 한 구절을 인용하고 있으며 그 말미에 존 업다이크 '기독교도의 룸메이트들'(단편집 "뮤직·스쿨" 스야마 시즈오 옮김)이라고 정확하게 출처를 밝히고 있다. 작품 중에 〈밴탬인지 델인지 고풍스럽고 산뜻한 양질의 표지다〉라고 쓰여져 있는 것으로 보아 원서를 읽고 있었다고 생각하니 왠지 멋있다고 할까, 거슬린다고 할까, 아무튼, 그 원작 "The Music School"은 1966년에 간행되었다. 일본에서는 스야마 시즈오 역으로 "뮤직 스쿨"이 신쵸샤에서 1970년에 발간되어 인용되고 있지만, 그 이후도 이와모토 이와오 역의 "업다이크 자선 단편집"(신쵸

233

문고, 1995년)에도 '기독교도의 룸메이트들'이라고 하는 제목으로 수록되어 있다.

작품 말미에 〈그는 하버드로 출발하기 이틀 전에, 그녀의 처녀성을 빼앗았다〉를 인용하고 있다. 이 인용문은 '기독교도의 룸메이트들' 작품의 시작 구절이다. 주인공 오손 지글러가 하버드 대학에 입학해 학생 기숙사에 들어가 룸메이트인 헨리 파라마운틴이라고 하는 조금 행동이 유별난 남자의 선동에 휘둘리면서 대학 생활을 보내게 된다. 주인공 오손의 눈에 비친 헨리 파라마운틴과 다른 기숙사 학생들의 모습이 묘사되고 있다. 오손이 과민한 것도 있지만 이 남자는 너무 특이해서 오손은 난처하기 짝이 없다.......

그런데 '기독교도의 룸메이트들' 하면 우리에게 떠오르는 인물이 있다. 그렇다. 〈돌격대〉 〈노르웨이의 숲〉(1987·9)의 주인공 와타나베가 들어간 학생 기숙사는 무라카미 하루키로 말하자면 도쿄 메지로에 있는 와케이쥬쿠가 모델이며, 와타나베가 거기서 같은 방을 쓰던 〈돌격대〉라 부르던 별명이 기묘한 남자가 나온다. 헨리 파라마운틴에 비하면 국토 지리원에 취직을 목표로 수험준비로 정신없는 오타쿠 〈돌격대〉다. 어쨌든 "노르웨이의 숲"의 기저가 된 '반딧불이' 단편에서 〈나〉와 와타나베에게 인스턴트 커피병에 든 반딧불이를 건네 뭔가 사랑스럽기도 강렬한 임펙트를 주기도 하

234

는 점에서 헨리 파라마운틴에 결코 뒤지지 않는다. 하루키가 어디선가 공언하고 있는 것은 아니지만, 적어도 독자인 우리는 이 헨리 파라마운틴이 〈돌격대〉를 자극한 것은 아닌가 하는 관계성을 의심하고 싶을 정도의 룸메이트 또는 동질성이 양자에게 있어 흥미롭다. 이참에 말하자면, 영화 "노르웨이의 숲"은 〈돌격대〉의 이름도 없어지고 〈반딧불이〉의 에피소드도 없애는 등 유감스러운 작품이 되고 말았다.

　아니, 의외로 작품의 세밀한 부분에 작가의 현실이 깔려 있는 듯한 무라카미 하루키의 작풍에 비추어 생각하면 어쩌면, 현실의 와케이쥬쿠의 룸메이트 중에 〈돌격대〉의 모델이 될 정도로 민폐를 끼치는 유별난 인간이 있었을지도 모른다. 그를 '반딧불이'와 '노르웨이의 숲'에 등장시킨 것은 '기독교도의 룸메이트들'을 읽은 무라카미 하루키가 헨리 파라마운틴과 닮은 모습이었기 때문은 아닐까? 바로 그곳에서 다름 아닌 '존 업다이크를 읽기에 가장 좋은 장소'라고 여기는 완전히 역방향의 성립 과정이라고도 생각할 수 있다, 어쨌든 〈봄이 오면 존 업다이크가 생각난다. 존 업다이크를 읽으면 1968년 봄이 떠오른다〉라고 하는 기억의 가역성이 가능하다.

　어쨌든 이 작품과 관련 있는 것은 '기독교도의 룸메이트들'의 등장인물인 헨리 파라마운틴과 "노르웨이의 숲"의 〈돌격대〉

만이 아니다. '기독교도의 룸메이트들'을 읽게 된 상황 자체가 대학에 입학하기 위해 상경해 생활할 자취방에서 짐을 기다리는 동안 읽은 작품이 '기독교도의 룸메이트들'이고 그 작품의 주인공처럼 새로운 도시로의 이동 그리고 기숙사 입소라고 하는 작가 자신의 입장과 주인공이 같은 입장에 있다는 것이다. 작품은 〈존 업다이크를 읽기에 가장 좋은 장소〉로 〈1968년 4월의 그 텅 빈 방의 딱딱한 매트리스 위〉라는 대답을 준비하고 있지만, 그곳이 〈최고의 장소〉일 수 있었던 것은 지금 읽고 있는 소설의 주인공과 자신이 연결되어 있었기 때문일 것이다. 작품 첫머리에 〈봄이 오면 존 업다이크가 떠오른다. 존 업다이크를 읽으면 1968년 봄이 떠오른다〉에 이어서 〈우리의 머릿속에는 그런 연쇄 고리가 몇 몇 존재한다. 아주 사소한 일이지만 우리네 삶과 세계관은 그렇게 아주 작은 것들로 유지되고 있지 않은가, 하는 생각이 든다〉라고 기술하고 있다. 즉, 그곳을 〈최고의 장소〉로 하고, 그 때를 〈최고의〉 시간이게끔 하는 것은 〈아주 약간의〉〈연쇄〉이고 연결인 것이다.

즉, 무엇인가를 〈읽기 위한 가장 좋은 장소〉나 〈최고의〉 시간이란 거기에 스스로를 감정 이입할 수 있는 연결고리를 찾아낸 장소나 시간이다. 물론 독자가 작품 속에서 자신과 똑같은 뭔가를 찾아내지 못한다고 그 작품과 싱크로나이즈를 할 수 없는 것은 아니다. 본 작품은 초 단편이기 때문에 동조 가능의 원인을 알기 쉽게 하기 위해서 독자와 작품의 시추에이션을 겹쳐본 것뿐이다. 실은 그 〈연쇄〉고리가 명확하게 자각할 수 없는 경우가 '1963/1982년 이 파네마의 여인'에서 살펴봤듯이 더 많은지도 모른다. 자각이 되지 않아도 확실히 그러한 연결고리가 있고, 그곳을 통해 〈마음에 차분히 스며들어 온다〉는 것이다. 혹은, 그런 상태에서 〈책 한 줄 한 줄이 마음에 차분히 스며들어 오는 장소 ─ 그것이 곧 나에게 있어서의 서재〉라고 할 것이다. 여기에서도 사정은 가역적이고 우리가 어느 작품을 읽고 충분히 싱크로 되었을 때, 그 싱크로라고 하는 〈연쇄〉고리를 기억하고, 그곳을 〈가장 좋은 장소〉〈최고의〉시간으로 〈생각〉한다.

작품은 '기독교도의 룸메이트들'을 인용하기 전에 〈존 업다이크를 읽기 위해서는 존 업다이크를 읽기 위한, 치바를 읽기 위해서는 치바를 읽기 위한 최고의 장소가 반드시 어딘가에 있을 것이라는 생각이 든다〉로 끝난다. 우리는 계속해서 무라카미 하루키를 읽기 위해서는 무라카미 하루키를 읽기 위한 가장 좋은 장소가 반드시 어딘가에 있을 것이다. 과연 "무라카미 하루키를 읽기 위한 최고의 장소"는 어디인가라고 한다면, 아마도 독자 각자가 작품에 심취되어 맥주를 마시면서 "바람의 노래를 들어라"(1979·7)를 읽은 호프 집이거나 줄서서 산 "1Q84"를 귀갓길에 시간가는 줄 모르고 읽었던 전차 안에서 싱크로한 작품이 〈한 줄 한 줄 마음에 차분히 스며들어〉 온 장소가 바로 거기라고 하겠다.

작품의 〈한 줄 한 줄이 마음에 차분히 스며들어〉와 작품과 싱크로나이즈가 될 수 있는 최고의 네비게이션을 이 책이 할 수 있기를 바란다.

무라카미 하루키
초 단편 리스트

"꿈에서 만납시다"

(후유키사, 1981 ·11 → 고단샤 문고, 1986 ·6)

아이젠하워

1958년 9월26일 저녁, 브루클린 브리지 위에서 소니 롤린스가 색소폰을 불고 있었다. 지나가던 소년이 그에게 무엇을 하고 있는지 묻자 "원시 괴수와 싸우고 있지"라고 그는 답했다. 바로 그 때 아이젠하워 대통령은 군대를 이끌고 뉴멕시코 한복판에서 진짜 원시 괴수와 싸우고 있었다. 같은 시기에 9살인 나는 어머니의 등 뒤에서 큰 소리로. "엄마, 아직도 도넛 멀었어요?"하고 묻고 있었다.

아스파라거스

나와 남동생 그리고 여동생 이렇게 셋이 아스파라거스 밭 한가운데에서 길을 잃고 말았다. 마을을 찾으려고 아스파라거스 거목에 올라가 주위를 둘러보지만 아무것도 보이지 않는다. 나는 동생들에게, 각자 주위에 1m 정도의 홈을 파라고 지시를 내렸다. 동생들이 몸이 마비되지 않도록 입에 수건을 대고 작업해 다 팠다. 그러나 그러는 사이 밤이 되고 말았다. 절대 잠들면 안 된다고 했다. 나는 동생들에게 잠을 자면 촉수가 길어 나온다고 했다.

안티테제

메뉴에 〈노르망디풍 신선 안티테제의 갈릭소스〉라는 요리가 있었다. 나는 그 안티테제가 정말 신선한지 서빙 직원에게 물어 보았다. '틀림없다'라고 그는 대답하면서, 신선한 것은 확실히 줄었다고도 한다. 나는 값이 좀 비싸다고 생각했으나, 진짜 안티테제를 앞으로 언제 볼 수 있을지 몰라 와인과 함께 주문했다.

인터뷰

나는 라포레 하라주쿠 시세이도 팔라에서 젊은 여성 인터뷰어가 오기를 기다렸다. 도착하자마자 바로 인터뷰를 시작했지만, 가장 중요한 녹음용 카세트는 돌아가지 않고 음량도 작다. 하루 종일 걸린다고 하고는 말하는 도중에 다른 이야기로 넘어가 버린다. 급기야 아침식사로 뭘 먹느냐고 묻기에 나는 야채, 롤빵, 커피, 계란 프라이라고 했지만, 기사에는 샐러드와 햄에그, 캔 맥주로 나왔다. 그리고 농담조차 다른 것이었다.

인디언

내 친구는 정말 많은 돈을 벌고 있었다. 여러 회사를 운영하면서 돈을 복잡하게 주고받으며 짭짤한 수익을 올리고 있었다. 내가 그와 만났을 때 이런 말을 들었다. 기차가 인디언에 쫓기느라 땔

감은 이미 다 태워버렸다. 남은 거라고는 돈 다발 뿐. 그때 삽으로 돈뭉치를 떠서 불속에 집어넣는 그 순간 어떤 기분일 것 같아? 라며 그는 내 수입을 물었다. 나의 적은 수입에 놀라는 걸 보고 이렇게 말했다. "이건 분명 인디언에게 쫓기는 기분일 거야."라고.

엘리베이터

엘리베이터 걸의 말로는 내가 탄 엘리베이터로는 43층에는 갈 수 없다고 한다. 나는 그 층에 양말 세 켤레를 놓고 왔다. 어떻게 할까 하고 있는데 같이 탄 여자아이가 양말을 줄 테니 '내 방으로 와'라고 한다. 따라가자 그 방의 조명부터 시작해 하나에서 열까지 내 이상과 딱 맞았다. 뿐만 아니라 여자와 이야기까지 통했다. 그녀는 생각난 듯 마호가니 옷장을 열자 그 안에는 2백 켤레에 가까운 알록달록한 양말이 들어 있었다. 그런 연유로 나는 200 켤레의 양말을 갖고 있다.

오일 서딘

심판은 명백히 이상한 판정을 내렸다. 나는 어제 정어리 통조림을 먹었는데 네 눈보다 정어리 눈이 훨씬 나았다고 나는 말했다.

어니언 수프

우리는 자연의 인도에 따라 섹스를 했다. 한 시간 후 다시 자연의 인도에 따라 섹스를 했다. 두 번째는 멋졌지만, 첫 번째는 뭣하지만 옆방에 사는 연금 생활자인 사자가 양치질 하는 듯한 느낌이었다. 두 번째 섹스 후 둘이서 담배를 피우고 있는데 옆방에서 사자가 야식 수프를 데우는 냄새가 났다. 그리고 따뜻한 습기가 나와 그녀를 감쌌다.

카마스트라

내 생일날 고층빌딩 32층에 있는 레스토랑에서 그녀와 식사를 하고 있는데 그녀가 나에게 생일선물이라며 종이쪽지를 주었다. 거기에는 '즐길권'이라고 쓰여져 있고, 언제든지 쓰고 싶을 때 쓰라고 그녀는 말했다. 내가 집에 돌아와 서랍을 열자 78명의 여자아이한테서 받은 78장의 즐길권이 들어 있었다. 거기에 오늘 여자아이한테서 받은 즐길권을 드롭스 사탕 캔에 넣고 호스 캔에 물을 뿌렸다. 나는 그런 성격이다.

커틀릿

　　　　　　　　　※이것은 에세이라고 생각합니다.

고베에서 커틀릿이라고 하면 비프커틀릿으로 정해져 있다. 비프커틀릿은 빵에 넣어도 맛있다. 그냥 먹을 때는 가볍게 소금 간한

243

누들과 강낭콩, 크레송, 당근 글라세 등을 곁들이면 더 맛있다. 이렇게 맛있는데도 고베의 가이드북 어디에도 쇠고기 스테이크만 실리고 비프커틀릿에 관해 한 마디도 없다. 왜 일까?

쿨민트 껌

오래 전에 차콜 그레이의 폴크스바겐을 탄 여자아이를 본 적이 있다. 그녀는 맨발로 운전을 하다가 내가 앉아 있는 차 앞에서 차를 세우고 신발을 신고 매점에 쿨민트 껌을 사러 갔다. 정말 아름다운 여자아이였고 마치 1967년 여름 그 자체였다. 그 후 14년이 지난 지금도 차콜 그레이의 폴크스바겐을 보면 나는 그 여자아이가 생각난다.

그레이프 드롭스

1806년 아버지 그레이프 드롭스가 죽었을 때 나는 겨우 열 살이었는데 고아가 되고 말았다. 그리고 고아원에 들어갔지만 주변의 괴롭힘에 못 이겨 탈출해 서커스단의 소 키우는 조수가 됐다. 그러나 그곳에서 돌봐주던 할아버지가 사자를 돌보던 이가 소를 죽였다는 소식을 듣고 충격을 받아 사망한 후로 나는 다시 탈출해 기병대의 마스코트 개가 되었다. 나는 스페인전쟁 때 만난 헤밍웨이로부터 엄마 소식을 알고 싶으면 스타인벡에게 물어보라고 해서 노벨상 수여식에서 그에게 물어봤다. 그에 따르면 어머니는 실로 가혹한 삶을 살았다는 것을 알았다며, 이 사실을 작가는 그레이프 드롭스를 위해 썼다.

K

어느 날 눈을 뜨자 K는 현관 매트로 변신해 있었다. 구청에 근무하는 친구와 문예비평을 하는 친구와 출판사에 근무하는 여자 친구가 저마다 찾아와 감회를 털어놓으며 말했다. K는 여자 친구에게 부탁해 자신을 여자 기숙사 현관에 두기로 했다. 그리고 K는 구청도 문예비평도 출판사도 없이 행복하게 살았다. 현관 매트라고 하는 것도 생각해 보면 그렇게 나쁘지 않은지도 모른다.

커피

가게 정면에는 흰색 바탕에 검정색으로 그저 커피라고 만 쓴 엄청나게 큰 간판이 하늘을 향해 달려 있었다. 우리들은 먼 여행을 마치고 돌아오는 길이여서, 운전석의 친구는 끊임없이 하품을 하고 있고, 그의 여자 친구는 옆 조수석에서 깊이 잠들어 있다. 우리는 그 간판을 보고 커피 같은 평화로운 대화를 나눈다. 하늘 위에서도 이 간판에 대해 한바탕 대화가 오갈 것이며. 온통 눈이 내린 날이면 더 멋진 전망일 것 같다.

커피 잔

인생에서 가장 애달픈 시간은 여자를 택시에 태워 보낸 후의 한 시간일지도 모른다. 침대에는 아직 그녀의 온기가 남아있고 탁자 위에는 마시다 만 커피 잔. 마치 물을 뺀 수족관 바닥에 있는 듯한 시간. 하지만 배가 고파 남은 것을 한데 모아 대충 한 끼를 때운다. 그러고 나면 이상하리만큼 싫던 기분이 완전히 사라지다니 이상하지 않을 수 없다.

콘도르

7월26일은 한 발짝도 밖에 나가면 안 됩니다. 라고 점쟁이는 말했다. 그의 말에 의하면 '상상도 할 수 없는 일이 나에게 닥친다'고 한다. 반대로 상상할 수 있는 일이라면 일어날 수 없는 일, 나는 상상도 할 수 없는 재앙에 대해 상상을 해보았다. 전화로 회식 하자고하면 알코올 중독을, 여자에게 유혹되면 임신과 성병을, 이런 식이다. 밤에 점쟁이로부터 전화가 와서 나는 재앙이라면 예를 들면 어떤 것이 있는지 물어보았다. 예를 들면 콘도르가 당신을 잡아 가 버리는 것, 이라고 점쟁이는 말한다. 그래 콘도르인가. 그러자 시계가 12시를 쳤다.

시즌 오프

246

나와 그녀 둘이서 시즌 오프의 리조트 호텔에 묵고 있었다. 도로의 눈이 녹는 가장 싫은 계절이다. 자신들 외에 호텔에는 투숙객이 없었고 식당의 절반은 조명이 꺼져 있고 웨이터는 지루한 시간을 보냈다. 그녀에게 말을 걸어도 그녀는 딴 생각을 하고 있어 아무것도 들리지 않는다. 그래서 나는 아무 생각 없이 맛없는 롤빵을 베어 문다. 비수기 리조트 호텔만큼 멋진 곳은 없다. 거기에 있으면 마치 내년의 시즌 오프를 외상으로 사 버린 듯한 기분이 든다.

면도 크림

면도 크림에는 어딘가 스코틀랜드의 왕자 같은 멋이 있다. 그가 면도 크림을 바른 것은 분명 왕위 계승과 관련이 있을 거라고 나는 생각해. 평소 나는 그와 한 여자아이를 나누고 있다. 월·수·금은 그가 침대에서 그녀와 잠자고 화·목·토는 그 반대다. 일요일에 그녀는 요코하마의 친정으로 돌아가기 때문에, 그날 밤은 나와 쉐이빙 크림과 함께 트럼프 51을 한다. 그리고 날이 밝을 때쯤 나는 면도를 하고 잠을 잔다.

시게사토 이토이

나는 이토이 씨를 몇 번 밖에 만난 적이 없다. 하지만 잡지를 넘기고 있으면 종종 이토이 씨의 얼굴이 보이기 때문에 나로서는 이토이 씨와 꾸준히 얼굴을 마주하고 있는 것 같다. 나는 원래 이토이 씨의 산문 팬으로, 10년 전의 잡지 연재 때부터 쭉 읽고 있다. 이토이 씨의 문장은 끝나 버리면 아무런 여운이 없고, 소설가의 문장 따위와는 상당히 다르다. 일상 공간과 축제 공간을 확연히 구분하는 글들이다. 그러한 의미에서는 이토이 씨는 천재적으로 축제로 전환시키는 사람이 아닐까, 하고 나는 생각하고 있다.

정글 북

'사랑 따위로 배가 부를까'라고 거미원숭이가 말했다.

스퀴즈

'서드 베이스와 홈 베이스 사이에 북회귀선 같은 것이 있어. 그것이, 나의 발길을 멈추게 했습니다'라고 오스기는 시합 후에 말했다.

별들의 전쟁

'야쿠르트 스왈로스 시집' 중에 '먼 옛날/은하의 끝에서/야쿠르트 스왈로스는 우승했었나.'

스테레오 타입

엄청 재능이 있고, 엄청 이상한 사람 얘기를 젊은 여자가 하고 있다. 예대를 휴학하고 거의 무일푼으로 화물선에 올라, 알렉산드리아의 나이트클럽에서 기타를 연주하고, 바다를 10km나 헤엄쳐, 이윽고 인도에 도착해서 그는 변한 것 같다. 이후 그는 일본으로 돌아와 산속으로 들어갔다. 다른 한 사람이 그 말을 듣고 그 사람 집에 가자 갓 딴 토마토가 나오고, 술을 마시고 흥이 나면 봄노래를 부른다.

스트레이트

트럼프 놀이 중에 예를 들어 포커를 할 때 바다거북은 투페어를 완성하면 갑자기 카드를 테이블에 덮어두고 의자에서 내려와 등딱지를 바닥에 붙이고 빙글빙글 두 번 돈 뒤 "하아"하고 심호흡을 한 뒤 제자리로 돌아온다. 당사자는 자신이 그런 행동을 하고 있는 지를 깨닫지 못하고 있다. 바다거북은 지금 책상 위의 메모지를 한 장 찢어 가위로 초승달을 오려내는걸 보고 스트레이트를 성공적으로 던진 것을 알았다.

타르캄 파우더

나와 타르캄 파우더는 그다지 친하지는 않지만, 둘 사이에는 말하자면 공통의 체험을 통해 길러진 제2의 천성이라고 해야 할 무언가가 존재하고 있다. 헤어브러시나, 화장수, 스포츠 샴푸나 치약이나 목욕 타올 등에 대해 이런 생각을 품을 일은 거의 없다. 왜 그런지는 모르겠지만 왠지 타르캄 파우더만은 다르다.

찰리 에마뉴얼

'야쿠르트 스왈로스 시집' 중에서 찰리 에마뉴얼은/지뢰밭 한가운데 떨어진 수류탄/을 집듯이/라이트/플라이를 잡았다.

텐트

텐트를 메고 여행하면 달팽이가 된 것 같은 기분이다. 텐트에 젊은 남자가 조사를 하러 온다. 그는 전국 천막위원회에서 파견된 사람으로 세 가지 질문을 던지고 맥주를 받아 돌아갔다

도넛2

그녀가 도넛화 된지 이제 2년이나 세월이 흘렀다. 도넛화 된 사람들 대부분이 그렇듯 자신의 핵심, 중심이 없다고 그녀도 믿고 있다. 얼마 전에 나는 꽈배기 도넛화 된 젊은 여자를 알게 되었다. 그녀는 침대 속에서 '인간의 본질은 무방향이다. 그래서 우리는 절대로 비행기를 타지 않는 거야'라고 한다.

하이힐

나는 하이힐 신은 코끼리를 지하철에서 만난다. 러시아워였기 때문에 승객들은 모두 코끼리의 존재를 불편하게 느끼고 있었는데 왠지 미워할 수 없어 나는 코끼리를 향해 살짝 웃어 보인다. 오차노미즈는 아직 멀었다. 하이힐은 어디서 샀냐? 며 대화를 한 뒤 코끼리는 오차노미즈역에서 내렸다. 코끼리 세계에서는 나는 꽤 인기가 있다.

빵

어쨌든 배를 곯고 있던 우리는 꼬박 이틀 동안 물만 마셨다. 그래서 우리는 부엌칼을 들고 빵집으로 향했다. 늦은 오후라서 인지 가게 안에는 눈치 없어 보이는 아주머니 한 명이 손님으로 있었다. 아주머니는 멜론 빵과 튀긴 빵을 집었다 놓았다 하더니 결국 크로와상을 두 개 사 들고 돌아갔다. 드디어 가게 주인에게 돈 한 푼 없는 빈털터리로 너무 배가 고프다고 말했다. 그러자 '너희들이 먹고 싶은 만큼 먹어도 돼. 그 대신에 난 너희를 저주할 거야'라고 하자 파트너는 저주받기 싫다고 한다. 이번에는 바그너를 좋아하게 된다면 빵을 먹어도 된다는 조건을 붙인다. 교환 조건을 우리는 선뜻 받아들인다. 그리고 바그너를 들으며 우리는 배부르게 빵을 먹었다. 우리 안에 있던 허무는 모두 사라졌다.

맥주

'야쿠르트 스왈로스 시집' 중에서 '마쓰오카가 홈런을 맞은 것은/제 탓이 아닙니다/라고 그 불행한/맥주장수 소년은 말했다.'

필립 말로

새벽에 45구경 자동권총을 들고 당신 친구가 문을 두드려서 문을 열었더니 '멕시코로 도망가게 해 달라'고 한다. 그런 일로 화를 낼 리는 없지만, 만약 일어난다면 필립 말로 씨처럼 커피를 만드는 것부터 시작해야 할 것이다. 나도 그런 경험이 있다. 문을 노크한 것은 여자아이였다. 그녀는 지금도 새벽 5시에 누군가의 방문을 두드리고 있을까?

블루 스웨이드 슈즈

칼 퍼킨스의 블루 스웨이드 슈즈라는 노래 덕분에 나는 오랫동안 파란색 스웨이드 슈즈를 동경하게 됐다. 열여섯 살이 되면 여자 친구가 열다섯 명 정도 있어서 매일 그녀들과 데이트를 하고, 내 블루 스웨이드 슈즈를 만지지 말라고 하지 않을까 하고 생각했지만, 실제로는 아무 일도 일어나지 않았다. 그리고 9월에 데이트한 여자애로부터 어울리지 않는다는 말을 듣고 신발장에 넣어 버린다. 그렇게 하고나서 나는 조금씩 행복해져 갔다.

블루베리 아이스크림

새벽 2시에 '블루베리 아이스크림이 먹고 싶다'라는 그녀의 선언을 듣고, 나는 사러 갔다. 택시를 타고 15분 정도 달리자 낯선 거리의 낯선 빌딩 앞에 멈췄다. 그 빌딩 안에서 여기저기 기웃거리다 겨우 사들고 집으로 돌아올 수 있었던 것은 새벽 다섯 시였고, 그녀는 벌써 깊이 잠들어 있었다.

플레이보이 파티 조크

앨리스가 여행을 마치고 돌아오자 남편 조지는 침대에서 젊은 암컷 개미핥기와 포옹하고 있었다. 루이스가 여행을 마치고 돌아와 보니 침대 속에서 얼룩말과 개미핥기가 부둥켜안고 있었다. 얼룩말과 개미핥기가 신혼여행을 마치고 돌아오자 침대 안에서는 이웃집 리처드가 혼자 마스터베이션을 하고 있는 중이었다. 산책하던 마이클은 공원 연못에서 알몸으로 수영하고 있는 동네 아가씨를 보았다. 어느 날 스코틀랜드 야드에 개미핥기 한 마리가 자수했다. 에디가 플로리다 출장을 다녀와 보니 침대 안에서는 로널드 레이건과 공작벌레가 포옹을 하고 있었다. 로널드 레이건이 오타와 정상회의를 마치고 돌아와 보니 대통령 의자에는 개미핥기가 앉아 있었다.

성냥

크리스마스이브에 한 여자가 작은 술집에서 성냥개비를 계속 부러뜨리고 있었다. 탁. 탁. 대머리 바텐더는 그 소리에 분명히 동요하고 있었다. 나와 내 친구는 이야기를 멈추고 그 성냥개비가 부러지는 소리에 귀를 기울였다. 내 친구는 인내심 강한 걸 헌터로서 신주쿠에서는 조금 이름이 알려진 남자이다. 그는 성냥개비 대신 바다사자의 목을 꺾으라고 제안했고 결국 그녀와 바다사자 무리를 찾아 신주쿠의 밤으로 사라졌다. 그녀가 있던 테이블 재떨이에는 반으로 접힌 성냥개비가 스페인 종교법원의 장작처럼 쌓여 있었다. '바다사자는 웬...'하며 바텐더는 한숨을 쉬었다.

매트

제31회 · 전국 현관 매트 콩쿠르에서 수상작은 없음. M · I 씨, N · S 씨, M · T 씨, K · H 씨 등 4명이 각각 심사평을 했다

모차르트

캔 맥주를 들고 나간 야외 음악당에서 다시 코끼리를 만났다. 지하철에서 하이힐을 신고 베스트셀러 소설을 읽던 코끼리다. 나는 코끼리에게 맥주를 권했지만, 사람이 붐비면 화장실에 가는데 길을 비켜달라고 해야 한다며 코끼리는 사양한다. 그리고 나

는 내 자리로 돌아와 혼자 맥주를 마시며 모차르트 사단조의 심포니를 들었다

라크

아시카 축제에서 중요한 부분은 축제를 하기까지 경위라고 해도 지나치지 않을 것이다. 아시카 축제 준비가 다 되었다는 것을 인정받으면 그 때 '아카사 결의'라는 의식이 거행된다. 이 항목의 제목이 '라크'인 것은 나의 형이 홍콩선물로 준 '라크'를 피우면서 이 원고를 썼다는 것뿐이다. 그는 홍콩에서 돌아오는 길에 대만에 들러 추락하기 직전 비행기를 탔다. 만약 그 순서가 바뀌었다면 나는 지금쯤 하이라이트를 피웠을 것이다.

러브 레터

나는 편지를 네모난 봉투에 넣고 풀로 단단히 봉했다. 그리고는 책상 위의 방울을 손에 들고 딸랑딸랑 두 번 울렸다. 여느 때처럼 벽난로에서 거미원숭이가 얼굴을 내밀었다. 거미원숭이에게 편지를 집어주고, 언제나 보내는 곳에 전달하게 했다. 그 후 나는 방울을 세 번 울렸다. 벽난로에서 얼굴을 내민 긴팔원숭이에게 와인을 방으로 옮기라고 시켰다.

윙!

원고를 쓰고 있는 도중에 잉크가 떨어져 버렸다. 새 잉크병을 찾아도 찾을 수 없어 항상 거는 전화번호를 돌렸다. 전화를 받은 사람은 뭔가 눈치 없는 여자아이였다. 한 시간 후에 그녀는 찾아와, 해 본 적이 없는 잉크의 배합을 준비 하면서, 윙!의 노래를 부르고 있었다.

"캥거루 날씨"

(헤본샤, 1983 ·9 → 고단샤 문고, 1986 ·10)

동물원 우리 안에 네 마리 캥거루가 있다. 한 마리는 수컷, 한 마리는 암컷 그리고 아기. 엄마와 아기 캥거루는 한 몸이 되어 흐르는 시간 속에 몸을 쉬게 하고 있는 데 반해 아빠 캥거루는 뭔가 잃어버린 것을 찾고 있는 것 같았다.

4월의 어느 맑은 아침에 100퍼센트의 여자를 만나는 것에 대하여

졸음

나는 국물을 먹으며 졸기 시작한다. 그녀의 친구 결혼식 자리다. 아무리 참아도 잠이 쏟아진다. 나는 결혼식장에만 가면 반드시

조는 습성이 있다. 그리고 케이크 상자를 나눌 무렵이 되면 나의 졸음은 어딘가로 사라져 버린다.

택시를 탄 흡혈귀

택시 안에 있는 나에게 운전사가 흡혈귀를 믿느냐 안 믿느냐를 묻는다. 거기서 믿지 않는다고 대답하면 그는 그것을 믿고 있으며 실증도 가능하다고 한다. 그것은 자신이 흡혈귀이기 때문이라는 것이다.

그녀의 동네와 그녀의 면양

나는 호텔 TV를 통해 작은 마을 홍보 프로그램을 본다. 거기서 동사무소의 홍보과의 여자아이가 나와 마을의 PR을 하고 있다. 그 마을에는 백 마리의 양들이 있고 앞으로도 계속 늘어날 것이라고 한다. 호텔의 한 방에서 나와 그녀의 삶이 '문득 접촉'하고 있다. 그러나 거기에는 '무엇인가 결여되어 있다'고 생각한다.

아시카 축제

한낮에 '바다사자'가 '나'에게 다가왔다. 신주쿠의 바에서 옆에 앉아 있던 '아사카'에게 명함을 건네 준 것이 잘못이었다. 바다사자는 나에게 '아시카 축제'를 후원 해 달라고 한다. 할 수 없이 나는 바다사자에게 천 엔짜리 두 장을 내고 '아시카'로 돌아가게 했다.

"거울"

"1963/1982년 이파네마의 여인"

버트 바카락 좋아하세요?
스물두 살 무렵, 나는 편지 첨삭 아르바이트를 하고 있었다. 일 년 동안 해온 아르바이트를 그만두게 되었을 때, 처음 햄버그에 대해 써온 여성의 초대를 받아 햄버거를 먹으러 가게 되었다. 그는 버트 바카락 음반을 들으며 내게 신상 이야기를 했다.

5월의 해안선
친구한테서 청첩장을 받은 나는 낡은 거리로 돌아가게 된다. '나'에게는 12년 전, 그 거리에 연인이 있었다. 거기서 바다 냄새를 맡으면 왠지 전에 없던 '균일하지 않는 공기'의 존재를 알게 된다. 택시를 타고 해안까지 와봤지만 그곳에는 예전의 바다는 없었다. 낡은 방파제 너머에 있는 것은 콘크리트의 광활한 황야였다. 그 곳에서 나는 기억 속의 옛 바다를 떠올렸다.

망가진 왕국

나에게는 Q 씨라는 친구가 있었다. 10년 만에 '나는' 그를 풀장에서 보았다. 여자와 함께 있어서 말을 걸지 않았다. 둘은 뭔가 옥신각신하는 듯했다. 귀를 기울여 들어보니 두 사람은 '출구 없는 대화를 나누고 있었다. 마지막으로 그녀가 그에게 종이컵에 든 콜라를 부었다. 콜라는 나한테까지 튀어 그가 나에게 사과했지만 나라는 걸 몰랐다. 나는 마침 그날 석간에서 '망가진 왕국' 이야기를 읽었다

서른두 살의 데이 트리퍼

'나'는 서른 두 살이고, 그녀는 열여덟 살. 그녀는 나에게 다시 열여덟 살로 돌아가고 싶지 않느냐고 묻는다. 만약 돌아간다면 아마도 '나는 서른 두 살의 매력적인 여자와 데이트를 할 것이다.' 그리고 다시 열여덟 살로 돌아가고 싶지 않냐고 물을 지도 모른다. 하지만 '나'는 이제 서른두 살로 열여덟 살로 돌아갈 수 없다. 비틀즈의 데이 트리퍼를 들으면 기차 좌석에 앉은 듯한 기분이 든다. 옛날에는 바깥 경치가 아주 멋져 보였지만, 지금은 전봇대의 수를 세는 것도 질려 버렸다.

"뾰족구이의 성쇠"

치즈케이크처럼 생긴 나의 가난

나와 그녀는 뾰족한 치즈케이크 모양을 한 삼각지대로 불리는 땅에 살았다. 두 사람이 그곳에 집을 빌리게 된 것은 어쨌든 집세가 싸기 때문이다. 우리는 너무 가난했던 것이다. 나는 가난이라는 말을 들으면 젊은 시절의 그 삼각지대가 떠오른다.

스파게티의 해에

1971년, '스파게티의 해'에 나는 4계절 내내 스파게티를 삶았다. 12월의 어느 오후, 방에 멍하니 누워 있는데, 나의 지인의 전 애인으로부터 전화가 걸려 왔다. 그가 있는 곳을 가르쳐 달라는 것이다. 나는 모른다고 대답했고, 지금 스파게티를 삶고 있으니 손을 뗄 수 없다고 거짓말을 했다.

카이츠부리

좁은 계단을 내려와 나는 긴 복도를 걸어갔다. 그리고 내 앞에 한 남자가 나타났다. 그는 나에게 암호를 물었지만 그런 것을 몰랐다. '나는 그에게 힌트를 얻어, '카이츠부리'라고 대답을 했지만, 그것은 아니라고 한다.

사우스베이 스트럿 두비브라더스
사우스베이 스트럿을 위한 BGM

나는 로스앤젤레스 교외에 사는 중년 변호사의 의뢰를 받아 한 젊은 여자를 찾으러 사우스베이 시티에 왔다. 나는 호텔 방에서 그녀가 나타나기를 기다렸다. 그리고 사흘 후 한 여자가 나타났다. 하지만 그건 엉뚱한 여자였다. 이 사건에는 내막이 있었다.

도서관 기담

쥐 죽은 듯이 고요한 도서관에 있는 나는 오스만 터키제국의 세금을 어떻게 걷는지 알아보려다 도서관 지하 열람실에 감금되는 지경에 이른다. 거기서 양사나이와 저녁식사를 갖다 주는 말없는 여자아이를 만난다.

"코끼리 공장의 해피엔딩"

(CBS 소니출판,1983 ·12→신쵸문고,1986 ·12)

"커티삭 자신을 위한 광고"

크리스마스

생애 처음으로 스테레오를 샀을 때 딸려온 빙 크로스비의 크리스마스 레코드. 그것은 네 곡이 들어간 콤팩트 판으로 '화이트 크리스마스', '징글 벨', '아베 마리아', '고요한 밤 거룩한 밤'이 들어 있다. 이십 몇 년 전에는 크리스마스 노래로 이 네 곡이 있으면 충분했다. 1960년 12월, '우리'는 너무 심플하고 너무도 행복한 전형적인 중산층이었다. 그리고 빙 크로스비가 몇 번이고 반복해서 '화이트 크리스마스'를 불렀다.

모종의 커피 마시는 법에 대해서

나는 16살이고 밖에 비. 윈턴 켈리의 피아노가 흘러나오는 오후, 여종업원이 올려놓은 커피 잔이 내는 소리가 내 귀에 계속 남아 있었다. 항구나 커피숍의 추억을 되새기며 내가 정말 좋아했던 것은 커피 맛 그 자체보다는 커피가 있는 풍경이었는지도 모른다고 생각한다. 나는 "때론 인생은 한 잔의 커피가 가져다주는 따뜻함의 문제"라고 리처드 브로티건이 어딘가에 쓴 글이 커피를 다룬 글 중에서도 가장 마음에 든다.

"존 업다이크를 읽기에 가장 좋은 장소"

"FUN, FUN, FUN"

만년필

큰길에서 두 블록 정도 떨어진 낡은 상가 한가운데에 있는 만년 필집은 소개장이 있어야 한다. 시간도 걸리고 돈도 많이 든다. 하지만 꿈같이 딱 맞는 만년필을 만들어 준다고 친구가 말해 나도 왔다. 예순 살 된 주인은 손가락 길이와 굵기, 피부의 기름기, 손톱의 딱딱함을 살펴보고 손에 남은 각종 흉터를 노트에 메모한다. 심지어는, 옷을 벗어 척추까지도 살펴본다.3개월 후, 꿈에서나 있을 수 있는 손에 딱 맞는 만년필이 완성되었다.

마이 네임 이즈 아처

로스 맥도널드가 죽었다. 한 시대의 흐름이 지나는 구나라고 나는 생각한다. 그렇게 기억되며 죽는 것은 작가에게 하나의 훈장일 수도 있다. 나는 태어나서 처음으로 산 영어 페이퍼백 중 한 권이 그의 "My Name Is Archer"라는 단편집이었다. 만년의 그의 작품은 일본에서는 별로 평가받지 못했지만 나는 그의 죽음을 마음속 깊이 애도한다.

A DAY IN THE LIFE

나는 코끼리 공장에 근무하고 있다. 아침에 일하러 가려고 버스를 기다리고 있는데, 모르는 아주머니가 코끼리 공장에 가는 길

아니냐고 묻는다. 나는 2주 정도 전에 이 근처로 이사 온 직후 코끼리 공장에서 일하고 있다는 것을 누구에게도 알려 주지 않았는데, 어떻게 그것을 그녀가 알게 되었는지 매우 신기했다. 버스가 올 때까지 아주머니와 코끼리 공장과 선거 이야기를 나누곤 했다. 버스에서 내려 코끼리 공장 입구에 들어서자 수위가 취업 카드를 검사하고 있다. 코끼리 공장에서는 질서라는 것이 매우 중요시되고 있다. 그리고 나서 제복으로 갈아입은 후에 코끼리 공장의 하루가 시작된다.

쌍둥이 마을 쌍둥이 축제

나는 옛날부터 쌍둥이에 흥미가 있다. 미국 클리브랜드시 교외에 쌍둥이 동네가 있다. 이 마을에서는 매년 쌍둥이 축제가 열린다. 이 축제에는 많은 더블스도 참가하고 있다. 얼마 전 신문에, 다케노코 족의 돈을 갈취한 쌍둥이 야쿠자의 기사가 나왔는데, 쌍둥이 야쿠자라는 것도 대단한 것 같다.

마이 스니커즈 스토리

운동화라는 명칭은 정확하지 않다. SNEAKER는 '비열한 사람'이다. 자세히 살펴보면, 운동화는 1872년에 보스턴에 사는 제임스 P. 브래들리라는 마구간에 의해 발명되었다고 한다. 브래들리 씨는 특이한 인물이었던 것 같다.그는 고무바닥편자 연구를 계속하면서 사람의 구두 바닥에 고무가 있어도 괜찮지 않을까 하는 코페르니쿠스적, 오카모토 타로적 전환을 한다. 앞 이야기는, 1982년, 스니커즈를 아주 좋아했던 내가, 어떤 사람이 스니커즈를 발명했는가를 생각한 끝에 한 거짓말이었다.

"거울 속 노을"

사보이로 스톰프

장소는 업타운, 그것도 카노 레녹스 거리, 토요일 밤 9시부터 일요일 아침 8시까지 거기서 춤을 추게. 이름하여 브렉퍼스트 댄스, 어쨌든 스윙을 하는 거야. 서보이는 1930년대 가장 빛나는 댄스 플로어다. 오늘 밤은 한 달에 몇 번의 스페셜 나이트, 너희들이 춤을 추고 있는 한 모인 네 그룹 밴드가 상대해 준다. 아침이 밝아 밖에 나가면 그곳은 슬럼. 그러나 그것은 단지 효과의 일면에 지나지 않아, 이 할렘 거리의 사람들의 마음에서 그 음악은 탄생한다.

"무라카미 아사히당 초 단편 소설 밤의 거미원숭이"

(헤본샤, 1995 ·6 → 신쵸문고, 1998 ·3)

호른

나는 콘서트홀 의자에 앉으며 호른 연주자가 왜 수많은 악기 가운데 호른을 선택했는지 생각하기 시작한다. 그리고 연주자가 어느 날 오후에 깊은 숲 속에서 우연히 호른을 만난 장면을 상상한다. 그 때 연주자와 호른은 이런 이야기를 하지 않았을까? 하고. 그와 마찬가지로 내가 소설가라는 것도 호른 연주자 입장에서 보면 이상한 일이 아닐까 하는 생각이 든다. 그런 생각을 가지고 놀다가 이번에는 튜버 연주자의 경우를 생각하기 시작한다.

"연필깎기"(혹은 행운으로서의 와타나베 노보루 1)

나는 부엌 테이블에서 일을 하고 있었다. 그러자 우연히 수도 수리를 하러 온 와타나베 노보루가 책상 위에 있는 연필깎이를 힐끔힐끔 보고 있다는 것을 알았다. 수리가 끝나자 그는 나에게 '그 연필깎기 좋네요'라고 말했다. 그는 연필깎이 수집가였다. 책상 위에 있던 그것은 일견 너덜너덜하고 무가치한 것이지만, 매니아에게 있어서는 상당한 가치가 있는 것 같다.그 후 와타나베 노보루의 제안에 따라 나는 낡은 연필깎이를 그가 갖고 있던 새 것으로 교환한다. 그건 인생에서 정말 보기 드문 행운이었어.

훌리오 이글레시아스

266

바다거북이는 나와 그녀의 목숨을 노리고 있다. 바다거북이 정말 싫어하는 모기향이 있어서 다행이지만 지금은 그마저도 없어졌다. 홈쇼핑 회사에서 구입하려 해도 전화도 우편도 끊겼다. 절체절명이다. 그런데 갑자기 훌리오 이글레시아스를 뿌릴 생각이 들었다. 우리는 훌리오 이글레시아스의 비긴 더 비긴을 세트해 놓고 밤을 기다린다. 바다거북이 나타나자 나는 레코드를 틀었다. 그러자 바다거북은 괴로워했고 우리는 바다거북을 이겼다. 나도 훌리오 이글레시아스를 싫어하는 편이지만 바다거북만큼은 아니다.

타임머신(혹은 행운으로서의 와타나베 노보루 2)

내가 귤을 먹고 있는데 와타나베 노보루가 찾아왔다. 그는 수도 공사원이기 때문에 수리는 부탁하지 않았다고 한다. 그리고 그는 내가 가지고 있는 구식 타임머신을 신형과 교환하자고 한다. 나는 그런 것을 가지고 있지 않지만 농담으로 나마 '좋아'하며 그를 집 안으로 초대해 귤껍질이 쌓인 전기 코타츠를 보여 주었다. 그러자 그는 진지하게 점검하고는 이것이 일품이라고 한다. 그의 제의에 따라 나는 그것과 신형 코타츠를 교환했다. 나는 방으로 돌아와 귤을 계속 먹었다.

고로케

내가 집에서 일을 하고 있는데 18, 19세쯤 되는 여자아이가 찾아왔다. 세밑이라고 하길래 내가 인감을 준비하려고 하면 그러지 않아도 된다고 한다. 그녀는 대형 출판사에서 연말 선물로 온 매춘부라고 한다. 그건 예전에 내가 술에 취해 한 농담을 진담으로 받아들여서였다. 나는 일 때문에 바쁘고, 그럴 기분도 아니기 때문에 거절하려고 하지만 여자가 울음을 터뜨리고 만다. 곤란한 나머지 나는 여자에게 고로케를 만들어 달라고 했다. 아무튼 나는 고로케를 정말 좋아한다.

트럼프

바다거북을 쫓기 위해 들었던 훌리오 이글레시아스의 레코드가 다 닳았다 .이렇게 된 이상 우리는 몸을 지킬 방법이 없다. 그녀는 여러 가지로 대책을 제안하지만 그건 모두 효과가 없다. 그걸 나는 안다. 하지만 나는 너무 피곤해 상상력이 전혀 작동하지 않는다. 어쩔 수 없이 우리는 차를 마시고 있었다. 거기에 바다거북이 나타났다. 어찌된 영문인지 바다거북은 트럼프를 입에 물고 있었다. 이후 우리는 매일 밤 51을 하며 놀고 있다. 별로 재미없지만 잡아먹히는 것보다는 낫고, 마냥 좋아서 훌리오 이글레시아스를 들은 것도 아니다.

신문

내가 지하철 긴자선 안에서 원숭이가 설쳐 댄다는 얘기를 들은 지 벌써 몇 개월이 지났다. 나도 비교적 피해가 적기는 하지만 〈원숭이의 저주〉를 목격했다. 오모테산도에서 토라노몬으로 향할 때 열차가 아카사카 미쓰케에 가까워지자 항상 그랬듯이 조명이 꺼졌다 다시 들어왔다. 그러자 옆 남성이 읽고 있던 신문 글자가 거꾸로 되어 버렸다. 정부는 무엇을 하고 있을까요?라고 남성은 나에게 말했다. 나도 이런 일이 계속 되면 곤란하다고 생각한다.

도넛화

2년 전 약혼을 생각하고 있던 여자 친구가 도넛화 되어 버렸다. 한번 도넛화 되면 원래대로 돌아오지 않는다는 것을 여동생으로부터 듣고 나는 그녀에게 이별의 전화를 넣었다. 그러자 그녀는 '우리 인간 존재의 중심은 없다'며 듣지 않는다. 도넛화 된 인간은 편협한 생각밖에 할 수 없는 것이다. 그런데 작년 봄, 여동생이 돌연 도넛화 되어 버렸다. 그녀는 지금 하루하루를 울며 지내고 있다. 그녀도 마찬가지로 '인간 존재의 중심은 없다'고 한다.

안티테제

269

지난해 보르네오로 안티테제를 사냥하러 가신 큰아버지에게서 보낸 그림엽서가 도착했다. 그에 따르면, 현지에서도 요즈음은 8m 급의 거물이라고 할 수 있는 정도의 안티테제는 사라지고 있으며, 자신이 채취한 중형도 현지인의 말에 의하면 기적이라고 한다. 아버지가 초대형을 잡은 것은 1966년. 백부 자신도 기름이 오른 시기로, 그것은 마치 대항해 시대라고 부를 수 있는 행복한 시대였다. 현재 우리가 프랑스 음식점에서 진짜 안티테제를 볼 일은 거의 없다. 있다고 하더라도 버썩버썩한 냉동 밖에 없다.

장어

오전 3시 반, 카사하라 메이가 전화를 걸어 왔다. 뱀장어와 함께 깊은 수면을 취하고 있는 나를 깨웠다. 카사하라 메이는 일방적으로 용건을 말한 뒤, 나의 지적으로 그것이 잘못된 전화였다는 것을 알게 됐다. 카사하라 메이가 사과를 하고 전화를 끊은 후, 나는 이 때 문득 카사하라 메이는 누군가를 원하고 있다고 생각한다. 그리고 나도 마찬가지로 깊은 잠 속에서 장어를 찾고 있었다.

타카야마 노리코 씨와 나의 성욕

나는 지금까지 인생에서 많은 여성과 나란히 걸어왔다. 그러나 나는 타카야마 노리코 씨만큼 빠른 속도로 걷는 여성을 모른다.

그는 불합리하다고 생각이 들 정도의 속도로 편의상 부르는 도쿄라는 지표를 걷는다. 너무 빠른 탓에 나는 그 이유를 나와 함께 있고 싶지 않은 것인지, 아니면 조금이라도 지치게 해서 성욕을 감퇴시키려는 것은 아닌지 생각해 보았다.그러나 결국 그것에 다른 뜻이 없다는 것을 나중에 알았다. 나는 그 말을 듣고 기뻤다.

낙지

와타나베 노보루가 내게 낙지 그림엽서를 보냈다. 거기에는 딸이 신세를 졌습니다, 다음에 낙지라도 먹으러 갑시다라고 쓰여있다. 나는 기억이 없지만 츠꾸미의 그림을 그려 같이가자고 답장을 썼다. 그러나 언제까지고 소식이 없다. 얼마 후 엽서가 왔다. 이번에는 개복치의 그림이 그려져 있고, 거기에는 너의 성적가치관에 수긍하기 어렵다고 쓰여 있다.나는 이것도 기억에 없다. 그는 또 나를 누군가와 착각하고 있는 것이다.

벌레잡이 노인의 습격

저녁 식사 전, 근처에서는 모르는 사람이 없는 무시쿠보 노인이우리 집에 찾아와 갑자기 젊은 처녀의 처녀성에 대해 이야기하기 시작했다. 내가 만들고 있는 식사의 내용까지 묻기에 처녀성

271

과 마찬가지로 당신에게 왈가왈부 지적받을 이유가 없다고 생각하고 그는 하고 싶은 말을 하고 나면 돌아가기 때문에 귀찮은 일이 일어나지 않길 바라며 잠시 참고 있었다. 그가 돌아간 후 나는 문득 생각한다. 그러고 보니 최근에 처녀가 눈에 띄게 볼 수 없게 되었구나, 라고.

스패너

마유미는 예전에 헌팅 당한 남자에게 억지로 모텔로 끌려갈 뻔했을 때 옆에 있던 스패너로 그 남자의 쇄골을 부쉈다. 그 이후로 그녀는 스패너를 들고 다닌다. 그리고 지금까지 세 남자의 쇄골을 부숴 왔다. 그녀는 태연하게 말한다, "세상에는 쇄골이 부서져도 마땅한 녀석이 있는 거야" 나는 "그야 뭐, 그렇겠지만."이라고 말하면서도 도무지 그 생각이 납득이 가지 않는다.

다시 도넛

쇼치 대학 도넛 연구회라고 하는 곳으로부터, 심포지엄이 있으니 참가해 줄 수 없을까 하는 타진이 있었다. 나는 도넛에 관해서는 일가견이 있어서 출석했는데, 나 이외에는 유명한 문화인류학자 등이 출석했다. 그 후 도넛 맞추기 게임을 통해 알게 된 불문과 여학생과 술을 마시러 갔다. 도넛은 '나'라며 너스레를 떨

272

며 말했다. 나는 불문과 여자애들을 꽤 잘 웃긴다.

"밤의 거미원숭이"

오래 전에 코쿠분지에 있었던 재즈 카페를 위한 광고

먼저 이 가게는 '남녀노소 누구나 편하게 오세요'라는 카페가 아니다. 에어컨에도 신통치 않고, 흘러나오는 재즈의 음량도 사람에 따라서는 불쾌하게 생각할 것이고, 수집해 둔 아티스트도 격차가 있으니까. 가게 주인은 4년 후에 문예지의 신인상을 받게 되는데, 그런 것은 아직 아무도 모른다. 제발 가게 주인을 나무라지 마세요.

말이 표를 파는 세계

사람은 죽으면 어디로 가냐고 나는 아버지께 여쭤보았다. 그러자 아버지는 말이 표를 파는 세계로 가서 거기에서 기차를 타고 어묵과 다시마 말이와 양배추 채가 들어 있는 도시락을 먹는 것이라고 말했다. 그 다음은? 하고 물으면 다시 전차를 탄다고 한다. 그 다음은 또 도시락을 먹겠죠, 나는 그런 도시락을 먹고 싶지 않다고 떼를 쓰자 아버지는 말이 되어 버렸다. 나는 무서워서 울음을 터뜨리자, 얼마 지나지 않아 말은 아버지로 되돌아와 있었다. 맥도날드에 가자고 해서 나는 울음을 그쳤다.

방콕 서프라이즈

나에게 전화가 왔다. 하지만 그 전화의 상대는 내가 아는 사람이 아니다. 그녀는 자기가 전화를 걸려고 했던 사람이 안 받아서 전화번호 마지막 자리수가 옆자리라는 단지 그 이유만으로 나에게 전화를 걸어온 것이다. 그녀는 어제까지 방콕에 있었고 거기서 엄청난 일을 당했는데 전화상대에 그 사실을 무척이나 이야기하고 싶어 했다. 그러나 내가 37세의 남자라서 말하기 어려운지, 마침내 나는 그 이야기를 듣지 않고 끊고 말았다.

"맥주"

속담

진짜 원숭이가 진짜 나무에서 떨어지고 말았다. 그러나 그는 그 원숭이에게 할 말이 없었다. 어쨌든, 그 원숭이에게 '원숭이도 나무에서 떨어진다'고 말하니까 조심하라고 해도, 그러한 속담은 어디까지나 비유이니까, 정말로 '원숭이가 나무에서 떨어'진 상황에서는 사용할 수 없기 때문이다.

274

구조주의

나는 결코 길치가 아니에요. 실제로 아오야마나 시부야에서는 길을 잃지 않고, 긴자에서 헤맨 적은 한 번도 없습니다. 그러나 롯폰기만은 왠지 모르게 헤맨다. 그러니까 롯폰기에 대해서는 저에게 아무것도 묻지 마시기 바랍니다. 그리고 구조주의에 관해서도 아무것도 묻지 마세요.

무즙

지하실 계단을 불결한 낙타 남자가 식사 쟁반을 들고 내려온다. 그것은 지하실에 감금되어 있는 나를 위한 식사였다. 나는 부인에게 차를 따랐는데, 그때 오럴섹스를 생각한 것이 눈에 떠오르는 바람에 부인에게 손을 댔다는 말이 나와 버렸다. 그래서 지금 이렇게 구속된 것이다라고 낙타 남자는 나에게 설명했다. 그러나 그것은 사실이 아니다. 왜냐하면 나는 그 때에 무즙을 생각하고 있었으니까.

자동 응답 전화

나는 자동 응답전화기가 싫은데 어머니가 그것을 설치했다고 듣고 불평하기 위해 전철로 어머니 집으로 향했다. 방 벨을 누르자 어머니 목소리의 자동 응답기가 나왔다. 전화가 '지금 부재중이니

용건을? 하기에 나는 마음껏 욕을 하고, 조금 지나쳤나 싶어 회상하는 듯한 말을 했다. 그러자 어머니 목소리의 자동 응답기는 조용히 고개를 흔들며 '신경 쓰지 마'라고 대답한다. '양갱이 있는데 먹고 갈래 어때?'라고 해서, 나는 먹기로 했다.

스타킹

20대 후반의 남자 혼자서 빌딩의 한 방으로 들어와 가방을 책상 위에 놓는다. 거기서 검은 스타킹을 한 다스 정도, 그리고 대형 라디오 카세트, 마지막으로 담배를 대여섯 갑 꺼내 두세 번 피운다. 거기에 전화가 걸려와 고양이를 기르고 있느냐는 물음에 안 기르고 있다고 그가 대답한다. 그때 노크소리가 나며 빨간 나비넥타이를 맨 대머리에 몸집이 작은 남자가 나타난다. 그는 돌돌 만 신문지를 휙 그에게 갖다 대며 말했습니다. 자, 뭐라고 했을까요?

우유

우유장수가 손님에게 말을 건다. 우유를 사러 온 거죠? 24년 동안 여기서 우유 장사를 하고 있으니까 당신을 보면 알 것 같아요라고. 하지만 아무래도 당신에게 우유를 팔고 싶지 않아요. 2,3년에 한 명 정도 그런 인간이 있어, 그게 바로 당신이야. 그렇게 말하며 우유장수는 기분 나쁜 웃음소리를 지른다.

"굿 뉴스"

능률이 좋은 죽마

일요일 점심 전에 죽마가 찾아와서는 자기는 능률이 좋은 죽마라고 했다. 내가 그 죽마가 어떤 식으로 능률이 좋은지 물으면, "당신은 코바야시 히데오를 읽어 본 적이 있는가?"라고 되묻는다. 이공계 대학을 졸업한 나는 그런 것을 읽어 본 적이 없다고 대답하자 죽마는 불쾌한 듯 코를 킁킁거렸다. 용건이 뭐냐고 묻자 죽마는 세상의 죽마에 대한 인지도를 알고 싶었다고 했다. 내가 나의 무지를 사죄하고 죽마는 분개하며 돌아갔다.

동물원

코이치로와 스카코는 일요일에 동물원에 와 있다. 그는 동물원이라는 곳이기에 더더욱 자신들의 생명과 의식에 대해 이야기하려고 하는데 스카코는 코에 팔찌를 매달고 소 놀이 등을 하고 있어 엉뚱하다. 그러나 스카코가 '페르소나를 교환하자'라고 조금 어려운 말을 이용해 코이치로에게 제안하자, 지금까지 스카코를 꾸짖고 있던 그가 말이 되어 엎드려 주위를 뛰어다니고 있고, 반대로 스카코가 그를 꾸짖게 되었다.

인도 가게

대략 두 달에 한 번 정도 우리 집에 인도 장사꾼이 찾아온다. 인
도인은 눈이 크고 부리부리한 남성으로, 그는 수납장을 조사해
'인도의 사용법이 적은 것은 아닌가'라고 나의 어머니를 비난 한
다. 아이를 진정으로 사랑한다면 인도를 더 써야 한다는 말도 한
다. 하지만 우리 엄마가 요즘은 파리 사람도 오라고 핑계를 대면
히스테리를 일으키며 소리치고, 인도가 아니면 절대 안 된다고
말한다. 그러면 우리 엄마는 또 인도를 사게 된다.

천장 뒤

정월에 아내가 천장 뒤에 난쟁이가 살고 있다고 말하기 시작했
다. 그러나 아내조차 소인의 이름이 나오미라는 것 밖에 모른다.
나는 다락방을 들여다보았지만 그곳에는 아무것도 없었다. 아내
는 당신에게는 보이지 않는다고 말했지만, 나는 기분 탓일 것이
라고 말했다. 그러나 며칠이 지나도 아내는 소인의 말을 입에 달
고 있어 살며시 천장 안을 들여다보았다. 그러자 그곳에는 12cm
가량의 얼굴이 아내를 빼닮았고 몸은 개모양의 난쟁이가 있었다.
나는 소인을 욕하며 천장을 내려갔다. 하지만 그곳은 이미 내 집

이 아니었다, 아내도 없었고, 설날도 없었다.

모쇼모쇼

월요일에 몇 가지 좋은 일을 하면 수요일에 모쇼모쇼가 내게 답
례하러 왔다. 대충 감사의 말을 하고나서 모쇼모쇼는 조악한 물
건 쿠랴쿠랴를 꺼냈다. 쿠랴쿠랴는 별로 소지하는 것이 내키지
않았지만, 나중에 내가 보쵸보쵸에게 직접 확인해도 좋으니 꼭
사용해 달라고 해서, 최근 나는 매일같이 그것을 만족하며 쓰고
있다. 써 보니 생각했던 것보다 그건 훨씬 좋았다. 이제 손에서
놓을 수 없을 것 같다.

세찬 비가 올 것 같다

예전에 고쿠 분지에 살고 있던 나는 전철을 타고 옆 역에 있는
빵집에 빵 사러 갔다. 나는 아직 20대여서 의회 민주주의를 불신
하고 있으며 한 번도 투표를 하지 않았다. 문득 정신을 차려 보
니 나는 표를 잃어버리고 있었다. 개찰구에서 그렇게 말하자 역
무원은 굉장히 불쾌한 표정을 지었다. 표를 잃어버린 손님은 모
두 한 정거장밖에 신고하지 않는다고. 그리고 20년 가까이, 나는
여러 가지 역겨운 일을 겪었다. 그러나 이 사건에 비하면, 아무
것도 아니다.

거짓말쟁이 니콜

그녀는 거짓말쟁이 니콜로 불리는 일본인으로, 거짓말을 참 잘한다. 가끔 내게 놀러 오는데, 어느 날 내게는 젖가슴이 세 개 있다고 말했다. 나는 거짓말이라고 생각했지만, 일만 엔만 주면 보여준다고 해서 원고료가 들어온 지 얼마 되지 않아 그렇게 했다. 하지만 방이 어두컴컴해서 잘 안 보였다. 다시 보여주지 않으면 돈을 지불하지 않겠다고 그녀를 다그쳤지만 거기에 택배업자가 찾아왔기 때문에 나는 돈을 주지 않을 수 없었다. 그러나 나는 세 번째 유방 같은 것은 찰흙이었다고 생각한다.

새빨간 겨자

어머니 어깨를 두드려야 한다고 생각하고 툇마루로 나갔더니 어머니는 안 계셨다. 그 대신 정원에서 새빨간 겨자가 박장대소한다. 나는 겨자를 다그치자, 그럴수록 겨자의 웃음은 커져간다. 마침내 내가 덩달아 웃음을 터뜨리자, 겨자는 너무 웃다가 결국 경련을 일으키며 배를 비틀었다. 그러자 그 입에서 어머니가 툭 튀어나왔다. 나는 기가 막혔다. 우리 어머니는 옛날부터 간지럼을 아주 잘 타셨다

"한밤의 기적에 대해서, 혹은 이야기의 효용에 대해서"

280

아침부터 라면 노래

맛있는 멘마에 돼지고기를 아침부터 라면 음 좋아. 김이 모락모락 따뜻하게 오르고 너와 나 둘이서 먹을 거야. 그것만 있으면 대 만족. 김을 먹고 국물도 마시고, 오늘도 하루 밝네. 마 브라자즈 안 마 시스타즈. 이것만 먹으면 그만이다.

기타

"세 개의 독일 환상"

('반딧불 ·헛간을 태우다 ·그 외의 단편'

신쵸샤, 1984 ·7 → 신쵸문고, 1987 ·9)

"버스데이 걸"

("바스데이 스토리즈" 쥬오코론사)

게

(장님 버드나무와 잠자는 여자, 신쵸샤, 2009 ·11 ·25)

한 남녀가 싱가포르에서 게 식당을 발견했다. 여자는 인생에는 맛있는 것을 먹어야 할 때가 있다, 그렇지 않으면 인생은 확 변한다고 한다. 두 사람은 며칠 동안 그 가게에 다니고 있는데 어느 날 밤 남자가 깨어나 구토를 하자 게에 무수한 벌레가 붙어 있었다. 그때 그는 자신이 지금까지 와는 전혀 다른 세계로 빠져들고 말았다는 것을 알았다.

사랑 없는 세계

('무라카미 하루키 잡문집' 신쵸샤, 2011 · 1 · 30)

루미가 엄마에게 전후 민주주의란 어떤 것이냐고 묻자, 엄마는 전후 민주주의란 과거 인도에서 마츠카사 씨가 가져온 마법의 양말인데 그걸 신고 주문을 외우면 구름을 타고 어디까지고 갈 수 있다고 말했다. 루미가 이세탄에서 살 수 있느냐고 묻자 엄마는 대답했다. 마츠카사 씨는 인도의 임금의 명령으로 귀국하고 말았다. 그 후로 사람들은 날 수 없게 되었고, 세상은 사랑 없는 섹스로 가득 차 버렸다고.

가라타니 고진

("무라카미 하루키 잡문집" 신쵸샤, 2011 ·1 ·30)

옆 공터에 있는 담이 울타리로 바뀐 것은 주인이 책 읽는 말이 있는 것을 과시하려는 의도 때문이라고 재야 사람은 말했다. 그것도 보통 책이 아니다. 가라타니 고진의 책이다. 그런데 말 주제에 이상하게 어려운 말을 하자 주인이 기분나빠하며, 말이 이론을 늘어놓을 틈도 없이 처분되어 버렸다고 한다.

수풀 속의 들쥐

("무라카미 하루키 잡문집" 신쵸샤, 2011 ·1 ·30)

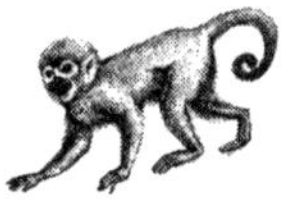

무라카미 하루키
전 작품 리스트

"바람의 노래를 들어라" 고단샤, 1979 · 7(고단샤문고, 1982 · 7)

"1973년의 핀볼" 고단샤, 1980 · 6(고단샤문고, 1983 · 9)

"워크 던 란 무라카미 류 VS 무라카미 하루키"(고단샤, 1981 · 7)

"꿈에서 만납시다" 후유키사, 1981 · 11 (고단샤문고, 1986 · 6)

〈공저: 이토이시게사토〉

"양을 쫓는 모험 상 · 하" 고단샤, 1982 · 10

(상 · 하 고단샤문고, 1985 · 10[신장판] 고단샤문고, 2004 · 11])

"중국행 스로우 보트" 쥬오코론사, 1983 · 5(쥬코문고, 1986 · 1)

"캥거루 날씨" 헤본샤, 1983 · 9(고단샤문고, 1986 · 10)

"코끼리 공장의 해피앤드'" CBS소니출판, 1983 · 12

(신쵸문고, 1986 · 12, 고단샤, 1999 · 2) 〈그림: 안자이미즈마루〉

"파도 그림 파도 이야기" 분게슌주, 1984 · 3 〈사진: 이나코시코이치〉

"반딧불이, 헛간 태우기 그 외 단편" 신쵸샤, 1984 · 7 (신쵸문고, 1987 · 9)

"무라카미 아사히당" 와카바야시출판기획, 1984 · 7

(신쵸문고, 1987 · 2 〈공저: 안자이미즈마루〉

"세계의 끝 하드보일드 원더랜드" 신쵸샤, 1985 · 6

(신쵸문고 상 · 하, 1988 · 10[신장판] 신쵸샤, 1999 · 5[신장판] 2005 · 9)

"회전목마 배드 히트" 고단샤, 1985 · 10 (고단샤문고, 1988 · 10)

"양사나이의 크리스마스" 고단샤, 1985 · 11(고단샤문고, 1989 · 11)

〈그림· 사사키마키〉

"영화를 둘러싼 모험" 고단샤, 1985 · 12 〈공저: 가와모토사부로〉

"빵집 재습격" 분게슌주, 1986 · 4 (분슌문고, 1989 · 4)

"무라카미 아사히당의 역습" 아사히신문사, 1986 · 6 (신쵸문고, 1989 · 10)

"랑겔한스 섬의 오후고분사, 1986 · 11(신쵸문고, 1990 · 10)

〈그림: 안자이미즈마루〉

286

"'The Scrap' 그리운 1980년대" 분게슌주, 1987 · 2

"해 뜨는 나라의 공장" 헤본샤, 1987 · 4 (신쵸문고, 1990 · 3)

〈그림: 안자이미즈마루〉

"상실의 시대 상 · 하" 고단샤, 1987 · 9 (고단샤문고, 1991 · 4[신장판]

고단샤문고, 2004 · 9)

"댄스, 댄스, 댄스 상 · 하" 고단샤, 1988 · 9

(상 · 하 고단샤문고, 1991 · 12[신장판] 고단샤문고, 2004 · 10)

"무라카미 아사히당 야호-!" 문화출판국, 1989 · 5 (신쵸문고, 1992 · 5)

"TV 피플" 분게슌주, 1990 · 1 (분게슌주, 1993 · 5)

"무라카미 하루키 전 작품 1979~1989

① 바람의 노래를 들어라 · 1973년의 핀볼" 고단샤, 1990 · 5

"먼 북 소리" 고단샤, 1990 · 6 (고단샤문고, 1993 · 4)

"Paparazzi" 작품사, 1990 · 6

"무라카미 하루키 전 작품 1979~1989 ② 양을 둘러싼 모험"

고단샤, 1990 · 7

"우천염천" 신쵸샤, 1990 · 8(신쵸문고, 1991 · 7) 〈사진: 마츠무라에이조〉

"무라카미 하루키 전 작품 1979~1989 ③ 단편집 I" 고단샤, 1990 · 9

"무라카미 하루키 전 작품 1979~1989 ④

세계의 끝과 하드보일드 원더랜드" 고단샤, 1990 · 11

"무라카미 하루키 전 작품 1979~1989 ⑤ 단편집 II" 고단샤, 1991 · 1

"무라카미 하루키 전 작품 1979~1989 ⑥ 노르웨이의 숲" 고단샤, 1991 · 3

"무라카미 하루키 전 작품 1979~1989 ⑦ 댄스, 댄스, 댄스"

고단샤, 1991 · 5

"무라카미 하루키 전 작품 1979~1989 ⑧ 단편집 III" 고단샤, 1991 · 7

"국경의 남쪽 태양의 서쪽" 고단샤, 1992 · 10 (고단샤문고, 1995 · 10)

"침묵" 전국학교도서관협의회, 1993 · 3

"슬픈 외국어" 고단샤, 1994 · 2(고단샤문고, 1997 · 2)

"태엽 감는 새 제1부 도둑 가사기 작은 삶 큰 의미편"

신쵸샤, 1994 · 4 (신쵸문고, 1997 · 10)

"태엽 감는 새 제2부 예언하는 새 욕망의 뿌리편"

신쵸샤, 1994 · 4(신쵸문고, 19 97 · 10)

"〈Roman Book' Collection-②〉 쓸데없는 풍경"

아사히출판사, 1994 · 12(쥬고문고, 1998 · 8) 〈사진: 이나코시 코이치〉

"무라카미 아사히당 초 단편소설 밤의 거미원숭이"

헤본샤, 1995 · 6(신쵸문고, 1998 · 3) 〈그림: 안자이미즈마루〉

"태엽 감는 새 제3부 새 잡는 사나이 나는 누구인가"

신쵸샤, 1995 · 8 · 25(신쵸문고, 1997 · 10)

"무라카미 하루키 저널 소용돌이 고양이 발견법"

신쵸샤, 1996 · 5(신쵸문고, 1999 · 3)

"렉싱턴 유령" 분게슌주, 1996 · 11(분슌문고, 1999 · 10)

"무라카미 하루키, 가와이하야오를 만나러가다" 이와나미 서점, 1996 · 12

(신쵸문고, 1999 · 1) 〈공저:가와이하야오〉

"언더그라운더" 고단샤, 1997 · 3(고단문고, 1999 · 2)

"무라카미 아사히당은 어떻게 단련 할 수 있었는가"

아사히신문사, 1997 · 6(신쵸문고, 1999 · 8)

"젊은 독자를 위한 단편소설 안내" 분게슌주, 1997 · 10(분슌문고, 2004 · 10)

"째즈 에세이" 신쵸샤, 1997 · 12 〈그림: 와다마코토〉

"하루키 여행법" 신쵸샤, 1998 · 4(신쵸문고, 2000 · 6)

"하루키 여행법 사진편" 신쵸샤, 1998 · 5

(신쵸문고, 2000 · 6) 〈공저: 마쓰무라에이조〉

"둥실둥실" 고단샤, 1998 · 6(고단샤문고, 2001 · 12)

〈공저: 안자이미즈마루〉

"CD-ROM판 무라카미 아사히당 꿈의 서프시티" 아사히신문사, 1998 · 7

〈그림: 안자이미즈마루〉

"약속한 장소에서 언더그라운드 2" 분계슌주, 1998 · 11

(문춘문고, 2001 · 7)

"스푸트니크의 연인" 고단샤, 1999 · 4(고단샤문고, 2001 · 4)

"무라카미 하루키의 위스키 성지여행" 헤본샤, 1999 · 12

(신쵸문고, 2002 · 11) 〈사진: 무라카미요코〉

"신의 아이들은 모두 춤춘다" 신쵸사, 2000 · 2(신쵸문고, 2002 · 3)

"그래 무라카미 씨에게 물어보자 세상 사람들이 무라카미 하루키에게
물음 282개의 질문에 과연 하루키는 대답할 수 있을까?"

아사히신문사, 2000 · 8 〈그림: 안자이미즈마루〉

"유랑 생활하는 타마" 분계슌주, 2000 · 8 〈공저: 토모자와미미요〉

"번역야화" 분계신서, 2000 · 10 〈공저: 시바타모토유키〉

"시드니" 분계슌주, 2001 · 1("시드니!(코알라 순정편)"

"시드니! (왈라비(wallaby) 열혈편)" 분슌분고, 2004 · 7)

"CD-ROM판 무라카미 아사히당 스멜쟈콥 VS 오다노부나가신단"

아사히신문사, 2001 · 4

"또 하나의 재즈 에세이" 신쵸샤, 2001 · 4 〈그림: 와다마코토〉

"무라카미 라디오" 매거진하우스, 2001 · 6(신쵸문고, 2003 · 7)

〈공저: 다카하시아유미〉

"[DVD+BOOKLET] 100퍼센트의 여자/빵집 습격", 시네마브레인, 2001 · 11

"해변의 카프카 상 · 하" 신쵸샤, 2002 · 9(신쵸문고 상 · 하, 2005 · 2)

"무라카미 하루키 전 작품 1990~2000 ①" 고단샤, 2002 · 11

"무라카미 하루키 전 작품 1990~2000 ②" 고단샤, 2003 · 1

"무라카미 하루키 전 작품 1990~2000 ③" 고단샤, 2003 · 2

"무라카미 하루키 전 작품 1990~2000 ④" 고단샤, 2003 · 5

"소년 카프카" 신쵸샤, 2003 · 6

"번역야화 2 샐린저의 호밀밭의 파수꾼" 분게신서, 2003 · 7

〈공저: 시바타모토유키〉

"무라카미 하루키 전 작품 1990~2000 ⑤" 고단샤, 2003 · 7

"무라카미 하루키 전 작품 1990~2000 ⑥" 고단샤, 2003 · 9

"무라카미 하루키 전 작품 1990~2000 ⑦" 고단샤, 2003 · 11

"재즈 에세이" 신쵸문고, 2004 · 2 〈공저: 와다마코토〉

"애프터 닥 afterdark" 고단샤, 2004 · 9(고단샤문고, 2006 · 9)

"이상한 도서관" 고단샤, 2005 · 1(고단샤문고, 2008 · 1)

"도쿄 오징어 클럽 지구여행" 분게슌주, 2004 · 11

(분슌문고, 2008 · 5) 〈공저: 요시모토유미 · 쓰즈키쿄이치〉

"코키리 소멸 단편선집 1980~1991" 신쵸샤, 2005 · 3

"의미없는 스윙은 없다" 분게슌주, 2005 · 11(분슌문고, 2008 · 12)

"도쿄 기담집" 신쵸샤, 2005 · 9(신쵸문고, 2007 · 12)

"'이것만은 무라카미 씨에게 물어보자' 세상사람들이 무라카미 하루키
에게 던진 330개의 질문에 과연 하루키는 친절하게 대답할 수 있을까?"

아사히신문사, 2006 · 3

"'딱 하나 무라카미 씨 해볼까?' 세상사람들이 무라카미 하루키에게 던진
490개의 질문에 과연 하루키는 친절하게 대답할 수 있을까?"

아사히신문사, 2006 · 11 〈그림: 안자이미즈마루〉

"문학 입문 무라카미 하루키" 분게슌주, 2006 · 12

"무라카미 카루타 아쉬운 토끼 프랑스인" 분게슌주, 2007 · 3

〈그림: 안자이미즈마루〉

"달리기에 대해 이야기할 때 내가 하는 말" 분게슌주, 2007 · 10

(분슌문고, 2010 · 6)

"1Q84 book1" 신쵸샤, 2009 · 5(신쵸문고, 2012 · 4 · 1)

"1Q84 book2" 신쵸샤, 2009 · 5(신쵸문고, 2012 · 5 · 1)

"장님 버드나무와 잠자는 여자" 신쵸샤, 2009 · 11 · 25

"1Q84 book3" 신쵸샤, 2010 · 4(신쵸문고, 2012 · 6 · 1)

"꿈을 꾸기 위해 매일 아침 나는 눈뜹니다. 무라카미 하루키 인터뷰집
1997-2009" 분게슌주, 2010 · 9(분게슌주, 2012 · 9 · 10)

"잠" 신쵸샤, 2010 · 11

"무라카미 하루키 잡문집" 신쵸샤, 2011 · 1(신쵸문고, 2015 · 11 · 1)

"크다란 순무 어려운 아포카드 무라카미 라디오 2"

매거진 하우스, 2011 · 7(신쵸문고, 2013 · 12 · 1)

"오자와세이지 씨와 음악을 이야기하다" 신쵸샤, 2011 · 11

(신쵸문고, 2014 · 6 · 27)

"샐러드를 좋아하는 라이온" 매거진 하우스, 2012 · 7

(신쵸문고, 2016 · 5 · 1)

"빵가게를 습격하다 그림판" 신쵸샤, 2013 · 2 · 25〈공저: 캇트 멘시크〉

"색채가 없는 타자키쓰쿠루와 그가 순례를 떠난 해"

분게슌주, 2013 · 4(분게문고, 15 · 12 · 10)

"사랑하고파- TEN SELECTED LOVE STORIES" 쥬오코론사, 2013 · 9

(쥬코문고, 2012 · 4 · 1)

"여자가 없는 남자들" 분게슌주, 2014 · 4 · 18 (분슌문고, 2016 · 10 · 10)

"이상한 도서관" 신쵸샤, 2014 · 11 · 27〈공저: 캇트 · 멘시크〉

"무라카미 씨, 신쵸샤, 2018 · 5 · 1

"직업으로서의 소설가" 스잇치 파블릭싱, 2015 · 9(신쵸문고, 2016 · 10 · 1)

"라오스에 대체 뭐가 있는데요?" 분계슌주, 2015 · 11

(분슌문고, 2018 · 4 · 10)

"기사단장 죽이기1"〈제1부 드러난 이데아편〉

신쵸샤, 2017 · 2 · 25(신쵸문고, 2019 · 3 · 1)

"기사단장 죽이기2"〈제2부〉 신쵸샤, 2017 · 2 · 25(신쵸문고, 2019 · 4 · 1)

"무라카미 하루키 번역 모든 일" 쥬오코론사, 2017 · 3 · 17

"부엉이는 황혼에 비상한다" 신쵸샤, 2017 · 4

"가와카미미에코 vs 무라카미하루키대담"

(신쵸문고, 2017 · 12 · 1)〈공저: 가와카미미에코〉

"버스데이 걸" 신쵸샤, 2017 · 11 · 30〈공저: 캇트 · 멘시크〉

"진짜 번역 이야기를 하자" 스잇치 · 파블릭싱, 2019 · 5 · 9

(공저: 시바타모토유키)

"고양이를 버리다 아버지에 대하여" 분계슌주, 2020 · 4 · 25(그림 · 고겐)

"무라카미T 내가 사랑한T 셔츠" 매거진 하우스, 2020 · 6

"일인칭 단수" 분계분슌, 2020 · 7 · 18

나오며

퇴장에 앞서, 자신을 위한 마지막 광고

혹은 잃어버린 들쥐를 찾아서

한 권의 책이 나오기 위해서 준비단계에서부터 본문이 완성되고 탈고가 끝나기까지 많은 시간이 필요합니다. 집필을 시작해 상당한 시간이 지난 지금에 이르는 동안에도 잇달아 무라카미 하루키의 저서가 간행되고 있습니다. 인터뷰 집에 수록된 자작해설 등 모두 다 팔로우하고 싶은 마음도 있었습니다만, 기본적으로 작가 무라카미 하루키가 뭘 쓸려고 하는지는 개의치 않고 독자로서 내 마음대로 이렇게 읽으면 재밌지 않을까? 하는 입장입니다.

그러나 최근에 나온 무라카미 하루키 잡문 집(2011.1)에는 "밤의 거미원숭이"에 누락된 2편이 수록되어 있어 당연히 목록에 올려야 하는 것은 물론이고 이 두 편과 동시에 수록된 '덤불 속의 들쥐'라는 문장을 소개하고자 합니다. 어쨌든 이 작품은, 한국어판인지 중국어판인지 "밤의 거미원숭이"의 서문에 무라카미 하루키의 초 단편판이 스트레이트로 나와 있기 때문입니다.

처음부터 그는 〈사실대로 말하면 이 정도 길이의 짧은 스토리를 쓰는 것을 좋아했습니다. 물론 길고 긴 장편소설을 쓰는 것이 저에게 있어 가장 중요한 일이지만, 그 사이에 이렇게 짧고 펑키한 이야기를 쓰다 보면 마음이 아주 가벼워집니다. 이것은 일이라기보다 오히려 개인적 취미에 가까운 것일지도 모릅니다〉라고 초 단편에 대한 생각을 숨김없이 밝히고 있습니다. 아무래도 그는 일본인 독자가 없는 환경에서는 정직해지는 것 같습니다.

그는 계속해서 초 단편은 편하게 쓸 수 있다고 다음과 같이 말하고 있습니다.

〈그러니까, 이런 것을 쓸 때는, 고생이란 정말로 털끝만큼도 없었습니다. 힘들게 한다면 그건 더 이상 취미가 아니잖아요. 책상 앞에 앉아 심호흡을 한 번 하고 나서 생각나는 대로 술술 붓 가는 대로 쓰고 나면 그것으로 끝이라는 느낌이었습니다. 자랑하는 것은 아니지만, 이런 이야기라면 저는 끊임없이 얼마든지 생각이 떠오른답니다〉

그리고 다시 무라카미 하루키는 초 단편의 각 작품이 지닌 〈의미〉에 대해서 이렇게 말합니다.

〈"그것도 좋지만, 그런데, 이 이야기에는 도대체 어떤 의미가 있어요?"라고 재차 물으면, 나는 곤란합니다. 너무 곤란하답니다. 사실을 말하자면 내세울 만한 의미란 것이 거기에는 없기 때문입니다.〉

분명히 넌센스라고 할 만큼 필사적으로 초 단편의 의미 찾기를 해 온 우리를 비웃고 있는 것 같습니다만, 계속해서 무라카미 하루키는 〈아니, "의미가 없다"고 하면, 조금 오해를 살지도 모르겠네요. 정확하게는 "의미가 없다"라는 말이 아니라 "의미는 있겠지만 나는 그 의미를 잘 모른다."라는 말이 될 것 같습니다〉라고 말하고 있습니다. 이것은 앞에서도 쓴 것처럼 작품을 생각할 때 작가의 여러 가지 발언을 염두에 두는 것은 유효하지만 작가의 자작 해설을 그대로 받아들이지 않는다, 고 하는 우리의 자세가 올바르다는 것을 뒷받침해 주는 말이기도 합니다. 작품 테마를 작가가 전부 알고 있는 것도 아니며, 작가가 의도한 테마와 다른 테마를 읽어낼 자유를 우리는 가지고 있기 때문입니다.

본서에서 초 단편의 테마를 쭉 생각해 온 나로서는 짧은 이야기에 담겨진 비유가 무엇보다 중요합니다. 그것에 대해 무라카미 하루키는 작가로서 알 수 없는 작품의 〈의미〉에 대해, 그의 특기인 비유를 사용하며, 다음과 같이 교묘하게 설명하고 있습니다.

〈의미는 아마 어딘가에―깊은 덤불 속에 들쥐가 숨을 죽이고 숨어 있는 것처럼―있을 것입니다. 라는 것은 제가 그 스토리를 불쑥 끄집어내는 것은 무에서 생각해낸 것으로 거기에는, 제가 그 스토리를 생각해낼 만한 '필연성'같은 것이 있었을 텐데요. 아마도 들쥐 정도 크기의 자그마한 필연성이…〉

여기에서는 작품이 지닌 숨겨진 〈의미〉가 〈들쥐〉에 비유되고 있고 그것은 작가에게 작품을 쓰게 한 〈필연성〉으로도 설명되고 있는 것입니다. 〈그러나 그 자그마한 들쥐가 그 때 덤불 속에서 도대체 어떤 생각을 하고 있었는지, 나는 잘 모르겠습니다. 내가 알 수 있는 건 내가 술술 이 얘기들을 썼다―그것도 즐겁게 썼다는 것뿐입니다〉라고 설명하고 있지만 〈필연성〉을 느끼지 않는 사이에 작품이 생성되는 행운을 얻는 부럽기 짝이 없는 일입니다.

그 뿐만이 아니라 계속해서 〈그러니까 가능한 한 어려운 것은 생각하지 않고, 여기에 있는 이야기를 즐겁게 읽어 주세요. 우린 우리 마음대로 즐기고 들쥐는 들쥐대로 알아서 살면 되잖아요〉라고 말하는 것처럼 〈짧고 펑키한〉 스토리만을 즐기는 것으로도 충분히 만족하는 것이 무라카미 하루키의 초 단편의 매력인 것에는 틀림없습니다. 몇 번이나 말하듯이 우리는 작품과 작가와의 연결뿐 만이 아니라, 작품과 독자와의 연결 이야말로 찾아야 한다고 생각합니다.

본서는 그런 마음에서 무라카미 하루키의 초 단편 스토리의 재미와 함께, 숨어 있는 들쥐를 찾는 즐거움, 찾아낸 들쥐를 사랑하는 즐거움을 맛보려고 합니다.

숨은 그림 찾기처럼 열아홉 마리의 들쥐를 잘 찾아낸 애틋함이 독자 여러분들의 마음에 흡족하길 바랍니다.

진짜 흔적 혹은 몇 가지 인사

본서의 간행을 결정하고, 유익한 어드바이스를 해 주신, 가쿠켄 퍼블리싱의 마스다 히데미츠增田秀光 씨에게 감사 인사드립니다. 당초 기획한 책은 아니지만 오히려 주변에 묻히지 않는 멋진 책이 되었습니다.

본서의 각 장은 원래의 긴 문장을 패러프레이즈 한 것처럼 거의 다 다시 썼습니다. '버스데이 걸'과 '빵집 습격'의 2장은 '스푼과 고기의 연인'이라는 창작지도 세미나 잡지에 실은 것입니다. 그 때 걸작 잡지를 결정해 세미나를 리드한 츠노다 토시야스角田敏康씨를 비롯해 본서가 완성되기까지는 많은 사람의 협력이 있었습니다.

대학에서 제미 학생이었던 카스가와 사토코春日川諭子 · 츠노다 토시야스 · 츠네가와시게키恒川茂樹 · 오사카 레이시大坂怜史에게 감사드립니다. 그들은 제자라기보다는 이미 젊은 동료로서 큰 힘이 되고 있습니다. 부록의 초 단편 목록리스트 개요는 그들이 작성해 주었습니다. "메이지 대학 문학부에서 세미나에 소속되어 있던 츠네카와 시게키 무사시노 대학의 담당 제미 생들. "꿈에서 만납시다"는 츠노다 · 츠네카와, "캥거루일화"는 오사카, "코끼리 공장의 해피 엔드"는 츠노다, "밤의 거미원숭이"는 츠네카와가 담당했습니다.

이 책은 다른 사람의 샅바로 스모를 한 것이나 다름없으며, 샅바를 빌려준 무라카미 하루키 씨에게도 감사 인사드립니다. 문학연구 세계에서는 작가의 샅바를 벗겨 알몸을 천하에 드러내는 부분이 있는 것 같습니다만, 본서가 목표로 한 것은 문자 그대로 빌린 샅바를 차고 스모를 하려는 것이었습니다. 게다가 장수들의 현란한 샅바(대 장편 소설)가 아니라 하얀 연습용 샅바(초 단편 소설)를 통해 멋진 솜씨를 선보이려 했는데 어떠셨는지요.

또, 본서의 부제가 "'그래, 무라카미 씨에게 물어보자' 세상 사람들이 무라카미 하루키에게 묻는 282개의 질문에 과연 하루키는 친절하게 대답할 수 있을까?" 이하의 시리즈를 따르고 있다는 것은 이미 밝혔습니다. 비꼬아준 아사히신문사에도 감사드립니다.

그 밖에도 앞서 나온 무라카미 하루키 안내서를 통해 입은 은혜는 말할 것도 없습니다. 특히 가나에서방의 '무라카미 하루키 작품사전 증보판'에 신세 많이 졌습니다. 본서의 부록 작품 리스트는 이 사전 정보에 힘입은 바가 큽니다. AERA MOOK의 "무라카미 하루키를 알다", 요센샤 MOOK의 "무라카미 하루키 전 소설가이드북" 등 장편이나 단편 대표작에 국한되지 않는 무라카미 하루키의 전 업적을 엿볼 수 있는 안내 책은 있습니다만, 초 단편을 포함한 모든 작품의 내용을 소개해 주고 있는 책은 이 사전 이외에 지금까지 없었습니다.

그리고 무엇보다 이 책을 사서 여기까지 읽어 주신 독자 여러분께 감사드립니다. 열아홉 마리의 들쥐는 마음에 들었는지요. 이런 들쥐는 안 귀엽다. 이런 스모를 볼 바에는 삳바만 볼 것을 하는 소리는 들리지 않길 바랍니다. 들어가면서에서 말한 것처럼, 본서가 무라카미 하루키 문학을 이해하는데 도움이 되면 좋겠다는 점과 좀 욕심을 낸다면 들쥐가 기하급수적으로 늘어나듯이, 이 책이 많이 팔려 앞서 소개한 동료들과 기획중인 제2탄이 간행되길 바라며, 오랜 꿈인 무라카미 하루키를 테마로 한 북카페를 열 자금이 모인다면 더욱 기쁘겠습니다. 감사합니다.

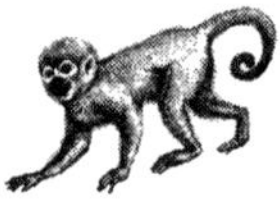

역자후기

    하루키 문학을 읽는 사람이면 누구나 매우 재미있지만 난해하고 함의적이라고 느낄 것이다. 그래서인지 여러 다각적인 해석이 나오고 있어 어느 것이 본래의 의미이고, 올바른 해석인지, 납득이 가는 해석방법을 찾는 데까지 꽤 오랫동안 어려움을 겪게 된다. 재미있지만 난해하고 복합적인 하루키 문학을 이해하는데 보다 쉽게 접근할 수 있는 안내서로서 이 번역서가 독자들에게 많은 도움이 되리라 여겨진다.

    하루키 문학의 다의적이면서 다원적인 복합성을 이해하는데 이 책의 특성 몇 가지를 들어보면, 초 단편 19작품을 작가 하루키와 인간 하루키가 가로지르며 교차하는 지점에서 찰나적인 느낌을 언어화한 소설해석을 통해 사람들의 소박한 내면을, 아주 사소한 것에서 우리네 삶과 세계관은 유지되고 있음을, 때로는 위트가 가득한 언어예술임을, 때로는 엉뚱하고 기발한 상상으로 이야기를 전개해 규범과 보편의 분명한 경계를 넘어선 실제적 반전의 상황들을 알기 쉽게 일목요연하게 제시해 준다.

하루키 문학의 문법적 표현기법이라 할 수 있는 직유표현이 하루키 문학에서 중추적인 역할을 하고 있으면서 종래의 관습적인 소설양식에서 벗어나 형식에 변화를 주어 보편적인 진실이나 질서보다는 파편적인 상황을 리얼리티하게 재현해 방황하는 우리와 나, 그리고 방황 끝에 다가온 새로운 질서에 대한 진실은 있는 것일까? 하는 의문과 마주하게 한다. 진실에 대한 모호함과 실체의 허구를 살아가는 지금의 우리들의 자화상과 같은 패러디이면서 거울과 같은 미로에서 길을 찾아 뒤틀린 자신을 바라보며 하나의 틀을 거부하고 뒤집는 '메타픽션'의 속성 또한 충실히 다루고 있다.

2020년은 코로나바이러스19 로 세계적인 팬데믹 현상속에 일본에서 긴급사태선언이 장기화되었으며 개개인들이 일상생활을 잃고, 긴 자숙생활과 사회적 거리두기, 리모트 워크라는 인류가 한 번도 경험하지 못한 일들을 1년 이상 경험하는 초유의 사태 속에 이루어진 번역이다. 기존사회의 보편적 규범이 굴절되고 새로운 시대의 문턱에 와있음을 암시하는 미래를 예측할 수 없는 시기에 하루키 초 단편의 '메타픽션성'과 장편을 이해하기 위한 제네시스를 찾아 번역한 해설서인 만큼 시대성이 반영된 지금까지와는 다른 문학읽기의 전환을 유도하는 계기가 되길 바란다.

이 책은 중국과 대만에서 번역되었으며 대만의 경우 세계에서 처음으로 하루키를 번역한 분이 이 책의 번역을 맡았다고 한다. 이 책 번역을 통해 초 단편 소설의 매력이 알려지고 하루키 작품의 '메타픽션'성에 접할 수 있기를 바라 맞이 않는다.

하라젠 선생님은 역자가 대학원 유학시절 가와바타야스나리 학회를 통해 문학연구에 많은 가르침을 주신분이며, 가와바타 야스나리 전공자로써 일본문학을 새롭게 집대성하고 다양한 시각에서 조망하는 저명하신 분이다. 번역을 하면서 여러 차례 의미 파악과 의도를 짚어가면서 최대한 신중을 기하며 번역에 임했다. 매끄럽지 못한 부분이 적지 않지만 가능한 원문의 의미를 살리고자 나름대로 성의와 정열을 쏟았으나 과문한 탓으로 잘 못 옮긴 부분도 있으리라 본다. 이에 대해 독자들의 충고는 기꺼이 받겠다.

이 책의 원문 텍스트로 '〈村上春樹超短篇小説案内あるいは村上朝日堂の16の超短篇をわれわれはいかに読み解いたか〉 2011.3 学研'을 사용하였으며, 원서가 나온지 꼭 10년이 되는 2021년에 한국어 번역판이 나오게 되어 감회가 새롭다는 저자의 말을 전한다. 그리고 코로나 19로 일본에서 집콕 생활과 온라인 수업을 잘 견뎌준 아들 딸, 그리고 한국에서 홀로 외로운 집콕 생활을 보내며 응원해준 남편의 배려와 협조에 이 기회에 고맙다는 말을 남긴다.

끝으로 이 책을 출판하기까지 도움을 주신 제이앤씨 출판사 윤석현 사장님과 편집을 맡아 주신 김민경님 진심으로 감사드립니다.

2021년 3월 한국 집콕에서